Sur l'auteur

Avocate pendant dix ans, passionnée d'histoire et d'archéologie, l'Américaine Marie Benedict a écrit plusieurs romans historiques. Après *Madame Einstein*, *La Femme qui en savait trop* est son deuxième livre publié en France.

Du même auteur
aux Éditions 10/18

Madame Einstein, n° 5404
La femme qui en savait trop, n° 5702

MARIE BENEDICT

LA FEMME QUI EN SAVAIT TROP

Traduit de l'anglais (États-Unis)
par Valérie Bourgeois

10/18

PRESSES DE LA CITÉ

Ce livre est une œuvre de fiction. Les noms,
les personnages, les lieux et les événements sont le fruit
de l'imagination de l'auteur ou sont utilisés fictivement.
Toute ressemblance avec des personnes réelles,
vivantes ou mortes, serait pure coïncidence.

Publié aux États-Unis sous le titre original
THE ONLY WOMAN IN THE ROOM
par Sourcebooks Landmark,
une marque de Sourcebooks, Inc., en 2019.

ISBN 978-2-264-07813-1
Dépôt légal : octobre 2021

Pour Jim, Jack et Ben

PREMIÈRE PARTIE

1

17 mai 1933
Vienne, Autriche

La lumière se ralluma. Mes paupières s'ouvrirent en papillonnant. Aveuglée par les projecteurs, je m'appuyai discrètement sur le bras de mon partenaire afin de garder l'équilibre et me forçai à afficher un sourire plein d'assurance en attendant que mes yeux s'habituent à l'éclairage. Les applaudissements crépitaient si fort que je perdis le contrôle l'espace d'un instant dans cette cacophonie sonore et lumineuse. Le masque que j'avais apposé sur mon visage durant toute la représentation se fissura d'un coup, et je cessai d'être Élisabeth de Bavière pour redevenir simplement la jeune Hedy Kiesler.

Mais je ne pouvais laisser les spectateurs du célèbre Theater an der Wien me voir fléchir dans mon incarnation de l'impératrice chérie de la ville. Pas même au moment du tomber de rideau. Elle avait été l'emblème d'un Empire austro-hongrois autrefois glorieux, d'une dynastie habsbourgeoise qui avait duré presque quatre cents ans, et les gens s'étaient accrochés à son image au cours de la période humiliante qui avait suivi la Grande Guerre.

Je fermai les yeux aussitôt, le temps de replonger en moi-même. Repoussant Hedy Kiesler, ses petits soucis et ses aspirations relativement mesquines, je fis appel à tout mon talent pour assumer de nouveau le rôle de cette impératrice inflexible par nécessité et écrasée de responsabilités. Puis je rouvris les yeux et contemplai mes sujets.

Le public se matérialisa devant moi. Je m'aperçus alors que les gens n'étaient pas assis confortablement sur les sièges moelleux et tapissés de velours rouge du théâtre. Ils étaient debout. Or mes compatriotes viennois se montraient pour le moins avares de *standing ovations* en général. En tant qu'impératrice, cet honneur m'était dû, à moi et à moi seule, mais en tant que Hedy je me demandai s'il n'était pas plutôt destiné à un des autres acteurs de *Sissi*. Après tout, Hans Jaray, alias l'empereur François-Joseph, était une légende du Theater an der Wien. J'attendis que mes collègues aillent saluer le public. Celui-ci les acclama avec ferveur, mais il se déchaîna véritablement lorsque je revins à mon tour sur scène. C'était bel et bien mon instant de gloire.

Comme j'aurais aimé que papa me voie jouer… Si maman n'avait pas fait semblant d'être malade pour détourner son attention de cette soirée si importante pour moi – une manœuvre évidente de sa part –, il aurait pu assister à mes débuts sur scène. La réaction du public l'aurait enchanté, j'en suis certaine, et peut-être cette adulation aurait-elle effacé la souillure de mon interprétation osée dans le film *Extase*, que je souhaitais désespérément oublier.

Le bruit des applaudissements s'atténuait quand

un léger brouhaha retentit à l'arrivée d'une procession d'ouvreurs qui descendaient l'allée centrale, les bras chargés de fleurs. Cette parade grandiose, très inappropriée de par son timing et sa nature publique, déstabilisa le public viennois, toujours si réservé. Je pouvais presque entendre les spectateurs s'interroger sur la personne qui osait perturber ainsi le déroulement de la soirée. Seul l'enthousiasme excessif d'un proche aurait pu être excusé, mais je savais mes parents trop prudents pour s'autoriser pareille chose. Était-ce la famille d'un des autres acteurs qui s'était rendue coupable de ce faux pas ?

Quand les employés du théâtre s'approchèrent, je vis qu'ils portaient non pas des fleurs ordinaires mais de superbes roses de serre. Peut-être une dizaine de bouquets au total. Combien avait coûté cette profusion de fleurs rares ? Et qui pouvait s'autoriser ce genre de dépense décadente en des temps aussi troublés ?

Les ouvreurs montèrent les marches menant à la scène, et je compris qu'ils avaient pour instruction de donner ces bouquets à leur destinataire devant tous les spectateurs. Ne sachant pas comment gérer cette entorse à la bienséance, je jetai un coup d'œil aux autres acteurs. Ils avaient l'air aussi perplexes que moi. Le metteur en scène fit de grands signes pour demander aux ouvreurs de renoncer immédiatement à leur mission, mais ils avaient dû être bien payés car ils ne tinrent aucun compte de ses injonctions et vinrent s'aligner devant… moi.

Un par un, ils me remirent leurs bouquets jusqu'à ce qu'il me soit impossible d'en tenir davantage dans mes bras. Alors, ils déposèrent les autres par terre. Je devinais dans mon dos les regards réprobateurs de la troupe. Ma carrière théâtrale pouvait décoller ou s'interrompre tout net selon le bon vouloir de ces vénérables acteurs. Quelques mots de-ci de-là de leur part et je serais chassée de mon piédestal pour être remplacée par n'importe laquelle des jeunes actrices qui aspiraient à jouer ce rôle. Je me sentis obligée de refuser ces fleurs, et je m'apprêtais à le faire quand une pensée me traversa.

Mon admirateur pouvait être n'importe qui. Un membre éminent de l'une des formations politiques qui se disputaient le pouvoir – soit un conservateur du Parti chrétien-social, soit un socialiste du Parti social-démocrate. Ou, pire encore, un sympathisant du Parti national-socialiste, partisan d'une unification de l'Autriche et de l'Allemagne sous la houlette du nouveau chancelier allemand, Adolf Hitler. L'équilibre des pouvoirs semblait chaque jour un peu plus précaire, et personne ne pouvait prendre le moindre risque. Surtout pas moi.

Le public avait cessé d'applaudir. Dans le silence gênant qui retomba sur la salle, tout le monde reprit son fauteuil. Tout le monde, sauf une personne. Au milieu du troisième rang, à la place la plus convoitée du théâtre, se tenait un homme aux mâchoires carrées et au large torse. Seul parmi tous les spectateurs du théâtre, il resta debout.

Les yeux rivés sur moi.

2

17 mai 1933
Vienne, Autriche

Le rideau tomba. Devant la mine interrogatrice des autres acteurs, je haussai les épaules et secouai la tête dans l'espoir de traduire ainsi ma confusion et ma réprobation face à cette offrande. Puis je regagnai ma loge aussi vite qu'il me parut approprié de le faire au milieu de toutes les félicitations qui m'étaient adressées. Je refermai la porte derrière moi, emplie de colère et d'inquiétude. Ces fleurs avaient éclipsé mon triomphe dans ce rôle censé m'aider à tourner pour de bon la page d'*Extase*. J'avais hâte de savoir qui avait fait ça, et si ce geste se voulait un compliment, certes maladroit, ou tout autre chose.

Je pris l'enveloppe cachée parmi les fleurs du plus gros bouquet et l'ouvris avec mon coupe-ongles. À l'intérieur se trouvait une carte couleur ivoire bordée d'un liseré doré. Je l'approchai de la lampe posée sur ma coiffeuse afin de la lire :

À une Sissi inoubliable.
Cordialement vôtre,
Friedrich Mandl

Friedrich Mandl… Ce nom me disait quelque chose, mais je n'arrivais pas à resituer l'homme.

Des coups autoritaires ébranlèrent ma porte.

— Mademoiselle Kiesler ?

C'était Mme Else Lubbig, l'habilleuse affectée à la vedette de toutes les productions du Theater an der Wien depuis vingt ans.

Même durant la Grande Guerre et la période sombre qui avait suivi la défaite de l'Autriche, cette matrone aux cheveux gris avait assisté les acteurs du théâtre jusqu'au moment où ils s'avançaient sur la scène pour interpréter des personnages propres à remonter le moral des Viennois. C'était le cas avec l'impératrice Élisabeth, qui rappelait au peuple autrichien sa grandeur historique et l'incitait à imaginer un avenir radieux – bien sûr, la pièce n'évoquait pas ces années durant lesquelles la laisse dorée que l'empereur lui avait passée autour du cou était devenue un véritable joug, entravant le moindre de ses mouvements. Les Viennois ne voulaient pas penser à ça, et ils étaient passés maîtres dans l'art du déni.

— Entrez, je vous en prie !

Sans un regard pour les roses qui encombraient la pièce, Mme Lubbig commença à délacer ma robe jaune soleil. Pendant que je passais de la crème sur mon visage pour me débarrasser de mon épaisse couche de maquillage, et avec elle des dernières traces de mon personnage, elle défit le chignon élaboré qui, selon le metteur en scène, seyait à l'impératrice Élisabeth. Malgré son silence, je sentis qu'elle rongeait son frein et brûlait de me poser la question dont devait sans doute bruisser tout le théâtre.

— Quelles jolies fleurs, mademoiselle, commenta-t-elle enfin après m'avoir complimentée sur ma performance.

— En effet.

— Puis-je vous demander qui les a envoyées ? dit-elle en dénouant les liens de mon corset.

Je soupesai ma réponse en silence. J'aurais pu mentir et attribuer cette bourde à mes parents, mais ce genre d'information représentait une monnaie d'échange pour elle. Si je la lui donnais, elle me devrait une faveur en retour – et une faveur de Mme Lubbig pouvait se révéler très utile.

Je souris en lui tendant la carte.

— Un certain M. Friedrich Mandl.

Elle ne dit mot, mais retint de justesse un petit cri d'exclamation, ce qui en disait déjà beaucoup.

— Vous le connaissez ?

— Oui, mademoiselle.

— Il était dans la salle ce soir ?

Je savais qu'elle suivait la représentation depuis la coulisse et ne se trouvait jamais loin de l'actrice dont elle avait la charge, afin d'être à portée de main pour réparer un ourlet déchiré ou remettre une perruque d'aplomb.

— Oui.

— C'est l'homme qui est resté debout après les derniers applaudissements ?

— Oui, mademoiselle, soupira-t-elle.

— Que savez-vous sur lui ?

— Je préfère ne pas le dire, mademoiselle. Ce n'est pas à moi de le faire.

Je réprimai un sourire devant tant de fausse réserve. À bien des égards, Mme Lubbig détenait plus de pouvoir que quiconque dans ce théâtre, au regard de tous les secrets en sa possession.

— Vous me rendriez un grand service…

Elle observa un silence en tapotant ses cheveux parfaitement coiffés, afin de se donner le temps de la réflexion.

— Ce sont juste des rumeurs, des bruits qui courent… Et tous ne sont pas très flatteurs pour lui.

— S'il vous plaît, madame Lubbig.

Je la regardais dans le miroir. Son visage finement ridé donnait l'impression qu'elle passait en revue un dossier conservé avec soin dans son esprit pour décider de ce qu'elle allait me révéler.

— Eh bien, M. Mandl a la réputation d'être un don Juan…

— Comme tous les hommes à Vienne, dis-je en riant.

S'il n'y avait que ça, je n'avais pas à m'inquiéter. Je savais gérer les hommes. Du moins la plupart d'entre eux.

— On ne parle pas ici de banales rumeurs, mademoiselle. Une de ces liaisons en particulier a mené au suicide une jeune actrice allemande, Eva May.

— Mon Dieu !

Au vu de mon propre passé parsemé de cœurs brisés, dont une tentative de suicide de la part d'un soupirant rejeté, je ne pouvais juger trop durement M. Mandl. Si tragique fût-elle, cette anecdote n'était pas la seule que Mme Lubbig avait à raconter à son sujet : je sentais à sa voix qu'elle avait plus à m'apprendre – j'allais juste devoir faire un effort pour qu'elle me le révèle.

— Si vous savez autre chose, j'aurai une dette envers vous.

Elle hésita. Puis :

— C'est le genre de renseignements qu'on hésite à partager de nos jours, mademoiselle.

En ces temps incertains, être bien informé était un atout précieux…

Je la pris par la main et la regardai droit dans les yeux.

— Cela restera entre nous. Je veux juste assurer ma sécurité et je vous promets que je ne le répéterai à personne.

— M. Mandl possède la Hirtenberger Patronenfabrik, avoua-t-elle enfin après un long silence. Son usine produit des munitions et des armes à usage militaire.

— Un triste secteur d'activité, je vous le concède. Mais il faut bien que quelqu'un le fasse.

Je ne voyais pas pourquoi la nature d'une entreprise aurait dû refléter celle de son propriétaire.

— Ce ne sont pas les armes qu'il fabrique qui posent problème, mais les gens à qui il les vend.

— Oh ?

— Oui, mademoiselle. On le surnomme « le Marchand de mort ».

3

26 mai 1933
Vienne, Autriche

Ce soir-là, neuf jours plus tard, une lune gibbeuse dominait le ciel viennois en jetant des ombres pourpres autour d'elle. Parce qu'elle éclairait suffisamment les rues de la ville, je décidai d'abandonner mon taxi et, malgré l'heure tardive, de finir à pied le chemin depuis le très chic XIXe arrondissement. J'avais envie d'un peu de calme, d'un instant de répit entre l'ambiance survoltée du théâtre à la fin de chaque représentation et les reproches que mes parents faisaient pleuvoir sur moi dès que je franchissais la porte de leur maison. Je croisai quelques passants sur les trottoirs – un couple aux cheveux grisonnants de retour d'une soirée, un jeune homme qui sifflotait –, si bien que je me sentais en sécurité. Et puis mon trajet suivait des rues de plus en plus cossues à mesure que je me rapprochais du quartier de Döbling, raison pour laquelle je ne craignais rien. Mais aucune de ces considérations n'aurait apaisé l'inquiétude de mes parents s'ils avaient su que je marchais seule en pleine nuit. Ils avaient toujours été très protecteurs envers moi, leur fille unique.

Chassant ces pensées, je souris au souvenir de la critique publiée dans le journal *Die Presse* cette semaine-là. Les louanges sur mon interprétation de l'impératrice Élisabeth avaient provoqué une ruée sur les billets, au point que le théâtre faisait salle comble depuis trois soirs. J'avais renforcé mon statut au sein de la troupe, et même notre metteur en scène s'était fendu de quelques compliments, lui qui les dispensait pourtant au compte-gouttes d'habitude. Cela m'avait fait du bien après le scandale provoqué par mes scènes de nu dans *Extase* – elles m'avaient paru acceptables et conformes à la sensibilité artistique du film jusqu'à ce que je découvre la réaction choquée du public, dont mes parents faisaient partie. Je savais que j'avais bien fait de revenir sur les planches après cette incursion dans le monde du cinéma. C'était comme si j'étais de retour à la maison.

Le théâtre avait été mon arme contre la solitude quand j'étais enfant, une façon de peupler un quotidien bien morne réduit à ma nourrice et mon précepteur, omniprésents, à ma mère et mon père, tous deux aux abonnés absents. J'avais d'abord créé des personnages et des histoires pour mes nombreuses poupées, avant d'improviser une scène sous l'énorme bureau de papa. Peu à peu, et sans que je m'y attende, ce loisir avait pris une place de plus en plus importante dans ma vie. Quand j'avais commencé à aller à l'école – et à faire sans aucune transition la connaissance d'un éventail étourdissant d'individus différents –, jouer la comédie était devenu ma manière d'être au monde, une sorte de monnaie d'échange dont je me servais chaque fois que j'en avais besoin. Je pouvais être tout ce dont les autres autour de moi avaient envie. Et en retour, j'obtenais d'eux tout ce que, moi, je désirais. Mais ce n'est qu'en mettant les pieds pour la première fois sur une scène de théâtre que j'avais mesuré l'étendue de mon talent. Je m'étais découverte capable de m'effacer totalement derrière un personnage imaginé par un metteur en scène ou un écrivain, quand bien même il était intellectuellement très éloigné de moi. Capable aussi d'influencer le public en posant les yeux sur lui.

La seule ombre au tableau était ces roses que je recevais tous les soirs. Leur couleur variait, mais pas leur quantité. Il y en avait eu des fuchsia, des rose pâle, des blanc crème, des rouge sang, certaines même d'un violet raffiné et rare. Et toujours douze douzaines. C'était obscène. Heureusement, le mode de livraison avait changé : les ouvreurs du théâtre avaient cessé de me les apporter sur scène pour les déposer discrètement dans ma loge durant le dernier acte.

Le mystérieux M. Mandl… Il me semblait l'avoir aperçu à plusieurs reprises parmi les spectateurs du très convoité troisième rang, mais je n'en étais pas certaine. Il n'avait pas essayé de communiquer avec moi depuis la carte glissée dans les premières roses qu'il m'avait envoyées… du moins pas jusqu'à ce soir-là, où une nouvelle carte bordée d'un liseré doré et coincée entre des roses d'un jaune vif – absolument semblable à la couleur de ma robe – m'avait délivré le message suivant :

Chère Mademoiselle Kiesler,

J'aimerais beaucoup avoir l'honneur de vous emmener dîner au restaurant de l'hôtel Imperial à la fin de la représentation. Si vous êtes disposée à accepter mon invitation, veuillez le faire savoir à mon chauffeur, qui vous attendra devant l'entrée des artistes jusqu'à minuit.

Bien à vous,

Friedrich Mandl

Mes parents auraient été consternés si j'avais ne serait-ce qu'envisagé de rencontrer un inconnu sans être chaperonnée – qui plus est dans le restaurant d'un hôtel, quand bien même il s'agissait d'un établissement aussi célèbre que celui créé par l'architecte Josef Hoffmann –, mais ce que j'avais appris sur ce M. Mandl suffisait à me dissuader d'enfreindre les convenances. Une enquête discrète m'avait un peu plus éclairée sur mon mystérieux admirateur. Mes quelques amis dans le petit monde du théâtre avaient entendu dire qu'il était motivé avant tout par le profit et ne s'intéressait nullement à la moralité de ses clients. Mais l'information la plus importante m'avait été fournie spontanément par ma pourvoyeuse de secrets, Mme Lubbig, selon qui cet homme avait les faveurs de l'ensemble des autocrates qui émergeaient partout en Europe. Cela m'avait plus contrariée que tout le reste, dans la mesure où l'Autriche peinait à conserver son indépendance au milieu des dictatures expansionnistes qui l'entouraient.

Seulement, même si je n'envisageais pas de dîner avec lui à l'hôtel Imperial, je ne pourrais pas continuer à l'ignorer bien longtemps encore. M. Mandl avait de nombreuses accointances politiques, et la situation imposait la plus grande prudence à tous les Viennois. L'ennui était que j'ignorais comment répondre à ses avances, moi qui n'avais eu jusque-là que des aventures avec des garçons de mon âge. En attendant de mettre une stratégie au point, j'avais demandé son aide à Mme Lubbig pour distraire le chauffeur de M. Mandl le temps que je quitte le théâtre par l'entrée principale.

Mes talons cliquetaient à un rythme rapide le long

de la Peter Jordan Strasse, et je repérai bientôt des façades familières en approchant de ce que mes parents surnommaient notre « cottage ». Ce terme inapproprié utilisé par tous les résidents de Döbling quand ils décrivaient leur maison se voulait un hommage au style architectural anglais des grandes demeures du quartier, toutes entourées de jardins clos, mais il tendait aussi à nier leurs vastes dimensions.

À quelque distance encore de chez mes parents, j'eus impression qu'il faisait soudain plus sombre. Je levai les yeux pour voir si des nuages voilaient la lune, mais non, elle continuait à briller dans le ciel. Je n'avais jamais remarqué ce phénomène auparavant – il est vrai que je ne rentrais presque jamais seule à pied et en pleine nuit. Peut-être était-ce dû à la proximité de la Peter Jordan Strasse avec le Wienerwald, les bois denses de Vienne où mon père et moi aimions nous promener le dimanche.

Il n'y avait pas la moindre lumière électrique aux alentours, à l'exception de celles émanant de notre maison. Tout au plus, derrière certaines fenêtres noires braquées sur moi, je pouvais distinguer parfois la lueur déclinante d'une bougie. Je me rappelai soudain la raison de cette obscurité forcée. Beaucoup d'habitants de l'enclave de Döbling respectaient la tradition qui interdisait d'allumer la moindre lampe électrique depuis le vendredi au coucher du soleil jusqu'au samedi soir, toujours au coucher du soleil, même si cela ne signifiait pas de leur part une adhésion totale à l'orthodoxie qui exigeait de telles pratiques. Je l'avais oubliée parce que mes parents n'avaient jamais observé cette règle.

C'était jour de shabbat à Döbling, quartier juif au cœur d'un pays catholique.

4

26 mai 1933
Vienne, Autriche

L'odeur m'assaillit dès l'instant où je franchis le seuil de la maison. Je n'eus pas besoin de voir les roses pour savoir qu'il y en avait dans toute la maison. Mais pourquoi M. Mandl en avait-il envoyé ici aussi ?

Des accords décousus s'élevaient du piano à queue Bechstein dans le salon de musique, et je reconnus un air de Bach. La musique s'interrompit lorsque la porte se referma derrière moi.

— Hedy ? lança ma mère. C'est toi ?

— Qui veux-tu que ce soit à une heure pareille, maman ? répondis-je en donnant mon manteau à Inge, notre domestique.

Une pipe en bois sculptée au coin des lèvres, papa sortit du petit salon pour m'accueillir.

— Comment va notre impératrice Élisabeth ? As-tu « pris possession de la scène », comme l'a proclamé *Die Presse* ?

Je souris à cet homme grand et séduisant en dépit de ses tempes grisonnantes et des pattes-d'oie qui encadraient ses yeux bleus. Même à cette heure tardive

– 23 heures passées –, il était vêtu d'un costume gris anthracite impeccable et d'une cravate à rayures bordeaux. Il se montrait toujours sous les traits du très sérieux et fortuné directeur de l'une des banques les plus importantes de Vienne, la Creditanstalt-Bankverein.

Il me prit par la main et, l'espace d'un instant, je me remémorai les week-ends de mon enfance et ces après-midi durant lesquels il répondait patiemment à toutes mes questions sur le monde et ses rouages. Aucune n'était irrecevable à ses yeux, qu'elle fût historique, scientifique, littéraire ou politique, et je profitais toujours avidement de ces moments avec lui – les seuls où il m'accordait toute son attention. L'un de mes meilleurs souvenirs à cet égard demeurait cet après-midi ensoleillé durant lequel, face à mes spéculations enfantines sur ce que mangeaient les plantes, il m'avait expliqué pendant une heure le phénomène de la photosynthèse. Sa patience devant ma curiosité insatiable ne connaissait pas de limite. Mais ces intermèdes étaient rares. Son travail, ses obligations sociales et ma mère se disputaient le reste de son temps, et moi, sans lui, je devais apprendre des leçons par cœur à n'en plus finir à l'école et, une fois rentrée, faire mes devoirs et accomplir mes tâches quotidiennes avec ma nounou – voire avec ma mère, qui ne prêtait attention à moi que lorsque je m'asseyais au piano et qu'elle pouvait dénigrer mes talents. Alors même que j'adorais la musique, je ne jouais plus de cet instrument qu'en son absence.

Papa m'entraîna dans le petit salon et me fit asseoir dans l'un des quatre fauteuils tapissés de brocart disposés devant la cheminée, où un feu avait été allumé pour réchauffer cette fraîche soirée printanière.

— Tu as faim, ma petite princesse ? demanda-t-il en attendant que maman nous rejoigne. On peut dire à Inge de te préparer quelque chose. Je te trouve maigrichonne, depuis ta pneumonie…

— Non, merci, papa. J'ai mangé avant la représentation.

Je balayai la pièce des yeux. Des portraits de famille encombraient les murs déjà bien chargés avec leur papier peint à rayures, et je vis que quelqu'un – sans doute ma mère – avait joliment réparti çà et là la douzaine de bouquets de roses rose pâle. Mais s'il haussa un sourcil, papa garda le silence à ce sujet. Nous savions tous les deux que maman se chargerait de poser les questions.

Elle entra dans le salon et alla se servir un verre de schnaps. Sans dire un mot, sans même croiser mon regard, elle savait me faire sentir combien je la décevais.

Le silence se prolongea, et nous attendîmes qu'elle prenne la parole.

— Il semblerait que tu aies un admirateur, Hedy, dit-elle enfin, après avoir bu une grande gorgée.

— En effet, maman.

— Qu'as-tu bien pu faire pour encourager une telle extravagance ?

Comme toujours, son ton était accusateur. Le pensionnat dans lequel elle avait absolument voulu m'inscrire avait échoué à faire de moi la jeune *Hausfrau* bonne à marier qu'elle espérait. Quand j'avais fait le choix d'une profession qu'elle estimait « vulgaire » alors même que le théâtre était tenu en très haute estime par les Viennois, elle avait décidé que, selon toute vraisemblance, mon comportement dans son ensemble le serait lui aussi. Et parfois, je dois le reconnaître, je lui donnais raison en laissant tel ou tel jeune homme me faire la cour. J'avais déjà permis à certains de mes soupirants – le très aristocratique Ritter Franz von Hochstetten aussi bien que le jeune acteur qui jouait avec moi dans *Extase*, Aribert Mog – de me faire tout ce qu'elle imaginait de pire. C'était ma façon à moi de me rebeller en privé. Et pourquoi pas ? De toute façon, elle était persuadée que je m'adonnais à la débauche. Et puis, j'aimais voir mon pouvoir sur les hommes refléter celui que j'avais sur le public – et les garder tous sous ma coupe.

— Rien, maman. Je n'ai même jamais rencontré cet homme.

— Pourquoi quelqu'un t'offrirait-il toutes ces roses si tu ne lui avais rien donné en échange ? Si tu ne le connaissais même pas ? Ou peut-être qu'il a vu ce film immonde que tu as tourné et qu'il en a déduit que tu étais une fille facile…

— Ça suffit, intervint papa. C'est peut-être aussi un hommage à son jeu d'actrice, Trude.

Le prénom de maman était Gertrude, et il ne l'appelait par ce diminutif que lorsqu'il s'efforçait de l'apaiser.

Elle lissa un cheveu égaré et le remit à sa place avant de se lever. L'air bien plus grande que son tout petit mètre cinquante, elle s'approcha d'un des bouquets, celui qu'elle avait posé sur son bureau, saisit son ouvre-lettres argenté pour décacheter l'enveloppe couleur crème accrochée après et lut tout haut :

— « À M. et Mme Kiesler… J'ai eu la chance de voir votre fille incarner l'impératrice Élisabeth à quatre reprises cette semaine, et je vous félicite pour son talent. J'aimerais me présenter à vous en personne afin de solliciter la permission de lui rendre visite. Si vous m'y autorisez, je viendrai chez vous ce dimanche à 18 heures – le seul soir où le théâtre reste plongé dans le noir. Je vous prie d'agréer l'expression de mes sentiments distingués… » Signé : Friedrich Mandl.

Ledit M. Mandl me forçait la main.

Suite à quoi, à ma grande surprise, mes parents gardèrent le silence. Je pensais que ma mère traiterait par le mépris cette invitation sans doute insolente et inconvenante à ses yeux, ou qu'elle me reprocherait encore quelque faute qui aurait pu expliquer l'attention de M. Mandl à mon égard. Et je m'attendais à ce que mon père – toujours affable en toutes circonstances, sauf lorsqu'il était question de moi – s'emporte contre la requête d'un homme qui nous était totalement étranger. Et pourtant, l'horloge sur le manteau de la cheminée, cadeau de parents de ma mère pour son mariage, fit entendre son tic-tac durant presque une minute sans qu'aucun des deux dise le moindre mot.

— Qu'y a-t-il ?

Papa soupira, comme cela lui arrivait de plus en plus souvent depuis quelques mois.

— Nous devons faire très attention, Hedy.

— Pourquoi ?

— Que sais-tu au juste sur ce M. Mandl ? demanda ma mère après avoir vidé son verre.

— Très peu de choses. J'ai interrogé les gens autour de moi au théâtre quand il a commencé à m'envoyer des roses dans ma loge. Apparemment, il est propriétaire d'une usine d'armement.

— Il t'a déjà fait livrer des fleurs ? dit papa, l'air alarmé.

— Oui. Plusieurs jours d'affilée.

Mes parents échangèrent un regard indéchiffrable.

— Je vais répondre à M. Mandl, décréta alors mon

père. Je l'inviterai à prendre un cocktail chez nous ce dimanche à 18 heures, et tu dîneras ensuite avec lui, Hedy.

J'étais stupéfaite. Ma mère ne rêvait que de me voir rentrer dans le rang et épouser un gentil garçon de Döbling, et je supposais que mon père nourrissait le même espoir sans oser l'avouer, mais jamais aucun d'eux ne s'était ouvertement mêlé de ma vie privée, y compris quand j'avais refusé de renoncer à ma carrière pour accepter la demande en mariage du fils de l'une des plus illustres familles d'Allemagne – le fameux Ritter Franz von Hochstetten. Et jamais non plus ils n'avaient insisté pour que j'accorde un rendez-vous à quiconque. Alors pourquoi ce changement d'attitude ?

— Ai-je le choix ?

— Je suis désolé, Hedy, mais non. Nous ne pouvons pas prendre le risque d'offenser cet homme.

Même si je me doutais bien qu'il me faudrait tôt ou tard rencontrer M. Mandl, j'avais envie de protester. Seule la mine attristée de mon père m'en empêcha. Quelque chose, ou plutôt quelqu'un, l'obligeait à faire ça.

— Pourquoi ?

— Tu es née au tout début de la Grande Guerre, Hedy. Tu ne mesures par le pouvoir destructeur de la politique.

Il secoua la tête et soupira encore, sans s'expliquer davantage. Depuis quand me cachait-il des informations en les pensant trop complexes pour moi ? Il m'avait toujours répété que j'étais capable de tout faire, et je le croyais. C'était ce qui m'avait donné suffisamment confiance en moi pour me lancer dans une carrière d'actrice.

Je tentai de masquer ma colère et ma déception.

— Ce n'est pas parce que j'ai choisi de monter sur scène que je n'entends rien aux questions étrangères au théâtre, papa. Tu devrais le savoir mieux que quiconque.

J'étais agacée par son ton condescendant, si inhabituel chez lui après m'avoir traitée comme son égale sur le plan intellectuel durant toutes ces années. Combien de dimanches soir avions-nous passés à commenter le journal près du feu après le dîner ? J'étais encore assez jeune lorsqu'il avait commencé à étudier les gros titres de la presse avec moi jusqu'à ce qu'il ait la certitude que j'avais saisi toutes les subtilités de la situation politique nationale et internationale – sans parler de l'actualité économique. Maman, elle, se contentait de siroter son schnaps et de secouer la tête en marmonnant : « Quelle perte de temps… » Pourquoi papa s'imaginait-il que j'avais changé ? Parce que c'était le théâtre désormais qui occupait mes soirées, et non plus nos conversations au coin du feu ?

— Tu as sans doute raison, ma petite princesse, dit-il avec un pauvre sourire. Tu dois donc savoir qu'il y a seulement deux mois de ça, en mars, une irrégularité lors d'un vote parlementaire a entraîné la démission du président de la Chambre basse et que le chancelier Dollfuss en a profité pour suspendre le gouvernement autrichien et dissoudre le Parlement…

— Je sais tout ça, papa. Les journaux ne parlaient que de ça à ce moment-là. Je ne fais pas que lire la rubrique théâtre, figure-toi. Et j'ai vu les barbelés autour du Parlement.

— Alors tu sais peut-être aussi que cette décision a transformé l'Autriche en dictature, au même titre que l'Allemagne et l'Italie. En théorie, notre pays possède toujours une Constitution démocratique et deux partis politiques – le très conservateur Parti chrétien-social de Dollfuss, qui, pour différentes raisons, séduit aussi bien le monde agricole que la haute bourgeoisie, et son opposant, le Parti social-démocrate. Mais la réalité est tout autre. Le chancelier Dollfuss est aux commandes et cherche à exercer un pouvoir absolu. Les rumeurs disent qu'il compte faire interdire le Schutzbund, la branche armée du Parti social-démocrate.

Cela me fit mal d'entendre mon père assimiler l'Autriche à ses voisins fascistes et mettre ses dirigeants dans le même panier qu'Adolf Hitler et Benito Mussolini.

— Je ne suis pas sûre d'avoir déjà lu cette analyse exprimée aussi clairement dans les journaux, papa.

Bien sûr, l'Autriche était entourée de dictatures fascistes, mais je pensais que notre pays était encore en grande partie indépendant. Pour l'heure, en tout cas.

— Tu n'as peut-être pas lu le mot « dictateur » dans la presse, mais c'est bien ce qu'est devenu le chancelier. Il s'appuie pour ça sur sa milice personnelle, la Heimwehr, qui est, comme tu le sais sûrement, une organisation paramilitaire dans la mesure où le traité qui a mis fin à la Grande Guerre empêche l'Autriche d'avoir une véritable armée. Le chef de la Heimwehr est Ernst Rüdiger von Starhemberg, et derrière lui on trouve son ami proche et collègue en affaires… M. Friedrich Mandl. C'est lui qui fournit tout le matériel militaire de la Heimwehr, et il ne fait aucun doute qu'il influence également ses actions.

J'avais cru que mon père s'égarait avec ce sermon politique, mais je voyais à présent où il voulait en venir. Le pouvoir que détenait le mystérieux M. Mandl m'apparaissait plus clairement cette fois.

— Je comprends, papa.

— Il n'y a pas que ça, Hedy. Tu as sûrement lu dans les journaux que l'Allemagne a un nouveau chancelier depuis le mois de janvier en la personne d'Adolf Hitler.

— Oui, dis-je en regardant ma mère se lever et aller se servir un deuxième schnaps – chose étonnante pour elle qui n'en buvait qu'un d'habitude et qui le sirotait lentement afin de le faire durer toute la soirée.

— As-tu également entendu parler des mesures antisémites qu'il a adoptées ?

Parce que je considérais que cela ne nous concernait pas, je n'y avais pas réellement prêté attention, à vrai dire, mais je ne voulais pas admettre mon ignorance devant mon père :

— Oui.

— Tu sais donc que dès leur arrivée au pouvoir les nazis ont boycotté les entreprises juives et interdit à tous les non-Aryens d'exercer une profession juridique ou de travailler dans la fonction publique. Les citoyens juifs allemands n'ont pas seulement été l'objet de violentes attaques, ils ont également été dépouillés de leurs droits civiques. Des droits que les Juifs autrichiens considèrent comme acquis depuis les années 1840.

— J'ai lu tout ça, dis-je, même si je n'avais fait que survoler les articles sur le sujet.

— Dans ce cas, tu as peut-être appris aussi que les nazis autrichiens rêvent d'une réunification entre l'Autriche et l'Allemagne. Quelle que soit leur opinion sur Dollfuss, les gens ont tous peur que Hitler n'organise un coup d'État et s'empare du pouvoir dans notre pays. Rien n'a été dit publiquement, mais des rumeurs circulent selon lesquelles le chancelier Dollfuss a rencontré Mussolini le mois dernier pour s'assurer de son aide en cas d'invasion allemande.

— C'est une bonne nouvelle, j'imagine, encore que… l'Autriche n'a guère intérêt à devenir l'obligée de l'Italie, à mon avis. Mussolini est un dictateur, lui aussi, et on risque juste de finir sous sa coupe plutôt que sous celle de Hitler.

— C'est vrai, Hedy, mais Mussolini ne prône pas une politique antisémite aussi virulente que Hitler.

— Je vois.

En fait, non, je ne voyais pas pourquoi mon père s'inquiétait autant. De telles politiques ne nous affecteraient pas vraiment.

— Quel rapport avec M. Mandl ?

— Il entretient depuis longtemps des relations avec Mussolini. Il lui a fourni des armes pendant des années, et le bruit court que c'est lui qui a arrangé sa rencontre avec Dollfuss.

Ma tête se mit à tourner à mesure que je distinguais le fil reliant Mandl à cette tapisserie néfaste. Dire que c'était cet homme qui me courait après…

— M. Mandl est l'homme à qui le chancelier Dollfuss doit sa place, mais peut-être aussi celui dont l'Autriche sera l'obligée pour l'avoir aidée à conserver son indépendance.

5

28 mai 1933
Vienne, Autriche

Des glaçons tintèrent contre le cristal, et quelqu'un versa un liquide par-dessus. Des rires forcés et le brouhaha d'une conversation légère montèrent jusqu'à moi par la cage d'escalier en acajou. Puis il y eut un blanc, auquel succédèrent bientôt les accords suaves de Beethoven joués par les mains expertes de ma mère. Mes parents s'efforçaient d'amadouer Friedrich Mandl.

Comme nous l'avions décidé, j'attendais à l'étage que papa m'appelle. Cela leur laissait, à maman et à lui, le temps de jauger mon soupirant et de voir s'il était digne de rendre visite à leur fille unique – même si nous savions qu'il s'agissait d'un simple subterfuge et que mon père avait accordé sa permission dès l'instant où M. Mandl avait signé de son nom la lettre qu'il leur avait adressée.

J'avais les mains moites – chose inhabituelle pour moi. Je ne m'étais jamais sentie nerveuse par le passé, en tout cas pas avec des hommes. Mon cœur battait peut-être un peu plus vite dans la seconde précédant le lever du rideau au théâtre ou durant les longues minutes avant qu'un réalisateur crie : « Première ! » mais jamais à la perspective d'un rendez-vous galant. Les hommes ne m'intimidaient pas. J'avais toujours eu le dessus sur eux, et j'entamais des relations avec autant de facilité que j'y mettais fin. Ils étaient pour moi des cobayes sur lesquels je testais mes dons de caméléon. Des pierres sur lesquelles je bâtissais ma carrière d'actrice.

Je me levai de ma méridienne et me plantai pour la énième fois devant mon miroir en pied. Maman et moi avions discuté de la tenue la plus appropriée à cette rencontre. Il ne fallait rien de trop suggestif, de peur que M. Mandl ne se fasse une mauvaise image de moi. Rien de trop enfantin non plus, afin qu'il ne se vexe pas en pensant qu'on ne le prenait pas au sérieux. Notre choix s'était arrêté sur une robe en crêpe vert émeraude avec des épaulettes, un col ras du cou et une jupe qui m'arrivait bien en dessous du genou.

Je me mis à faire les cent pas dans ma chambre en tendant l'oreille vers la conversation qui se déroulait au rez-de-chaussée. Des bribes audibles me parvenaient de temps à autre, mais rien que je puisse replacer dans un contexte. Puis un grand éclat de rire retentit, et mon père m'appela :

— Hedy, viens si tu es prête !

Après un dernier coup d'œil dans le miroir, je descendis les marches avec l'impression que mes talons faisaient un fracas de tous les diables. Papa se tenait sur le seuil du petit salon. Il s'était composé une expression parfaitement amène, mais je percevais l'inquiétude tapie derrière ce masque.

Je le pris par le bras et entrai avec lui dans la pièce. L'air circonspect, maman était assise sur le canapé en face de M. Mandl. De lui, je ne voyais que ses cheveux soigneusement peignés.

— Monsieur Mandl, laissez-moi vous présenter ma fille, Mlle Hedwig Kiesler, dit mon père en me poussant doucement en avant. Je crois que vous la connaissez déjà, bien que vous ne vous soyez jamais rencontrés.

M. Mandl se leva en même temps que ma mère et se tourna vers moi. Les rumeurs déplaisantes sur ses accointances politiques et ses rapports avec les femmes m'avaient fait imaginer quelqu'un de répugnant. Je m'étais même armée de courage à cette idée. Mais, après qu'il se fut incliné devant moi, nos regards se croisèrent et, contre toute attente, il m'apparut séduisant. Pas dans le sens physique du terme, bien qu'il fût très élégant dans son costume bleu marine réalisé par les meilleurs tailleurs londoniens et rehaussé de boutons de manchettes étincelants, mais en raison du pouvoir et de l'assurance qui émanaient de lui. Contrairement à tous mes précédents soupirants, j'avais devant moi un homme, pas un garçon.

— C'est un honneur pour moi, mademoiselle Kiesler, dit-il en prenant les devants. Je suis un grand admirateur de votre travail, comme vous devez le savoir.

Je sentis le rouge me monter aux joues – encore une chose à laquelle je n'étais pas habituée.

— Merci pour les fleurs. Elles sont très belles et…

J'hésitai en cherchant le mot juste.

— … c'est très généreux de votre part.

— Mais elles ne sont qu'un bien piètre reflet du plaisir que j'ai éprouvé à vous voir jouer.

Ces belles paroles s'échappaient de sa bouche avec fluidité, suaves comme du miel.

Un silence gêné s'abattit sur la pièce. Très à l'aise en société, ma mère savait en temps normal comment réagir dans ce genre de situation, mais M. Mandl semblait avoir déstabilisé tout le monde, elle comprise. Papa finit par venir à sa rescousse :

— M. Mandl nous a fait part de son amour pour les arts…

— En effet. J'ai appris que votre mère avait été concertiste avant son mariage. J'avoue que je l'ai implorée de jouer, même si elle affirme qu'elle ne se produit plus en dehors de son cercle familial. Son interprétation de Beethoven était magistrale.

Ce fut au tour de maman de rougir.

— Merci, monsieur Mandl.

Qu'elle ait accédé à sa demande m'en disait bien plus sur la peur de mes parents que le précédent monologue de mon père concernant l'influence politique et militaire de cet homme. Lorsqu'elle avait renoncé à sa carrière, vingt ans plus tôt, afin de se marier, ma mère avait juré de ne plus se produire devant quiconque en dehors de notre famille, et elle s'était toujours entêtée dans cette décision – du moins jusqu'à ce soir-là.

— J'imagine que vous avez appris à votre fille à jouer tout aussi bien, dit-il.

— En fait…

Je savais qu'elle ne supporterait pas de m'adresser un compliment. Elle exigeait de moi la perfection, et tous mes efforts pour y parvenir lui déplaisaient autant que ma beauté. Comme si elle pensait que j'avais choisi d'être belle dans le seul but de la défier.

— Avez-vous vu une des autres pièces qui se jouent en ce moment, monsieur Mandl ?

J'avais volontairement fait dévier la conversation vers un sujet d'ordre plus général, redoutant que ma mère ne comble nerveusement le silence en tenant des propos peu flatteurs à mon égard.

Il me fixa bien en face.

— Pour être honnête, mademoiselle Kiesler, votre interprétation de l'impératrice Élisabeth a éclipsé pour moi tout autre acteur ou actrice. Je ne fréquente plus que le Theater an der Wien.

L'intensité avec laquelle il me dévisageait me mettait mal à l'aise. J'avais envie de détourner les yeux, mais je sentis qu'il attendait de moi une certaine force de caractère, et non de la timidité. Je soutins donc son regard tout en prononçant les mots qu'exigeait la bienséance :

— Vous me flattez, monsieur Mandl.

— Mes compliments sont sincères, et vous méritez chacune des roses que je vous ai envoyées.

Ma mère se ressaisit alors et laissa échapper la phrase qu'elle ne cessait de me répéter depuis que j'étais toute petite. Je l'avais entendue chaque fois que quelqu'un me disait jolie ou me complimentait sur mes talents de pianiste ou d'actrice, et chaque fois aussi que papa passait du temps à m'expliquer le fonctionnement d'un moteur de voiture ou d'une usine de porcelaine.

— Vous la choyez trop, monsieur Mandl.

Cette phrase n'était pas le reproche affectueux qu'on aurait pu croire au premier abord. Elle traduisait bien le fond de sa pensée, à savoir que je ne méritais pas qu'on fît grand cas de moi, que la vie s'était déjà montrée bien trop généreuse à mon égard et que j'étais au fond indigne de tout ça.

Cet homme serait-il capable de décoder la critique implicite derrière les paroles de ma mère ?

Si tel était le cas, M. Mandl n'en montra rien.

— Ce serait un plaisir pour moi de continuer à la choyer, madame Kiesler, dit-il à la place sans me quitter des yeux.

Puis il se tourna vers mon père.

— Me donnez-vous la permission d'emmener dîner votre fille ?

Mon père me jeta un petit regard contrit.

— Oui, monsieur Mandl. Vous l'avez.

6

28 mai 1933
Vienne, Autriche

Dès l'instant où nous sortîmes de la limousine de M. Mandl pour entrer dans l'hôtel Imperial, les employés se précipitèrent vers nous. Même le maître d'hôtel du restaurant, pourtant notoirement hautain avec les clients, s'empressa de nous offrir ses services. Je n'avais eu que de rares occasions de dîner là avec mes parents – quelques fêtes d'anniversaire et la célébration d'un diplôme scolaire –, et nous avions pratiquement dû quémander l'attention du personnel, avant de devoir attendre ensuite près d'une heure qu'on veuille bien prendre notre commande. Mais, ce soir-là, cet établissement à la cuisine aussi réputée que le snobisme de ses serveurs semblait penser qu'arriver au bras de M. Mandl me conférait un statut tout à fait différent. Malgré ma surprise, je tentai de faire comme si j'étais tout sauf impressionnée.

Je perçus des murmures sur notre passage tandis qu'on nous conduisait à une table positionnée au centre de la salle lambrissée de bois. J'avais toujours eu de mon père l'image d'un homme qui avait réussi – non sans raison –, mais je compris à cet instant seulement ce qu'était le vrai pouvoir, et je trouvai amusant de constater à quel point il se reflétait dans l'accueil des employés d'un restaurant et les regards des autres clients.

Des roses de toutes les couleurs décoraient notre table, égayant la salle par ailleurs luxueuse mais monochromatique. C'était la seule table à être ainsi fleurie, les autres n'ayant que des chandeliers de bronze surmontés de bougies blanches. De toute évidence, M. Mandl n'avait pas pris en compte la possibilité que mes parents refusent de le laisser m'inviter à dîner.

En m'asseyant sur la chaise tapissée qu'il tira pour moi malgré la tentative du maître d'hôtel de le faire à sa place, je me sentis mal fagotée. La robe très décente que maman et moi avions choisie m'avait paru d'une simplicité de bon ton devant mon miroir, mais les femmes dans ce restaurant portaient toutes les dernières toilettes à la mode, composées essentiellement de bouts de tissus légers et hors de prix maintenus ensemble par de fines bretelles scintillantes. J'avais l'air d'une nonne, en comparaison.

M. Mandl commença par me poser quelques questions précises sur les mets et les vins que je préférais.

— Cela vous ennuie si je commande pour vous ? Je mange ici très souvent et je sais quels sont les meilleurs plats. Il me déplairait beaucoup que vous soyez déçue.

Beaucoup d'hommes n'auraient jamais pensé à me demander mon accord, si bien que j'appréciai sa courtoisie, mais il ne fallait pas que je me contente d'acquiescer sagement. Son tempérament affirmé exigeait une interlocutrice à sa hauteur.

— J'aime choisir moi-même mes plats, mais dans le cas présent je n'y vois pas d'inconvénient.

Ma réplique le surprit et le ravit tout à la fois, comme je l'avais prévu. Il éclata d'un rire mélodieux tout en faisant signe au serveur de s'approcher. Après avoir commandé des huîtres et du champagne en entrée, suivis de deux chateaubriands en plat principal, il orienta la conversation vers le monde du théâtre. Connaissant très bien les metteurs en scène, les écrivains et les acteurs les plus réputés de Vienne, il sollicita mon avis sur les pièces à l'affiche depuis peu. Un tel échange était rare pour moi – la plupart des hommes n'entendaient presque rien au sujet ou ne s'y intéressaient guère –, de même que la manière dont il m'encourageait à exprimer mes opinions. Je trouvai cela rafraîchissant et inattendu.

Le silence retomba entre nous pendant que nous savourions nos huîtres.

— Je suppose que vous avez entendu beaucoup de rumeurs à mon propos, dit-il au bout d'un moment.

La franchise de sa question me prit au dépourvu. J'avais jusqu'alors trouvé sa compagnie plaisante, assez du moins pour en oublier momentanément sa mauvaise réputation. Ne sachant pas quelle était la réponse la plus sûre, j'optai pour l'honnêteté. Il me semblait qu'il le méritait.

— En effet.

— Et j'imagine que toutes étaient négatives.

J'eus soudain une boule au ventre. Mes parents et moi avions prié pour qu'il n'aborde pas la question de son caractère.

— Pas toutes, non, répondis-je en souriant.

J'espérais insuffler une pointe de légèreté dans cet

échange déstabilisant, et si possible revenir à notre précédent sujet de conversation.

Il posa sa fourchette dans son assiette, essuya avec soin les coins de sa bouche avec sa serviette en lin.

— Mademoiselle Kiesler, je n'insulterai pas votre intelligence en prétendant qu'il ne s'agit que de mensonges. Il est vrai que j'ai fréquenté plusieurs femmes et que j'ai déjà été marié. Il est vrai aussi que, dans ma profession, j'ai parfois affaire à des individus et des courants politiques que certains jugent infréquentables. Tout ce que je vous demande, c'est de me laisser la possibilité de vous prouver que je suis différent des hommes avec qui je fais affaire, et également plus digne de respect que ne le donne à penser le nombre de femmes avec qui on m'a prêté une liaison. Je ne me résume pas à ma réputation.

J'avais beau savoir qu'il ne fallait pas réagir ainsi et que j'avais tout intérêt à me méfier de cet homme, ses paroles m'émurent. Je le comprenais. Moi aussi, je tentais de restaurer mon honneur. Aussitôt après sa sortie en salle, *Extase* avait été interdit dans plusieurs pays et censuré ailleurs en raison de ses scènes de nu et de rapports sexuels – des scènes durant lesquelles le réalisateur me piquait avec une épingle pour mieux me faire mimer l'orgasme. Tout cela avait terni mon nom. Et, bien sûr, le scandale n'avait fait qu'accroître le désir des gens de voir le film. M. Mandl ne méritait-il pas, comme moi, une chance de se racheter ?

— Vous semblez hésiter, mademoiselle Kiesler, dit-il sans me laisser le temps de répondre. Mais j'aurais été surpris dans le cas contraire, et peut-être même un peu déçu. Je n'ai pas envie de jouer au plus fin avec vous, et c'est pour cela que je vous supplie de me laisser exprimer clairement mes sentiments et mes intentions.

J'acquiesçai en silence, alors même que sa requête me nouait encore plus l'estomac.

— Je ne suis pas quelqu'un de profondément religieux, mademoiselle Kiesler. Ni de très romantique.

Sans réfléchir, je haussai les sourcils en jetant un coup d'œil aux roses.

— Oui, enfin, pas d'habitude, dit-il en souriant, avant de retrouver son sérieux. Mais quand je vous ai vue sur scène, il y a eu un court instant durant lequel j'ai eu comme une révélation. C'était comme si vous m'étiez familière – pas dans le sens où nous nous serions déjà rencontrés lors d'une soirée ou par l'intermédiaire d'amis communs, mais dans celui où je vous aurais toujours connue. J'ai éprouvé ça juste avant le rappel. Pendant quelques secondes, vous avez cessé d'être l'impératrice Élisabeth pour redevenir vous-même, et j'ai eu l'impression que vous m'étiez très proche…

Il continua à parler, mais je ne l'écoutais plus. J'étais stupéfaite par sa déclaration, et plongée aussi dans mes propres pensées.

— Ce fut pour moi une expérience singulière, et je me suis senti étrangement lié à vous…

Il s'interrompit et secoua la tête.

— S'ils étaient là, mes collaborateurs s'imagineraient entendre les divagations d'un admirateur fou à lier. Tout comme vous, je suppose.

J'aurais pu le laisser patauger. J'aurais pu rester silencieuse et regarder vaciller cet homme dont on disait qu'il détenait le sort de l'Autriche entre ses mains. Son comportement aurait été l'excuse parfaite pour que je l'éconduise. Mais je me sentais moi aussi étrangement liée à lui.

— Non, il m'est impossible de penser à vous en ces termes.

— Si vous êtes sérieuse, envisageriez-vous de me revoir ?

Des garçons m'avaient fait la cour avant lui, et à même pas dix-neuf ans je n'étais déjà plus une oie blanche. J'avais eu un grand nombre d'admirateurs, parmi lesquels Wolf Albach-Retty, le comte Blücher von Wahlstatt et même un jeune universitaire russe dont le nom de famille interminable et imprononçable s'était effacé de ma mémoire. Certains avaient retenu mon attention sur une courte période, d'autres un peu plus longtemps, et même s'il m'était arrivé de me donner à quelques-uns d'entre eux, je veillais en général à garder mes distances. Aucun n'avait fait preuve d'une franchise aussi respectueuse à mon égard. Tous s'étaient lancés dans une parade nuptiale élaborée si typique de la plupart des hommes – et si insultante envers mon intelligence. Si prévisible. Malgré leurs titres de noblesse, leur fortune ou leurs diplômes, je ne les avais jamais considérés comme mes égaux, raison pour laquelle ces relations n'avaient pas duré. Mais Friedrich Mandl était différent.

J'observai une pause pour lui faire croire que je méditais sa requête. Il ne prit pas la peine de masquer avec quelle impatience il attendait ma réponse, et je la repoussai le plus longtemps possible en savourant à la fois son appréhension et mon emprise sur cet homme si puissant.

Je bus une longue gorgée de champagne et humectai mes lèvres.

— Oui, monsieur Mandl, dis-je enfin. Je peux envisager de vous revoir.

7

16 juillet 1933
Vienne, Autriche

Je me retins de pouffer comme une gamine et plaquai une main sur ma bouche. Un comportement aussi bête ne s'accordait guère avec l'image sophistiquée que je voulais donner de moi. Cela n'aurait pas beaucoup dérangé Fritz, pourtant. Il paraissait charmé par ma personne, y compris les aspects de moi que je trouvais tout sauf charmants.

Après m'être ressaisie, je passai un doigt sur le bord de mon assiette. Sa surface luisante donnait l'impression qu'elle avait été taillée dans l'or, mais il ne s'agissait sûrement que de porcelaine dorée.

— Oui, *Liebling*, dit Fritz en semblant lire en moi (chose qui lui arrivait de plus en plus souvent). Ces assiettes sont en or massif.

— En or massif ? répétai-je, sans pouvoir cette fois m'empêcher de rire. Vraiment ?

— Presque, répondit-il d'un air amusé. L'or pur est trop tendre, évidemment, si bien qu'on est obligé d'utiliser un alliage. Dans le cas présent, on lui a ajouté de l'argent. Cela le rend plus fort sans rien ôter à sa beauté… Comme toi.

Je souris devant ce compliment. J'étais ravie d'être appréciée pour mon caractère. Mon assurance intimidait la plupart des hommes, mais Fritz sollicitait mon avis et accueillait favorablement mes opinions, même lorsqu'elles différaient des siennes.

— Tu les as commandées ? Je doute qu'on puisse dénicher des assiettes en or dans n'importe quel magasin de porcelaine…

— Disons simplement qu'elles ont été rendues disponibles après les récents événements survenus dans les universités. Et à un prix raisonnable.

Ces paroles me laissèrent perplexe. Faisait-il allusion aux émeutes qui avaient éclaté au cours de l'hiver et du printemps après que des étudiants juifs avaient été refoulés de l'université de Vienne par les socialistes ? Comment ces troubles avaient-ils pu mener à la vente au rabais d'assiettes en or ? Il n'y avait *a priori* aucun lien entre les deux, et pourtant je sentais vaguement que je me trompais.

Fritz interrompit le cours de mes pensées en levant son verre en cristal finement taillé.

— Buvons aux sept semaines qui viennent de s'écouler. Elles ont été les plus heureuses de ma vie.

Nous trinquâmes, et j'avalai une gorgée de Veuve Clicquot en songeant au temps passé depuis notre rencontre. À nos sept dîners princiers – un à chaque fois que le théâtre faisait relâche. À nos vingt déjeuners tout aussi fastueux – dès lors que je ne devais pas assurer une représentation en matinée et que Fritz n'avait pas de rendez-vous professionnel. Aux quarante-neuf bouquets de fleurs fraîches qu'il m'avait fait livrer – jamais deux de suite de la même couleur.

Cela faisait sept semaines que je m'obligeais à ne pas tourner les yeux vers le siège au troisième rang qu'il avait réservé pour toute la durée du spectacle et occupé la plupart des soirs où j'étais sur scène. Sept semaines que cette relation mettait tout le monde en émoi au théâtre, à l'exception de Mme Lubbig, qui avait pincé les lèvres en apprenant la nouvelle et qui ne les avait pas desserrées depuis. Sept semaines que mes parents attendaient nerveusement que je rentre à la maison le dimanche soir au bras de l'homme le plus riche d'Autriche, lequel prétendait se sentir de nouveau jeune grâce à moi. Et même plein d'espoir.

Toute ma vie tournait désormais autour de lui. En dehors des moments où j'incarnais l'impératrice Élisabeth sur scène, j'étais devenue sienne. Et, à sa demande, je l'avais autorisé à me prouver son attachement.

Nous avions dîné dans tous les meilleurs établissements de Vienne et des environs, mais jusqu'à ce soir-là nous n'avions jamais visité aucune de ses trois demeures – un vaste appartement à Vienne, un château baptisé le Schloss Schwarzenau, près d'une ville éponyme située à environ cent vingt kilomètres au nord-ouest, et un somptueux pavillon de chasse de vingt-cinq chambres, la villa Fegenberg, près de Schwarzau, à quatre-vingts kilomètres au sud de la capitale. Dîner seule chez un homme sans être dûment chaperonnée allait à l'encontre de toutes les règles édictées par mes parents, raison pour laquelle je ne leur en avais rien dit.

Plus tôt dans la journée, j'avais franchi avec lui le portique à colonnes de son immeuble en pierre blanche du 15 de la Schwarzenbergplatz, dans le quartier le plus riche de Vienne, juste à côté de la Ringstrasse.

Nous étions passés devant un concierge en uniforme et trois portiers avant de prendre l'ascenseur jusqu'au dernier étage du bâtiment. Là, il m'avait fait faire le tour de son appartement de douze pièces – presque un manoir, en réalité, dans la mesure où il occupait trois niveaux. Je l'avais complimenté d'un ton réservé alors même que j'avais envie de m'extasier sans retenue. Les lieux étaient décorés dans un style qui semblait au premier abord tout le contraire du cadre confortable et bariolé dans lequel j'avais grandi à Döbling. Seulement, plus j'observais la simplicité luxueuse des meubles, des tapis et des œuvres d'art, plus je trouvais excessive l'accumulation d'ornements qui caractérisait la plupart des intérieurs viennois. Son appartement m'apparaissait non pas austère mais incroyablement moderne et original.

Tout en savourant le champagne et les cinq plats français nappés de sauces inconnues que Fritz avait demandé à son chef de nous préparer, je passai ma main sur ma chaise tapissée et sur la nappe. La soie shantung avait quelque chose de merveilleusement décadent au toucher. Et bien que Fritz fût tourné vers le domestique qui remplissait sa flûte, je surpris son expression dans le reflet d'un énorme miroir sur le mur en face de lui. Il rayonnait de joie devant mon plaisir.

Il porta son verre à ses lèvres et me posa une autre question sur mon enfance. Sa curiosité à mon égard était insatiable, mais lui-même n'évoquait jamais rien de sa jeunesse. J'avais du mal à croire que cet homme de pouvoir à la mise toujours impeccable ait pu être un jour un petit garçon tendre et vulnérable. Était-il né avec cette personnalité tranchante et cette force de caractère ? Était-il sorti du ventre de sa mère du même pas sûr qui était le sien à présent ?

— Assez parlé de moi, Fritz. Tu vois bien que la vie de Hedwig Kiesler n'a rien de très excitant. Toi, en revanche, c'est une autre affaire. Comment es-tu devenu le Friedrich Mandl que l'on connaît aujourd'hui ?

Il me retraça avec un plaisir évident l'histoire de la Hirtenberger Patronenfabrik, mais sa présentation de la fabrique familiale de munitions qu'il avait sauvée et développée après sa faillite au lendemain de la Première Guerre mondiale et de la défaite de l'Autriche me parut trop préparée, presque trop lisse. J'étais prête à parier qu'il la ressortait chaque fois que les circonstances l'exigeaient. Or je voulais plus qu'un compte rendu parfaitement rodé de l'essor d'une entreprise. Je voulais la véritable histoire de Fritz. L'histoire intime de l'homme le plus riche du pays, pas ce récit bien léché.

— C'est impressionnant, Fritz. Surtout le prêt bancaire que tu as négocié pour permettre à l'usine de redevenir la propriété de ta famille après sa faillite. Quel coup de génie…

Il sourit. Il adorait les louanges.

— Mais… Et ta vie personnelle dans tout ça ? Parle-moi de ta mère.

Sa mine s'assombrit aussitôt, ses mâchoires se crispèrent. Où était passé le Fritz amoureux et empressé de ces dernières semaines ? Prise d'un frisson, je me reculai sur ma chaise. Il dut remarquer ma réaction parce qu'il se força de nouveau à sourire.

— Il n'y a pas grand-chose à dire. C'était une femme au foyer tout ce qu'il y a de plus typique en Autriche.

Je compris qu'il valait mieux ne pas insister et je changeai de sujet pour alléger l'atmosphère :

— Cela t'ennuierait de me montrer le salon ?

— Excellente idée. Si on prenait le dessert et le digestif là-bas ?

Il m'entraîna vers un canapé positionné face à une large fenêtre qui offrait une jolie vue sur l'architecture imposante de la Ringstrasse. Les lumières des immeubles étincelaient et se reflétaient dans les nombreux miroirs du salon. Tout en sirotant le cocktail qu'il m'avait servi, j'éprouvai une joie irrationnelle. Le succès de *Sissi*, ma relation naissante avec Fritz… tout ça semblait trop beau pour être vrai. Immérité, comme aurait dit ma mère.

Je jetai un coup d'œil à Fritz et m'aperçus qu'il me dévisageait, en souriant devant mon bonheur évident. Puis il se pencha vers moi et m'embrassa. Doucement dans un premier temps. Ensuite avec passion. Ses mains glissèrent de ma taille vers mon dos et je sentis ses lèvres sur mon cou en même temps qu'il commençait à dégrafer ma robe.

J'avais déjà couché avec d'autres garçons avant lui. J'avais connu de longs baisers et des étreintes sur des balcons ou dans la coulisse d'un théâtre. Des caresses maladroites à l'arrière d'une voiture. Trois après-midi volés dans l'appartement vide des parents d'un petit ami avec qui je m'étais débarrassée de toutes mes inhibitions. Mais mon instinct me souffla de ne pas aller trop vite avec Fritz. J'avais tout intérêt à le tenir à distance le plus longtemps possible. Voilà pourquoi, même si je le désirais, je m'écartai de lui.

— Il… est préférable que je m'en aille…, dis-je en haletant. Mes parents seront furieux si je rentre après minuit.

Il me relâcha en affichant un sourire énigmatique.

— Comme tu veux, *Hase*.

Je l'attirai vers moi pour un dernier baiser.

— Je ne le veux pas, mais il le faut. Mes parents ne plaisantent pas avec le respect des consignes.

— Tu pourrais bien être surprise, en rentrant chez toi, de voir ce que sont devenues ces consignes, souffla-t-il à mon oreille. Il y a peut-être du changement à l'horizon…

8

16 juillet 1933
Vienne, Autriche

Le chauffeur ouvrit ma portière, mais la main de Fritz s'attarda sur la mienne.

— J'aimerais que nous n'ayons pas à nous dire au revoir, murmura-t-il.

— Moi aussi.

C'était vrai. J'avais entamé cette relation avec Friedrich Mandl en me disant que je ne l'aimais pas. Que si je l'écoutais, l'approuvais, discutais et riais avec lui, et même l'embrassais, ce n'était que pour coller au rôle que mes parents m'avaient demandé de jouer. Une performance d'actrice parmi d'autres. Je pensais que je trouverais un moyen de m'en sortir. Mais la véritable Hedy cachée derrière la comédienne éprouvait pour cet homme des sentiments bien réels, et je compris que mon cœur était à présent aussi vulnérable que tous ceux que j'avais brisés par le passé.

À certains égards pourtant, ces sentiments n'avaient pas plus d'importance dans la vraie vie qu'ils n'en avaient sur scène. Je libérai ma main et sortis de la voiture en silence. La maison de mes parents était plongée dans le noir. N'était le clair de lune, j'aurais pu trébucher sur le seuil de pierre. Je cherchai la poignée à tâtons et entrai en refermant doucement la porte derrière moi pour ne réveiller personne, pas même Inge, notre domestique. Il était bien plus de minuit. Avec un peu de chance, papa et maman dormaient déjà d'un profond sommeil. Je me détendis à la perspective de pouvoir me réfugier dans mon lit sans subir leur interrogatoire habituel.

Je défis mes chaussures argentées à talons, les posai délicatement par terre et me dirigeai vers l'escalier en évitant les lames grinçantes du plancher. Mais, lorsque je poussai la porte de ma chambre, je vis mon père assis sur le bord du lit avec sa pipe à la bouche.

— Tout va bien, papa ?

Il ne m'avait encore jamais attendue là. Maman et lui guettaient en général mon retour dans le petit salon en fumant et en buvant du schnaps après une soirée au théâtre avec des amis, quand ils n'allaient pas directement se coucher – du moins le faisaient-ils jusqu'à ce que je commence à fréquenter Fritz.

— Personne n'est malade, si c'est ce que tu craignais, Hedy.

Je rassemblai les plis de ma longue robe bleue et m'assis à côté de lui en ramenant mes pieds nus sous mes fesses.

— Que se passe-t-il, papa ?

— M. Mandl m'a rendu visite à la banque aujourd'hui, dit-il après avoir longuement tiré sur sa pipe.

— Ah oui ?

Pourquoi Fritz aurait-il fait ça ? Et surtout, pourquoi ne l'avait-il pas mentionné pendant le dîner ?

— Oui. Il m'a invité à déjeuner dans son club privé, et parce qu'il s'agit de M. Mandl j'ai accepté.

Diverses possibilités défilèrent dans mon esprit.

— De quoi avez-vous parlé ? demandai-je enfin d'une voix tremblante.

Mon père souffla un anneau de fumée vers le plafond et le regarda s'élever, effleurer les moulures en plâtre, puis se dissiper.

— Nous avons échangé les plaisanteries d'usage, mais tu as bien sûr été au centre de notre conversation. M. Mandl est très épris de toi, Hedy.

Mes joues me brûlaient, et j'étais soulagée que nous soyons dans la pénombre. Malgré toutes les mises en garde qu'on m'avait adressées et toutes les histoires sordides entendues à son sujet, Fritz m'attirait. J'aimais ressentir son pouvoir quand nous étions ensemble. Cet homme ne se résumait pas à sa réputation, il me l'avait bien prouvé.

— C'est très aimable à lui de t'avoir invité.

Je ne voyais pas quoi dire d'autre, et cela me gênait de réclamer plus de détails.

— Je crois que je ne me suis pas bien fait comprendre, Hedy. Le but de M. Mandl en me proposant ce déjeuner n'était pas seulement d'évoquer avec moi tes nombreuses qualités.

— Oh ?

Ma voix avait encore tremblé, mais je n'aurais su dire si c'était sous le coup de l'excitation ou de la peur.

— Oui. Il m'a demandé ta main.

— Quoi ?

J'étais stupéfaite. On ne se fréquentait que depuis sept semaines !

— Oui, Hedy. Il est déterminé à t'épouser.

— Oh.

Des émotions contradictoires m'assaillaient – j'étais à la fois flattée, effrayée et grisée par ce pouvoir que je me découvrais. Fritz n'était pas un garçon impressionné par la célébrité, contrairement à tous mes précédents admirateurs. C'était un homme qui avait toutes les femmes à ses pieds… et il voulait m'épouser, moi.

Mon père reposa sa pipe et me prit dans ses bras.

— Je suis désolé, Hedy. On n'en serait pas là si je n'avais pas insisté pour que tu n'offenses pas M. Mandl.

— C'est une issue si terrible que ça pour toi, papa ?

— Je ne sais pas quoi penser, *Liebling*. Tu viens juste de le rencontrer et nous ne connaissons guère de lui que sa réputation, qui n'est pas fameuse. Tu as beau avoir accepté de le voir très souvent, je n'ai aucune idée de ce que tu éprouves pour lui. Et j'ai peur. Même si tu tiens à lui, j'ai peur en songeant à ce que pourrait être la vie de la future Mme Mandl.

Il marqua une pause, soupesant ses mots.

— Mais j'ai peut-être plus peur encore des conséquences qu'aurait un refus pour toi – et pour nous.

— Sa demande en mariage ne me paraît pas une telle catastrophe, avouai-je à voix basse.

— Tu veux dire que tu l'aimes ?

Mon père avait l'air choqué. Et aussi en attente de quelque chose, même si je ne saisissais pas vraiment de quoi.

— Eh bien…

Je n'étais pas sûre des termes les plus appropriés à employer dans cette conversation et, du reste, je trouvais bizarre d'évoquer ma vie amoureuse avec mon père. Durant toutes mes précédentes relations, les euphémismes avaient été de rigueur.

— Je suis flattée, papa, c'est un fait. Et j'ai effectivement des sentiments pour lui.

Il s'écarta et me regarda droit dans les yeux. Dans la

faible lumière de ma lampe de chevet, je vis des larmes monter aux yeux de cet homme toujours si stoïque.

— Tu ne dis pas ça en imaginant que ça va me faire plaisir, n'est-ce pas ?

— Non, je suis sérieuse.

— Il y a un énorme fossé – un gouffre, si tu préfères – entre avoir des sentiments pour quelqu'un et souhaiter l'épouser, Hedy.

Je me demandais si c'était sa relation tendue avec maman qui lui inspirait cette remarque, mais au lieu de répondre à sa question implicite ou de chercher à vérifier quel était le fond de sa pensée je bottai en touche :

— Qu'est-ce que tu en penses, toi ?

— En temps normal, quels que soient tes sentiments, je m'opposerais à ce mariage pour tout un tas de raisons. Il est trop vieux pour toi. Vous vous connaissez à peine. Nous ne savons rien de sa famille. Sa réputation en affaires et avec les femmes est sérieusement entachée. Je pourrais continuer longtemps comme ça. Je suis certain que ta mère serait d'accord, mais je n'en ai pas encore discuté avec elle. Je voulais d'abord te consulter.

Papa me disait-il de refuser cette demande en mariage ? Son avis comptait beaucoup pour moi, alors que celui de maman ne me faisait pour ainsi dire ni chaud ni froid – empreint de son dédain à mon égard, il se révélait toujours la marque de son égoïsme et ne m'était d'aucune utilité. Il aurait fallu que je suive précisément la voie qu'elle jugeait le plus convenable pour qu'elle cesse de me percevoir comme une femme déchue.

Papa n'en avait pas terminé :

— Pour être honnête, je suis partagé. Si tu aimes M. Mandl, cette union pourrait te protéger à l'avenir.

Il est influent. Qu'on partage ou pas ses opinions politiques et son adhésion à la stratégie du chancelier Dollfuss, il s'efforce de maintenir l'indépendance de l'Autriche par rapport à l'Allemagne et cette pourriture antisémite de Hitler. Et si les rumeurs disent vrai, la situation va vite devenir dangereuse, pour nous autres Juifs.

De quoi parlait-il ? Nous n'étions pas vraiment juifs, enfin pas comme les émigrés qui s'étaient réfugiés en Autriche durant la Première Guerre mondiale, puis de nouveau durant la période sombre qui avait suivi notre défaite. Ces Juifs d'Europe de l'Est, ces *Ostjuden*, ainsi qu'on les appelait, vivaient en marge de la société, s'habillaient de manière traditionnelle et s'accrochaient à leurs croyances et à leurs pratiques orthodoxes. Personnellement, je n'en connaissais aucun. Il y avait bien quelques Juifs pratiquants dans notre quartier qui respectaient le shabbat ou disposaient des menorahs et des mezuzahs chez eux, mais ils le faisaient discrètement, pas avec l'insouciance insolente des *Ostjuden*, si bien qu'ils ne se distinguaient pas du reste de la population. Quant à ma famille, ma foi, nous ne nous considérions pas vraiment comme juifs, ou alors dans un sens culturel très vague. Bien intégrés dans la vie culturelle trépidante de la capitale, nous étions viennois avant tout.

— Mais nous ne sommes pas comme ces Juifs d'Europe de l'Est qui ont émigré ici ces dernières années…, commençai-je.

— Ce n'est pas parce que je ne porte pas une kippa et qu'on ne célèbre pas les grandes fêtes religieuses que nous ne sommes pas juifs, surtout aux yeux des autres, répliqua sèchement mon père. Nous habitons à Döbling, bon sang, un quartier qui a sa propre synagogue et dont les quatre mille habitants sont presque tous juifs. Ta mère et moi avons été élevés dans des familles juives. Si les *Hakenkreuzler*, ces brutes qui paradent dans les rues avec leurs fichues croix gammées, venaient à étendre leur champ d'action, Döbling et ses habitants risqueraient fort de devenir leur prochaine cible.

— Non, papa, pas Döbling.

L'idée que notre quartier sûr et pittoresque puisse être la cible de personnes malveillantes m'apparaissait presque risible.

La voix de mon père s'adoucit et se tinta de tristesse :

— Les attaques contre les Juifs se multiplient, Hedy, même si les journaux n'en parlent pas. Seules les agressions publiques violentes, comme celle qui a eu lieu l'année dernière dans la salle de prière du café Sperlhof, ne peuvent être étouffées par le gouvernement. À Leopoldstadt et dans les autres quartiers juifs orthodoxes, des tracts antisémites sont régulièrement distribués, les échauffourées se multiplient et les tensions s'accentuent. Dieu nous vienne en aide si Hitler s'empare un jour de l'Autriche.

J'en restai bouche bée. Papa et moi n'avions discuté de nos origines juives qu'une seule fois auparavant. Cette conversation me revint en mémoire, aussi fraîche et vivace que lorsque nous l'avions eue. Je devais avoir huit ans et j'avais passé plusieurs heures à faire danser mes poupées sous son bureau. J'adorais me servir de ce recoin sombre et privé comme d'un théâtre, mais, au bout d'un moment, j'avais eu l'impression que ma mère, pourtant toujours dans les parages, surtout quand je ne voulais pas qu'elle le soit, s'était absentée depuis un bon moment. Au lieu de me réjouir de cette liberté inattendue à laquelle je devais toutes ces heures de jeu, j'avais senti la panique monter en moi. Quelque chose de terrible lui était-il arrivé ?

J'avais fini par sortir du bureau en courant pour aller voir mon père dans le petit salon. Assis devant un feu de cheminée, il lisait le journal en fumant sa pipe avec contentement. Son calme m'avait déstabilisée. Pourquoi ne s'inquiétait-il pas ?

« Où est-elle ? » avais-je crié depuis le pas de la porte.

Il avait levé les yeux de son journal, l'air soudain alarmé.

« Qu'y a-t-il, Hedy ? De qui parles-tu ?

— De maman, bien sûr ! Elle a disparu…

— Oh, ne t'inquiète pas. Elle est juste allée présenter ses condoléances à Mme Stein. C'est le temps de la shiva pour elle, tu le sais bien. »

Mme Stein était une voisine qui habitait à quatre maisons de chez nous. J'étais au courant qu'elle venait de perdre son père, mais que pouvait bien être la shiva ? Le terme avait presque quelque chose d'exotique.

« Qu'est-ce que c'est ? avais-je demandé en plissant le nez de cette manière que maman jugeait inconvenante – mais elle n'était pas là, et je savais que papa ne me réprimanderait jamais pour une broutille pareille.

— Quand une personne juive meurt, ses proches pleurent sa disparition pendant une semaine en recevant chez eux les gens qui souhaitent présenter leurs condoléances. On appelle ça la shiva.

— Alors les Stein sont juifs ? »

J'avais entendu ce mot dans la bouche de mes parents à l'occasion, et si je n'étais pas certaine de sa signification, il me semblait que les gens se répartissaient en deux catégories : les Juifs et les non-Juifs.

En tout cas, je me sentais assez grande à ce moment-là pour le prononcer à voix haute.

Papa avait haussé les sourcils, et ses yeux écarquillés avaient laissé transparaître une expression inhabituelle. Se pouvait-il que ce soit de la surprise ? Mais il était toujours si impassible, et je ne l'avais jamais vu s'étonner de quoi que ce soit.

« Oui, Hedy. Ils le sont. Tout comme nous. »

J'aurais voulu l'interroger encore et lui demander ce que cela voulait dire être juif, mais la porte d'entrée avait claqué et le bruit reconnaissable entre tous des talons de maman nous était parvenu depuis le vestibule. Papa et moi avions échangé un regard. L'heure n'était plus aux questions. Dès lors, pourtant – et à défaut d'en savoir plus –, je savais de quelle catégorie nous faisions partie, mes parents et moi.

Par la suite, au fil des ans, j'avais – plutôt grossièrement il est vrai – assimilé les grands principes de notre religion ainsi que les origines juives de notre famille. Force m'est d'admettre que ses paroles me terrifièrent. Les actes violents dont j'avais pris connaissance dans les journaux m'avaient toujours paru concerner un autre groupe de Juifs, des gens sans aucun lien avec mon propre héritage religieux. Mais je n'en étais plus aussi certaine à présent.

— Faut-il s'inquiéter, papa ?

Ma peur devait être visible parce qu'il serra mes mains entre les siennes en essayant de me rassurer.

— J'aurais dû garder mes craintes pour moi, Hedy. Personne ne sait à quoi mènera toute cette agitation. Mais si quelqu'un peut te protéger, c'est bien lui. Friedrich Mandl sera peut-être en mesure d'assurer ta sécurité en ces temps troublés.

9

18 juillet 1933
Vienne, Autriche

Tout, ce soir-là, semblait paré d'un lustre éclatant. Notre table était parfaitement positionnée au centre de la salle de restaurant, là où les regards pouvaient s'attarder sur nous. Les bougies de deux chandeliers argentés aux bras en forme de branche d'arbre éclairaient nos visages d'un halo de lumière tremblant et chaleureux, tout en faisant étinceler les verres en cristal et luire les couverts. Au centre de la table, des roses de toutes les couleurs jaillissaient d'un vase en porcelaine, tel un condensé de celles qui avaient été livrées dans ma loge, et des mains expertes avaient veillé à ce qu'elles se dressent à une parfaite hauteur, sans nous empêcher de nous voir. Le bavardage discret des autres clients et les douces notes d'un piano résonnaient en sourdine dans le restaurant. C'était comme si tous les dîners et tous les déjeuners que nous avions partagés n'avaient été qu'une répétition générale en prévision de cet instant. Comme si le rideau s'était levé sur notre première. Ou était-ce parce que je m'attendais à une demande en mariage que des détails insignifiants devenaient si théâtraux et importants à mes yeux ?

La veille, mon père s'était entretenu avec Fritz, qu'il avait de nouveau retrouvé à son club à l'heure du déjeuner. Avant de partir, ce matin-là, il avait répété avec moi ce qu'il lui dirait. Des volutes de fumée de sa pipe flottaient encore dans le vestibule quand j'étais rentrée à la maison après ma représentation, et je m'étais précipitée dans le petit salon, où je savais qu'il m'attendait. Selon lui, tout s'était passé exactement comme nous l'avions prévu, à une exception près. Fritz lui avait bien fait comprendre qu'il voulait que je renonce à ma carrière d'actrice une fois mariée – une condition qu'avait déjà tenté de m'imposer un de mes précédents soupirants et que j'avais alors rejetée. Mais bien qu'elle me répugnât toujours autant, elle émanait cette fois de quelqu'un de très différent. Les menaces que la situation politique faisait planer sur nous changeaient considérablement la donne. Et, de toute façon, mes sentiments pour Fritz étaient aussi bien plus intenses. Après une longue discussion larmoyante avec mon père – le tout en présence de ma mère, qui nous suggérait des tournures de phrase pendant que nous répétions mes réponses –, j'avais commencé à voir l'interdiction de Fritz sous un autre jour et à l'accepter peu à peu, quoique à contrecœur.

Comme la première fois, pourtant, il n'avait pas dit un mot sur ce déjeuner avec mon père. Je fis en sorte que le repas se déroule dans une atmosphère joyeuse et gardai un ton léger et taquin – Fritz n'en attendait pas moins de moi, je le sentais –, mais la pression était énorme et je dus mobiliser tout mon talent d'actrice pour masquer l'anxiété qui me tordait le ventre et rendait mes mains moites. Il fallait que je fasse disparaître Hedy Kiesler, la jeune fille nerveuse de Döbling, au profit de Hedwig Kiesler, star chérie du public et femme habituée aux gestes attentionnés – et mérités – de l'homme le plus riche d'Autriche.

Je distrayais Fritz avec une anecdote sur mon partenaire dans *Sissi* et les exigences de plus en plus ridicules de notre metteur en scène quand un homme s'avança vers notre table. Il était souvent arrivé au restaurant que des messieurs viennent saluer Fritz d'une petite courbette et échangent un mot ou deux avec lui, mais jamais il ne s'était levé ni ne m'avait présentée à eux. Ce soir-là, pourtant, il bondit sur ses pieds et échangea une poignée de main chaleureuse avec cet inconnu.

— Ah, Ernst, puis-je te présenter Mlle Hedwig Kiesler ? Hedy, voici le prince Ernst Rüdiger von Starhemberg.

Le prince von Starhemberg. Même si mon père ne me l'avait pas décrit récemment comme un membre éminent de l'extrême droite autrichienne à tendance fasciste et comme le chef de la Heimwehr, j'aurais su qui il était. La famille Starhemberg, descendante d'une longue lignée de nobles autrichiens, détenait des milliers d'hectares et de multiples châteaux dans tout le pays.

Le prince tourna vers moi ses yeux rapprochés, son long nez aristocratique et sa mine sévère.

— J'ai entendu parler de votre triomphe dans *Sissi*, mademoiselle Kiesler, dit-il en s'inclinant bien bas. C'est un honneur de vous rencontrer.

Le prince von Starhemberg avait entendu parler de moi ? Je fus prise d'un vertige à l'idée qu'un homme de son rang et de son importance puisse me connaître, moi. L'espace d'un instant, j'oubliai où j'étais – jusqu'à ce que Fritz me jette un regard froid qui m'obligea à me ressaisir.

— Tout le plaisir est pour moi, Votre Altesse. Je vous remercie de votre compliment.

Son regard s'attarda sur moi au point de me mettre mal à l'aise, et je me demandai comment Fritz allait réagir. À ma grande surprise, ce fut de l'approbation, et non de la jalousie, que je lus sur son visage.

Les deux hommes se firent de nouveau face.

— Nos projets avec notre ami italien avancent bien ? s'enquit Starhemberg.

— Oh, oui, très bien. Une date a-t-elle été fixée pour notre prochaine rencontre ?

Ils baissèrent la voix et je m'efforçai de ne pas tendre l'oreille ni de faire de suppositions sur les projets concernant leur « ami italien ». Il devait forcément s'agir de Mussolini. À la place, j'examinai le décor du restaurant – un clin d'œil au futur et un hommage au passé avec ses beaux meubles français et son luxueux linge de table belge que contrebalançaient quelques notes décoratives typiquement tyroliennes. Cet établissement était la quintessence même du style autrichien.

Au moment de repartir, Starhemberg me fit un baisemain.

— Il faudra que je vienne vous voir jouer notre légendaire impératrice Élisabeth. Notre peuple a désespérément besoin d'héroïnes, de nos jours, dit-il.

Il s'inclina une dernière fois, puis s'éloigna à grands pas vers l'imposante double porte du restaurant, que le personnel s'empressa de lui ouvrir avant même qu'il l'ait atteinte.

Fritz et moi reprîmes place sur nos sièges et bûmes chacun une gorgée de notre champagne.

— Toutes mes excuses pour cette interruption, Hedy.

— Tu n'as pas à t'excuser, Fritz. C'était un plaisir de faire la connaissance du prince.

— J'en suis ravi. Ernst est plus qu'un très bon ami pour moi. Nous partageons les mêmes opinions politiques et économiques, et cela nous a conduits à nouer une alliance très solide. Je pense que tu le verras souvent à l'avenir.

Je me raidis. Y étions-nous enfin ? Était-ce le moment où ma vie allait basculer ?

Je tentai de masquer mon anxiété et mon excitation grandissantes :

— C'était très gentil de sa part de me complimenter sur mon succès. Après tout, il doit avoir beaucoup de préoccupations bien plus importantes que ma performance d'actrice dans *Sissi*.

Fritz garda le silence, et je craignis d'avoir commis une bévue. L'avais-je insulté en suggérant qu'un homme comme le prince ne devait pas avoir de temps à consacrer au théâtre ou à une actrice et que, de ce fait, Starhemberg lui était supérieur ?

— *Hase*, est-ce que tu aimes tant que ça les feux de la rampe ? me demanda-t-il tout à trac.

Je sentis que nous arrivions au point culminant de la conversation. La plus grande prudence s'imposait si je ne voulais pas laisser passer ma chance. Aidés par maman, papa et moi avions planché toute la nuit jusqu'à l'aube sur cette question épineuse – et aussi sur ma réponse, encore plus délicate. Même si je regrettais de devoir sacrifier ma carrière, je commençais à voir la nécessité de la troquer contre la sécurité que Fritz pouvait m'apporter. Mais à présent que l'heure avait sonné serais-je capable de prononcer les mots fatidiques ?

Je pris une profonde inspiration.

— Les projecteurs, les applaudissements... Tout ça n'a jamais été un but en soi, Fritz. C'est l'art de me glisser dans la peau d'une autre et de mener une vie différente de la mienne qui me procure le plus de plaisir.

Telles étaient les phrases que papa et moi avions répétées.

— Et si on te proposait une autre vie ? Un rôle que tu pourrais jouer à chaque instant de la journée, et pas seulement sur scène ? Le théâtre te manquerait-il ?

Je savais ce qu'il voulait entendre, ce qu'il fallait dire. Baissant les yeux, j'affichai un air de fausse modestie.

— Cela dépendrait du rôle. Et de la personne qui me l'offrirait.

Il se racla la gorge.

— Le rôle en question est celui d'épouse. Je te demande de devenir ma femme.

— Vraiment ? dis-je en relevant la tête et en le regardant à travers le rideau de mes cils.

Il fit glisser vers moi un petit écrin de velours noir et l'ouvrit. Une bague en or incrustée de diamants reposait à l'intérieur. C'était le bijou le plus extravagant qu'il m'avait été donné de contempler, et je n'osais imaginer le nombre de carats qu'il y avait là. Je faillis même éclater de rire en songeant que moi, une fille de pas encore dix-neuf ans sortie deux ans plus tôt à peine d'un pensionnat suisse, j'allais me retrouver parée d'une alliance qui aurait mieux convenu à une femme plus adulte et surtout bien née.

— Qu'en dis-tu, *Hase* ?

— Oui, Fritz. Je veux bien devenir ta femme.

Il glissa la bague à mon doigt et commanda une nouvelle bouteille de champagne au serveur. Alors que nous trinquions à la future Mme Mandl, je ressentis soudain douloureusement la perte de Hedy Kiesler, l'actrice. Qui sait ce qu'elle serait devenue si Fritz Mandl ne l'avait pas vue jouer dans *Sissi* ? Car ce nouveau rôle qu'il m'offrait était définitif, j'en avais bien conscience. Il n'était pas de ceux qu'on peut remiser une fois la répétition terminée ou le rideau retombé sur la scène.

Ce toast que nous portions à notre mariage était un adieu.

10

10 août 1933
Vienne, Autriche

Cette allée est une scène comme une autre, me répétai-je. Il n'y a pas de quoi être aussi nerveuse.

Je lissai de nouveau ma robe et ramenai une petite mèche de cheveux en arrière pour la coincer dans mon chignon bas parsemé de délicates orchidées blanches. Je faisais les cent pas dans le petit espace qui nous avait été réservé à l'intérieur de la chapelle quand je faillis heurter mon père. Il remarqua mon agitation et m'attira contre lui en faisant attention à l'élégant bouquet que je portais et aux plis délicats de ma robe – laquelle, malgré son étiquette Mainbocher, semblait trop simple comparée à l'intérieur baroque de l'église Saint-Charles-Borromée de Vienne.

— Tu es superbe, *Liebling*. Tu n'as rien à craindre.

Il m'avait toujours dit que je n'étais pas née belle pour rien. Au début, j'avais cru qu'il faisait allusion au théâtre viennois, à ce monde culturel très estimé qui accordait tant d'importance au physique. Mais je m'interrogeais, désormais. Avait-il voulu dire que ma beauté n'avait d'autre but que de me permettre de faire un grand mariage susceptible de nous aider, ma famille et moi ?

— Seulement les regards de centaines d'inconnus, répondis-je.

Il se retint de rire.

— Cela ne devrait pas t'impressionner, ma petite actrice. Tu affrontes tous les soirs les regards de centaines d'inconnus.

— Ancienne actrice, rectifiai-je.

Mais devant son air peiné je m'en voulus d'avoir dit ça.

— Tu reconnaîtras beaucoup de visages de Döbling dans la foule, reprit-il pour essayer de me faire penser à autre chose.

— Qui n'apprécieront sûrement pas que je me marie dans une église. Pas de houppa à l'horizon, ici.

Parce qu'il m'avait tendu la perche, je n'avais pu réprimer ce sarcasme sur notre judéité.

— Allons, *Liebling*. La plupart des gens de Döbling vivent à Vienne depuis des générations et savent bien ce qu'est une cérémonie chrétienne.

— Ils ont peut-être déjà assisté à un mariage chrétien en tant qu'invités, papa, mais je doute que beaucoup parmi eux aient déjà vu l'une des leurs *faire* un mariage chrétien.

— Tu serais surprise de savoir ce qu'il en est, à mon avis.

J'avais vécu les semaines écoulées depuis la demande en mariage de Fritz dans une sorte de brouillard. Comme nous en étions convenus ensemble, j'avais livré ma dernière interprétation de l'impératrice Élisabeth avant de publier le communiqué suivant : « Je suis si heureuse de m'être fiancée que cela ne m'attriste pas de quitter la scène. Ma joie à l'idée de me marier prochainement est telle qu'il m'a été facile de renoncer à mon ambition de toujours de faire carrière au théâtre. » Mais je me sentais tout sauf heureuse au moment de rédiger le brouillon de cette déclaration, et bien que je n'aie jamais confié mon désarroi à Fritz, il dut le sentir car il tenta d'adoucir la douleur de ce sacrifice en m'emmenant dès le lendemain en voyage surprise à Paris pour y choisir ma robe de mariée.

Avec maman pour escorte, nous passâmes trois jours dans la capitale française. Je mourais d'envie de revoir les théâtres et les musées où j'étais allée avec mes parents lors de précédents séjours. À chaque fois, nous nous étions payé le luxe de descendre au Meurice, juste à côté du Louvre, et nous avions consacré plusieurs matinées à admirer les incroyables collections de tableaux et sculptures de ce musée – maman préférant la palette rose subtile de Fragonard tandis que papa s'attardait plutôt devant les portraits de Rembrandt. Nous rentrions en général déjeuner au restaurant de l'hôtel, puis, pendant que maman se reposait, papa et moi allions nous promener dans le jardin des Tuileries, où nous examinions les anciens mûriers plantés par Henri IV et les sculptures gracieuses. Parfois aussi, nous nous accordions des distractions plus plébéiennes réprouvées par maman, comme observer les numéros des acrobates des rues, les spectacles de marionnettes et les voiliers miniatures sur le plan d'eau. Le soir, nous sortions de nouveau tous les trois, soit pour assister à un opéra au palais Garnier, soit pour écouter de la musique symphonique dans l'une des nombreuses salles sélectionnées par mes parents en fonction de l'orchestre qui s'y produisait. Quelques-uns de mes plus tendres souvenirs familiaux étaient liés à ces escapades parisiennes.

Mais cette visite à Paris ne comprenait aucune activité culturelle et bien peu de promenades. Fritz avait planifié une série de rendez-vous avec les plus grands couturiers de la ville, tous situés dans ces hauts lieux de la mode qu'étaient la rue Cambon, l'avenue Montaigne, la place Vendôme et l'avenue George-V.

Nous passâmes ainsi de nombreuses heures chez Chanel, Vionnet et Schiaparelli, et je notai que ma mère restait étonnamment silencieuse pendant que Fritz me regardait essayer des robes les unes après les autres.

Vint enfin le tour de la maison Mainbocher. Dans l'intimité de ma cabine d'essayage, j'attendis qu'une employée termine d'épingler sur moi une robe bleu pâle moulante qui, par son drapé, rappelait celles des déesses grecques. Puis elle recula afin de me laisser contempler le résultat dans le miroir à trois faces. Je ne pus réprimer un cri de ravissement. Cette robe m'allait comme aucune autre auparavant. Elle soulignait ma silhouette d'une manière à la fois flatteuse et convenable pour un mariage, le tout en orientant l'attention sur mon visage, un peu à la manière d'un doux rayon de lumière. C'était une tenue unique pour une occasion qui l'était tout autant. En un mot, elle était parfaite.

Impatiente de découvrir la réaction de Fritz, je sortis fièrement de ma cabine et m'avançai dans le salon privé adjacent, où maman et lui patientaient sur des fauteuils tapissés de soie brodée en buvant du champagne. Je ralentis le pas en apparaissant devant eux. Devant lui.

Un sourire étira lentement ses lèvres pendant qu'il

m'examinait. Ses yeux s'attardèrent sur la courbe de mes seins, et ce regard insistant me sembla singulièrement indécent en présence de ma mère.

— Alors, qu'est-ce que tu en dis ? demandai-je en pivotant sur moi-même pour détourner son attention.

— Elle te va très bien, *Hase*.

— Ce sera celle-là ! annonçai-je en jetant un coup d'œil à maman.

Même elle ne put s'empêcher de sourire.

Fritz se leva et s'approcha si près de moi que je sentis la chaleur de son souffle.

— Elle est très jolie, Hedy, mais ce ne sera pas celle-là.

— Comment peux-tu dire ça, Fritz ? m'exclamai-je avec une mine aguicheuse, avant de m'écarter de lui pour pivoter encore sur moi-même. Est-ce qu'elle ne me va pas à la perfection ?

Il m'attrapa par le bras. L'espace d'un instant, je crus qu'il allait m'attirer vers lui pour m'embrasser. À la place, ses doigts se refermèrent sur moi.

— Ce ne sera pas celle-là, répéta-t-il d'un ton furieux, mais si bas que je fus seule à l'entendre. Essaie les autres.

Je reculai en trébuchant presque et me réfugiai dans ma cabine d'essayage. Fritz venait-il de me menacer ?

En tremblant, je laissai l'habilleuse défaire les épingles de ma toge grecque, puis prendre sur un portant une robe noir et blanc qu'elle m'aida à passer. Je m'observai dans le miroir. Si cette tenue soulignait mes cheveux bruns et ma peau pâle, ses découpes anguleuses et ses motifs géométriques me paraissaient plus appropriés pour un bal que pour un mariage. Mais Fritz me laisserait-il seulement exprimer mes réserves ? Oserais-je le faire ? J'étais partagée.

Quand bien même je ne voulais plus jamais l'entendre me parler sur ce ton ni sentir ses doigts s'enfoncer dans mon bras, je n'étais pas disposée à tout sacrifier, y compris le choix de ma robe de mariée, juste pour préserver de bons rapports avec lui.

Je regagnai le petit salon sans sautiller ni tournoyer cette fois et me préparai à son verdict. Il se leva d'un bond dès qu'il m'aperçut et entraîna maman avec lui.

— C'est celle-là, décréta-t-il sans nous demander notre avis.

Le rouge me monta aux joues, mais ma mère secoua la tête. Apparemment, s'opposer à Fritz n'était pas envisageable. Pas après la scène dont elle avait été témoin.

— Elle est très jolie, dis-je.

J'essayai de réprimer ma colère devant la rudesse de son comportement et de me concentrer à la place sur le plaisir que je lui procurais manifestement en portant cette robe. Après tout, le choix d'une tenue était-il si important ? L'essentiel n'était-il pas de faire en sorte que ce mariage ait bien lieu, et de m'assurer ainsi la sécurité et la protection qui allaient avec ?

Je m'approchai d'un miroir et tentai de me voir avec ses yeux à lui, comme il voulait que je sois. Je renvoyais en effet une image saisissante dans cette robe. Surprenant son regard posé sur moi, je hochai la tête pour lui signifier mon accord.

Une fois que l'habilleuse eut noté les retouches à faire sur la robe, nous laissâmes maman à l'hôtel avant de faire une courte promenade dans le jardin des Tuileries. De là, nous nous dirigeâmes vers la place Vendôme, si impressionnante avec ses bâtiments aux grandes fenêtres cintrées encadrées de pilastres et de piliers ornementaux. Fritz me raconta avec enthousiasme l'histoire de la colonne érigée au centre. Haute de plus de quarante mètres, elle s'inspirait de la célèbre colonne Trajane, à Rome, et avait été commandée à l'origine par Napoléon dans les années 1800 afin de commémorer ses victoires. Ce monument de bronze autour duquel des bas-reliefs s'enroulaient en spirale était ensuite devenu un sujet de controverse. La statue de Napoléon érigée au sommet avait été ôtée et réinstallée au gré de l'aura fluctuante de l'empereur durant le dix-neuvième siècle, puis détruite durant la Commune de Paris, et enfin reconstruite à l'identique.

— Les dirigeants et les partis politiques peuvent bien s'élever et chuter, le pouvoir de l'argent l'emporte toujours, déclara-t-il.

Si elle se voulait un résumé d'une facette de l'histoire napoléonienne, cette phrase exprimait aussi très bien les convictions politiques de Fritz. Pour lui, apparemment, le pouvoir était un but en soi.

Nous longeâmes les luxueuses boutiques qui bordaient la place en nous attardant devant les vitrines de chez Cartier. La lumière dorée de l'après-midi faisait étinceler les bijoux présentés à l'intérieur, et je m'émerveillai devant une parure composée de boucles d'oreilles, d'un collier et d'un bracelet sur lesquels des diamants, des rubis, des saphirs et des émeraudes dessinaient un motif géométrique. C'était un instant parfait, si parfait que je m'efforçai d'oublier le désarroi que j'avais éprouvé un peu plus tôt.

— Ces bijoux sont loin d'être aussi beaux que toi, *Hase*. Rien ne peut se comparer à ta beauté, dit Fritz en enroulant un bras autour de mes épaules.

Alors que nous nous éloignions de chez Cartier, il ramena la conversation vers notre mariage et m'expliqua comment il envisageait le repas qui suivrait la cérémonie. Il avait pris les choses en main et décidait de presque tout – les fleurs, la robe, la musique, le restaurant, le menu, la liste des invités – avec le même souci du détail qu'un décorateur ou un metteur en scène. Le seul point dont il ne s'était pas encore occupé était la cérémonie elle-même, mais je supposais qu'il le ferait plus tard. Dans l'intimité de notre maison, maman avait d'abord exprimé son mécontentement devant cette façon de faire « inappropriée » – la coutume voulait que ce soit la mariée qui organise le mariage, pas le marié. Pourtant, à mesure qu'elle passait du temps avec Fritz et qu'elle constatait l'attention presque frénétique qu'il portait à cet événement, même elle cessa de se plaindre. Non seulement elle n'osa plus intervenir, mais elle me déconseilla aussi de le faire.

Le seul aspect des préparatifs dont je me mêlai fut la liste des invités. Fritz insistait pour convier des membres de la haute société comme le prince Gustav du Danemark, le prince Albrecht de Bavière et le prince Nicolas de Grèce, ainsi que d'importants responsables politiques, dont le chancelier Engelbert Dollfuss et l'homme qui lui succéderait bientôt, Kurt von Schuschnigg. Mes demandes étaient peu nombreuses : je souhaitais uniquement inclure cinq ou six amis issus du milieu du théâtre et quelques membres de ma famille. Malgré ça, Fritz avait rechigné. Il s'inquiétait à l'idée qu'on soit trop nombreux. Il avait déjà décidé que le repas aurait lieu au Grand Hôtel de Vienne, sur le Kärntner Ring, et celui-ci ne pouvait accueillir que deux cents personnes dans son plus grand salon. Or, rien qu'avec ses invités à lui, nous approchions déjà de ce nombre.

Je lui faisais part de mon souhait de convier mon

mentor, Max Reinhardt, un réalisateur et producteur de premier plan, lorsqu'il m'interrompit en me posant une question sans aucun rapport avec ma demande :

— Que penses-tu de l'église Saint-Charles-Borromée ? Tu la connais ?

Pourquoi m'interrogeait-il sur cette superbe église baroque – l'un des édifices les plus célèbres de Vienne, avec son énorme coupole en cuivre flanquée de deux colonnes ? Quel rapport y avait-il entre elle et Max Reinhardt ? Était-ce parce qu'on pouvait y faire entrer plus de monde que les autres lieux qu'il avait en tête ? Mais non, c'était impossible. Il s'agissait là d'une église chrétienne.

Je pris sur moi pour masquer ma contrariété, dans l'espoir qu'il accepte de me faire plaisir.

— Évidemment, Fritz. Qui pourrait vivre à Vienne sans connaître cette église ? Elle domine la ville, tout de même.

Je secouai la tête et, après une courte pause, décidai de revenir à la charge :

— Tu es sûr qu'on n'a pas assez de place pour Max ? Et mon oncle et ma tante, alors ? Papa serait très déçu que la famille de son frère ne soit pas là.

— Hedy, je ne t'ai pas interrogée sur l'église Saint-Charles juste pour te faire la conversation ou pour parler de la liste des invités, répliqua-t-il sèchement. Je me demandais si tu aimerais te marier là-bas.

Moi, me marier à l'église Saint-Charles ?! Se pouvait-il que Fritz ne soit pas au courant de mes origines juives ? Nous n'avions jamais discuté de religion, pas plus de la sienne que de la mienne. Jamais. J'avais simplement supposé que, parce que j'habitais à Döbling, cela était évident – chose que mon père m'avait lui-même fait remarquer.

— Je ne suis pas chrétienne, Fritz, dis-je prudemment. Et même si je ne suis pas pratiquante, je viens d'une famille juive.

— C'est ce que je pensais, dit-il d'un air imperturbable. Mais cela ne devrait pas nous empêcher de nous marier à l'église Saint-Charles. Mon propre père était juif, et il s'est converti au catholicisme afin d'épouser ma mère. Je peux m'arranger pour que tu le fasses rapidement.

Il avait émis cette suggestion d'un ton léger, comme si changer de religion était aussi facile et anodin que de modifier sa commande dans un restaurant en demandant du bœuf à la place du poisson. Je ne l'avais jamais entendu évoquer l'histoire religieuse de sa famille, et j'étais surprise d'apprendre que lui aussi avait des ancêtres juifs.

Mais de là à me convertir ?... Même si mes parents ne fréquentaient pas la synagogue, une telle démarche avait quelque chose de drastique. Que dirait mon père ? Je savais combien il avait peur pour nous dans le climat antisémite qui régnait, et combien aussi il souhaitait que ce mariage ait lieu dans l'espoir que cela nous protège. Seulement, irait-il jusqu'à approuver une mesure aussi extrême ?

Peut-être pouvions-nous éviter d'avoir à en passer par là.

— N'y a-t-il pas d'autres endroits où tu aimerais qu'on se marie ? demandai-je en choisissant mes mots avec soin. Dans l'une de tes demeures, peut-être ? Pourquoi pas le château Schwarzenau ? Ou ton appartement à Vienne ? Il n'est pas loin du Grand Hôtel, où doit avoir lieu le déjeuner.

Fritz plissa les yeux et serra les dents avec cet air que je ne lui voyais d'habitude qu'au restaurant, quand il s'adressait à une de ses connaissances professionnelles venues le saluer, ou quand je mentionnais son éducation.

— C'est à l'église Saint-Charles que les gens de la bonne société se marient, et j'ai l'intention de célébrer dignement notre union. Et puis, il ne serait pas bon pour moi d'avoir une femme juive. Pas avec le genre d'affaires que je vais mener dans les prochains mois. Oui, dit-il comme s'il était arrivé à une conclusion définitive. Plus j'y pense et plus je suis certain que nous devrions opter pour une cérémonie chrétienne à Saint-Charles.

Je ralentis le pas. Mon père aspirait à la sécurité que ce mariage pouvait nous offrir, et voilà que, à présent, il fallait en passer par une conversion religieuse. Mais quelle autre voie pouvais-je suivre sans nous mettre en danger, ma famille et moi ? Ma religion ne comptait guère à mes yeux. Ma judéité n'avait jamais été qu'une ombre très floue, et devenir catholique ne changerait pas grand-chose. De toute façon, j'étais allée trop loin pour reculer.

Je pressai le bras de Fritz et calai mon pas sur le sien.

— Très bien, dis-je en essayant de garder un ton léger et joyeux. Va pour l'église Saint-Charles.

Ce soir-là, après avoir dîné au Lapérouse, un restaurant étoilé au guide Michelin, je découvris en regagnant ma chambre d'hôtel une grosse boîte enveloppée d'un luxueux papier cadeau rouge. Une enveloppe renfermant un message non signé avait été glissée sous le ruban en soie blanc noué autour.

Pour ma fiancée. À porter le jour de notre mariage.

Je sortis de l'emballage un écrin de velours frappé du nom Cartier. Lentement, je soulevai le couvercle.

À l'intérieur se trouvait la parure que j'avais admirée dans la vitrine du joaillier. Les boucles d'oreilles, le collier et le bracelet étincelaient dans la lumière dispensée par le lustre de ma suite d'hôtel, et j'eus du mal à croire que ce trésor tout en diamants, rubis, saphirs et émeraudes puisse m'appartenir. Et pourtant, plus je le contemplais et plus je me demandais si Fritz ne s'en tirait pas à bon compte.

Ces bijoux n'étaient-ils pas un tout petit prix à payer en échange de mes sacrifices ? D'abord ma carrière d'actrice, ensuite mon héritage familial ? Quand bien même je n'étais pas très attachée à ma religion, cela restait pour moi une abdication majeure.

Les premières notes de musique retentirent. Fritz s'était arrangé pour que les instrumentistes de l'Orchestre symphonique de Vienne interprètent quelques-uns de mes morceaux préférés avant que je fasse mon apparition. Je souris en entendant le « Night and Day » de Cole Porter, mais, très vite, la panique s'empara de moi et je sentis mes paumes devenir moites.

Je pris une profonde inspiration mal assurée et saisis le bras de mon père en me préparant à remonter l'allée centrale jusqu'à l'autel.

— Tu ne pourras pas traiter cet homme comme tu as traité tous ces garçons qui l'ont précédé, Hedy, murmura mon père alors que nous nous apprêtions à sortir de la chapelle pour nous engager sur le tapis rouge déroulé à l'intérieur de l'église. Quand tu en auras assez de lui, quand il t'agacera, tu ne pourras pas t'en débarrasser d'un claquement de doigts. Les enjeux sont trop élevés. Tu comprends ?

Il ne m'avait encore jamais parlé ainsi, et cela me fit craindre de commettre une énorme erreur.

— Je comprends, papa.

Qu'aurais-je pu dire d'autre ? Il m'était difficile d'abandonner au pied de l'autel Friedrich Mandl, marchand de mort et homme le plus riche d'Autriche.

— Tant mieux, parce que c'est pour la vie, Hedy. Pour toute la vie. La tienne et la nôtre.

11

14 août 1933
Venise, Italie

Le soleil se déversait à travers les lamelles des volets. L'un après l'autre, de larges rais de lumière illuminèrent le corps endormi de Fritz sur le lit de la suite nuptiale que nous occupions à l'hôtel Excelsior. Fritz, mon mari.

Il ouvrit les yeux et me décocha lentement un petit sourire en coin – une expression vulnérable que mon influent époux n'affichait jamais en public. Seulement devant moi.

— *Hase*, chuchota-t-il.

J'enroulai mes jambes autour de lui, mais sans m'approcher davantage. Il adorait la chasse, même sur un terrain aussi réduit qu'un matelas. Ses doigts attrapèrent les bretelles de soie de ma chemise de nuit. Alors qu'il commençait à les faire glisser sur mes épaules, je m'écartai légèrement.

— On a déjà raté le petit déjeuner. Si tu me retiens plus longtemps ici, on ratera aussi le déjeuner, dis-je.

Mais mon regard démentait mes paroles. Et si je m'étais délibérément composé un air aguicheur, je n'avais pas besoin de feindre le désir. Ayant multiplié les conquêtes, Fritz était un amant doué qui comprenait parfaitement le corps féminin, à la différence des garçons que j'avais connus avant lui.

— Tu devrais savoir maintenant que la seule subsistance dont j'ai besoin, c'est toi, *Hase*, dit-il en même temps qu'il m'attirait sur lui.

— Alors compte sur moi pour te nourrir, répondis-je en le chevauchant.

Plus tard, après que nous eûmes effectivement raté le déjeuner au Pajama Café et fait appel au service de chambre, Fritz sirota un *espresso* en mordillant dans une épaisse tranche de pain recouverte de confiture tout en me regardant m'habiller.

— Sors plutôt ton maillot de bain vert, m'ordonna-t-il. Le Jean Patou. J'aime bien la manière dont il met tes jambes en valeur.

J'ôtai le maillot de bain à rayures que j'avais prévu de porter sur la plage du Lido, juste devant notre hôtel. Le vert était plus échancré, avec une découpe triangulaire sur le devant. Curieusement, je me sentais plus nue avec que lorsque j'avais tourné les scènes scandaleuses d'*Extase*. Peut-être cela tenait-il aux regards lubriques des autres vacanciers, si différents de l'attention toute professionnelle de l'équipe technique du film.

— Et mets un rouge à lèvres foncé, ajouta Fritz alors que j'enfilais mon maillot de bain.

Depuis notre mariage, il se montrait de plus en plus tatillon sur mon apparence. Je m'opposais rarement à ses désirs, quelle qu'en fût la nature, parce que je trouvais plus facile de faire plaisir à quelqu'un qui exprimait clairement ce qu'il voulait. C'était presque un soulagement de ne pas devoir tout le temps lire en lui et ajuster mon comportement en conséquence, comme je l'avais fait avec la plupart de mes autres amants. Mais cette requête me parut ridicule. J'avais grandi en ayant l'habitude de sortir sans artifice.

— Pour la plage ? Il est vraiment nécessaire que je me maquille autant ?

Si minime fût-elle, cette objection le contraria.

— Oui, Hedy, répliqua-t-il sèchement. Le rouge à lèvres accentue la courbe de ta bouche.

Son insistance m'étonna. Il ne s'était pas conduit ainsi depuis qu'il avait exigé que je porte la robe de chez Mainbocher pour notre mariage. Où était passé l'homme qui appréciait mes opinions et ma force de caractère ?

Je fis pourtant ce qu'il m'avait demandé. Quelques instants plus tard, nous descendîmes au rez-de-chaussée de l'hôtel et traversâmes la réception au style vénitien nuancé d'influences byzantines et mauresques. Ce gigantesque établissement comptait plus de sept cents chambres, trois restaurants, de multiples terrasses, deux night-clubs, dix courts de tennis et un embarcadère privé. Et bien sûr, il disposait de sa propre plage. Il nous fallut près de trente minutes rien que pour nous y rendre depuis notre chambre.

Nous émergeâmes de l'hôtel sous le soleil aveuglant de l'Italie. Je baissai mon chapeau à large bord sur mes yeux, ajustai mes lunettes de soleil et resserrai mon kimono de soie avant de m'engager avec Fritz sur la promenade menant à la plage. Lorsque le chemin se fit plus étroit, nous empêchant de marcher bras dessus bras dessous, il passa derrière moi et me talonna de près, toujours vigilant, jusqu'à ce que nous ayons atteint la mer.

Devant nous s'étendait la plage du Lido, l'île qui

séparait Venise de la mer Adriatique. Bien que le sable disparût presque sous les petites cabines et les chaises longues – toutes occupées par d'élégants vacanciers dont les tenues semblaient sorties des gazettes de mode européennes –, le bruit des vagues et les cris des mouettes me rendirent étrangement euphorique. J'inspirai l'air marin salé et, l'espace d'un bref instant, je redevins telle qu'autrefois et oubliai mon rôle de Mme Fritz Mandl.

Le charme fut rompu quand Fritz leva la main avec désinvolture en direction d'un jeune plagiste en chemise à rayures. Le garçon accourut avec des serviettes drapées sur son bras.

— Puis-je vous aider, monsieur ? demanda-t-il dans un allemand teinté d'un lourd accent italien.

Comment savait-il que nous étions germanophones ? Surprise, j'en fus réduite à supposer que le personnel était habitué à une clientèle internationale et qu'il avait ses propres astuces pour deviner la nationalité de chacun.

— Nous aimerions deux chaises longues et deux parasols.

— Bien, monsieur.

Le garçon nous entraîna vers les deux seuls transats encore disponibles. Recouverts de coussins à rayures rouges assortis à sa chemise, ils se trouvaient au dernier rang, si bien qu'une foule de vacanciers nous empêchait de voir la mer.

Nous résidions à l'hôtel Excelsior depuis quelques jours déjà, et la hiérarchie qui présidait à la répartition des chaises longues nous était désormais familière. Seuls les clients les plus riches et les plus nobles avaient droit aux places proches de la mer. Ceux qui ne jouissaient pas d'une notoriété particulière étaient relégués vers l'arrière.

Avant même qu'il ait prononcé un mot, je sus ce que Fritz allait dire.

— Qu'est-ce qui vous fait croire que nous allons accepter ces chaises longues ?

— Je suis désolé, monsieur, mais toutes les autres sont prises.

— Dites à votre supérieur que l'un de ses clients aimerait s'entretenir avec lui. Je suis M. Mandl et je vais l'attendre ici.

Le pauvre garçon se figea.

— Vous… avez bien dit « M. Mandl » ? bafouilla-t-il lorsqu'il trouva enfin le courage de parler.

— Oui. Vous êtes sourd ou quoi ?

— Toutes mes excuses, monsieur. La direction de l'hôtel nous a demandé de prendre particulièrement soin de vous. Nous savons que vous êtes un ami de…

Sa phrase resta en suspens. Il n'était pas nécessaire qu'il la termine, cependant – j'avais déjà compris à qui il faisait allusion.

— Nos deux meilleures places vous étaient réservées, mais comme les heures passaient et que vous n'étiez pas là nous les avons laissées à d'autres clients.

— En échange d'un généreux pourboire, j'imagine.

Le visage du garçon devint aussi rouge que sa chemise.

— Je vais informer notre responsable que vous souhaitez le voir, mais, en attendant, permettez-moi de satisfaire à votre demande.

Fritz lui jeta un regard sceptique, puis hocha la tête. Le plagiste s'empressa de porter les deux transats et leurs parasols vers l'avant de la plage, où il improvisa un nouveau premier rang. Résultat, c'était nous à présent qui masquions la vue à plusieurs clients agacés – lesquels avaient à coup sûr déboursé une forte somme pour s'assurer leurs places de choix.

Malgré tout, Fritz était satisfait, et il ne tarda pas à l'être davantage lorsque, sans nous laisser le temps de nous asseoir, un homme vêtu d'un costume bleu marine parfaitement coupé – et bien trop chaud pour un bain de soleil – s'approcha à grands pas en compagnie d'un serveur aux bras chargés d'un plateau.

— Permettez-moi de me présenter, monsieur et madame Mandl, dit-il dans un allemand presque sans accent. Je suis Nicolo Montello, l'un des propriétaires de l'hôtel Excelsior.

— Ravi de faire votre connaissance, monsieur Montello, répondit Fritz en serrant la main que l'homme lui tendait.

— J'ai été horrifié d'apprendre l'affront que vous a fait subir l'un de nos employés. Un représentant du Duce en personne nous avait chargés de vous réserver le meilleur accueil durant votre lune de miel, et nous vous avons fait défaut. Permettez-moi s'il vous plaît de veiller à ce qu'à partir de cet instant votre séjour à l'hôtel Excelsior soit rien de moins que magique.

— Nous apprécierions beaucoup cet effort, monsieur Montello.

Le propriétaire de l'hôtel s'inclina bien bas. Puis il fit signe au serveur de s'avancer et souleva la cloche en argent de son plateau afin de dévoiler une bouteille de château-haut-brion. Même moi, je savais qu'elle était hors de prix. Sans que M. Montello eût à dire un mot de plus, un autre serveur apparut avec une table recouverte d'une nappe en lin qu'il installa entre nos deux transats. Un troisième arriva ensuite avec un plateau de fruits de mer, de figues vertes et de melons semblable à ceux que j'avais aperçus à côté des autres vacanciers. Après qu'il l'eut déposé sur la table, les quatre hommes s'inclinèrent de nouveau et prirent congé de nous.

Nous nous installâmes sur nos chaises longues, et Fritz avala une gorgée de vin.

— Tu vois, *Hase*, me lança-t-il avec un grand sourire en cassant une queue de homard. Qu'est-ce que je te disais ? L'argent et le pouvoir l'emportent toujours.

12

14 août 1933
Venise, Italie

Les notes de la contrebasse s'enchaînaient de plus en plus vite, à l'unisson avec la mélopée plaintive des cuivres et le tambourinement des percussions. Les paroles de la chanson suivirent le tempo, et je fermai les yeux en me laissant emporter par les accords de « It Don't Mean a Thing », de Duke Ellington.

Un orchestre de jazz de quatorze musiciens venus d'Amérique dominait la piste de danse du Chez Vous, le club de jazz de l'hôtel Excelsior. Ce night-club luxueux, décoré de compositions florales extravagantes et d'une fontaine haute de neuf mètres, s'organisait autour d'une scène intérieure qui se prolongeait au-dehors en s'ouvrant sur un jardin illuminé par des centaines d'ampoules clignotantes aux couleurs changeantes.

Les clients de l'hôtel et quelques intrus se pressaient sur la piste extérieure, où des chanteurs légendaires se produisaient chaque été. Nous en avions une excellente vue d'ensemble depuis la table centrale que nous avait réservée M. Montello. Des femmes vêtues de robes de soirée arachnéennes aux motifs étincelants dansaient frénétiquement le lindy hop et le shag avec leurs compagnons en s'efforçant de suivre le rythme de la musique. Face au spectacle de ces gens insouciants, j'avais du mal à croire que les craintes de mon père puissent être fondées. Comment le fascisme antisémite de Hitler aurait-il pu prendre racine et prospérer dans une telle ambiance ?

Fritz et moi avions rejoint le club vers 22 heures, après avoir profité de la plage jusqu'à 17 heures, bu des cocktails sur la terrasse en maillot de bain et kimono de soie, comme tous les autres clients, et savouré ensuite un long dîner dans l'exquise salle à manger rose – en tenue de soirée cette fois. L'envie me démangeait de me joindre aux danseurs, mais nos deux premiers jours à l'hôtel Excelsior m'avaient appris que Fritz préférait qu'on se tienne à l'écart de la foule. Enfin, surtout moi.

Un peu plus tôt ce jour-là, alors que nous venions de terminer le vin et les mets offerts par M. Montello, il s'était excusé et m'avait laissée seule un instant sur la plage. Au même moment, le vent s'était levé, et une forte brise avait emporté le magazine de mode que je feuilletais. J'avais enfilé mes chaussures, prête à aller le ramasser, mais à peine avais-je fait quelques pas qu'un homme avait bondi de son transat pour le faire à ma place.

« Parlez-vous français ? s'était-il enquis dans cette langue tout en s'approchant de moi, mon numéro fripé de *Modenschau* à la main.

— Oui, avais-je répondu dans la même langue.

— Désolé de n'avoir pas pu rattraper votre magazine avant qu'il tombe par terre. Il est tout abîmé, maintenant. »

Il était plus jeune que Fritz, à peine la trentaine peut-être, et bien plus grand et plus blond que lui.

Je l'avais remercié en plissant les yeux face au soleil pour le regarder. Nous échangions des plaisanteries insignifiantes sur les caprices de la météo lorsque Fritz m'avait rejointe. Ses mâchoires crispées disaient clairement combien il était contrarié de me surprendre en pleine conversation avec un autre homme, si innocent que fût cet échange.

« Ah, voilà mon mari », avais-je dit, toujours en français.

Je pensais que ces paroles l'apaiseraient, mais je m'étais rappelé trop tard qu'il ne comprenait pas cette langue.

« Que se passe-t-il ici ? » avait-il dit en enroulant un bras possessif autour de ma taille.

Son ton était accusateur. Je m'apprêtais à lui expliquer comment le vent avait emporté mon magazine quand le jeune homme nous avait demandé dans un allemand hésitant si nous aimerions disputer une partie de gin rami ou de backgammon avec ses amis et lui.

Fritz m'avait serrée si fort que j'en avais eu la respiration presque coupée.

« Merci, mais ma femme et moi préférons rester seuls. »

La chanson entraînante de Duke Ellington s'arrêta brusquement, et les cuivres retrouvèrent le devant de la scène en jouant les lentes notes d'ouverture de « Night and Day », de Cole Porter. La foule des danseurs s'éclaircit. Je savais que Fritz aurait apprécié qu'il y ait moins de monde et que le rythme de la chanson fût plus indolent – se trémousser sur des airs rapides de jazz « manquait de dignité », selon lui. Pour cette raison, je me levai de ma chaise et ondulai des hanches devant lui en une invitation suggestive qu'il finit par accepter. Il me suivit sur la piste et se lança avec moi dans un two-step gracieux pendant que je murmurais les paroles de la chanson à son oreille.

Cela le fit sourire, et je me félicitai de ma petite victoire. Quelques autres couples se joignirent à nous, mais ils étaient bien moins nombreux que ceux qui s'étaient déhanchés sur les deux chansons précédentes, si bien que nous pûmes continuer à tournoyer joyeusement. Deux messieurs plus âgés me jetèrent des regards admiratifs, et je lus la fierté sur le visage de Fritz. On aurait dit qu'il voulait que je sois désirable, mais seulement de loin. Ce n'était que lorsque les gens s'approchaient un peu trop et menaçaient d'engager la conversation avec moi que sa fierté cédait la place à la jalousie.

Un jeune homme et sa compagne, tous deux bruns et fort bien habillés, avec un petit quelque chose d'aristocratique dans le visage, dansaient près de nous. Trop près. Leurs mouvements étaient saccadés, désordonnés même, et je m'aperçus que la femme s'efforçait de guider son cavalier ivre vers une partie un peu plus désertée de la piste de danse. Il s'opposa à ses efforts jusqu'à ce que, exaspérée, elle tourne les talons en le laissant planté là.

À présent seul, l'homme s'avançait vers nous en titubant.

— Je peux vous emprunter votre partenaire ? demanda-t-il d'une voix traînante.

— Non, répondit Fritz en m'éloignant de lui.

Nous continuâmes à danser comme si de rien n'était, mais je sentis ses doigts s'enfoncer dans mes hanches.

L’homme revint vers nous en se faufilant entre les autres couples d’un pas toujours aussi incertain.

— Allez, une aussi jolie fille ne devrait pas avoir à passer toute la soirée avec un vieux *Kerl* comme vous.

Un bras toujours enroulé autour de moi, Fritz poussa l’ivrogne par terre, puis l’enjamba et m’entraîna vers le bar, où un serveur nous tendit aussitôt deux flûtes de champagne. Il en siffla une entière avant que j’aie pu avaler la moindre gorgée de la mienne et sortit ensuite du club en me tirant par la main.

Sans un mot, il traversa la réception et monta le grand escalier. Ce n’est que lorsqu’il chercha la clé de notre chambre que je pus voir son visage. Sa colère s’était transformée en fureur. Dès qu’il eut refermé la porte derrière nous, il me plaqua contre le mur, glissa ses mains sous ma robe pour écarter ma culotte et me pénétra sur-le-champ – pas exactement contre ma volonté, mais sans même avoir la courtoisie de m’embrasser. Une partie de moi se coupa de lui à cet instant. Je venais de comprendre que vivre avec Fritz allait se révéler une entreprise plus dangereuse que je ne l’avais imaginé.

13

28 septembre 1933
Schwarzau, Autriche

Les yeux bandés, j'entendis une clé tourner dans une serrure et un verrou cliqueter. Fritz revint me prendre par la main afin de me faire monter quelques marches. Une porte se referma lourdement derrière moi. Puis il me lâcha, et je sentis ses doigts défaire le nœud du foulard de soie qu'il avait enroulé autour de ma tête. Pourquoi avais-je peur ?

— Tu peux rouvrir les yeux, *Hase*.

Je me tenais dans l'immense entrée de la villa Fegenberg. Cette maison, si mal nommée « le pavillon de chasse » par Fritz, ressemblait d'abord et avant tout à la maison de campagne d'un baron. Certes, le décor du vestibule rappelait l'univers de la chasse, avec ses têtes d'ours et ses armes ornées de dorures, mais les anciennes tapisseries et les tableaux de maîtres flamands accrochés aux murs contredisaient la nature prétendument rustique des lieux.

Fritz avait voulu que sa chère villa soit notre première étape autrichienne au retour de notre lune de miel. Un moyen de prolonger la fête, selon lui. Pour être honnête, la suite de notre lune de miel avait été une longue récréation fastueuse. Nous avions visité Venise, les bords du lac de Côme, Capri, Biarritz, Cannes, Nice et enfin Paris. Durant tout ce temps, Fritz avait satisfait mes moindres désirs, mais sans cesser de me tenir à l'écart des autres voyageurs – et donc de sa fureur. Je commençais à penser que la rage qu'il avait déversée sur moi après notre soirée au club de jazz n'était qu'un incident isolé, quelque chose qui ne se reproduirait jamais.

En m'avançant avec lui dans le petit salon, je découvris une vue magnifique sur les sommets alpins à travers les grandes fenêtres qui bordaient la pièce du sol au plafond. Les flancs couverts de conifères des montagnes s'élevaient en ondoyant avant de laisser la place à des crêtes escarpées et parfois enneigées, et divers petits lacs et ruisseaux parsemaient ces étendues vertes de taches bleu vif. Cela me rappela le paysage du Wienerwald, la grande forêt à la lisière de Döbling où je me promenais autrefois le dimanche avec mon père.

Fritz ouvrit grand la fenêtre centrale. L'air vif des montagnes entra dans la pièce, et je l'inspirai à pleins poumons.

— Nous allons être heureux ici, Hedy, dit-il en revenant me serrer dans ses bras.

Je m'écartai juste assez pour le regarder.

— Oui, Fritz.

Il me libéra de son étreinte, mais m'attrapa aussitôt par la main.

— Viens, il faut que tu rencontres le personnel. Il doit être réuni dans le hall d'entrée.

Nous regagnâmes le vestibule, où un bataillon de domestiques nous attendait en rang d'oignons.

Ils s'étaient positionnés ainsi sans aucun signal de la part de Fritz, et j'en conclus qu'il avait planifié ce cérémonial depuis Paris, notre dernière destination. Je saluai à tour de rôle le majordome, la gouvernante, le cuisinier et six serviteurs – deux hommes et quatre femmes. Tous se montrèrent très respectueux, quoiqu'un peu froids ou réservés, à une exception près. Ada, une jolie femme de chambre qui n'avait peut-être qu'un an ou deux de moins que moi, me fixa droit dans les yeux avec l'air de me défier. Peut-être n'aimait-elle pas avoir une maîtresse guère plus âgée qu'elle. Je faillis attirer l'attention de Fritz sur son comportement, mais quelque chose me retint. Je ne voulais pas qu'il me croie incapable de gérer le personnel de maison.

Chacun resta à sa place pendant que Fritz m'entraînait ensuite dans le grand escalier. Parvenu sur le palier, il m'embrassa devant tout le monde, puis me fit entrer dans ce qui ne pouvait être que notre chambre – où je tentai de ne pas penser à ces gens plantés au garde-à-vous au rez-de-chaussée, sans doute attentifs aux bruits que nous faisions en tombant sur le lit.

Quelques heures plus tard, alors que le soleil glissait derrière la ligne de crête de plus en plus sombre des montagnes, Fritz et moi descendîmes dîner. Nous nous étions habillés comme pour un repas à l'hôtel Excelsior – il portait son smoking, et moi sa robe préférée, celle en lamé or rehaussée de bandes de velours noir. Cela m'avait paru un brin excessif, mais il avait insisté :

« C'est une soirée très importante, *Hase*. La première que nous passons chez nous, en Autriche. »

Nous fîmes tinter nos flûtes en cristal dans la lumière dorée du soleil couchant avant d'entrer dans la salle à manger. Une énorme table rectangulaire dominait la pièce, et je ne pus retenir un petit cri émerveillé.

Fritz eut un rire moqueur devant ma réaction.

— Nous pouvons recevoir jusqu'à quarante personnes en ajoutant des rallonges, et c'est ce que nous ferons d'ailleurs. Ce sera ton domaine.

Recevoir quarante personnes à dîner ? Emportée dans le tourbillon de notre mariage, enivrée par le faste de notre voyage de noces, je ne m'étais pas vraiment interrogée sur mes futurs devoirs en tant qu'épouse d'un important homme d'affaires. La réalité de ma vie de femme mariée – avec ses implications au quotidien – ne m'avait jamais effleurée, mais je ne pouvais sans doute pas l'esquiver plus longtemps.

— Si tu veux, répondis-je vaguement, sans trop savoir quoi dire d'autre.

Fritz se dirigea vers l'extrémité de la table, où un domestique se hâta de reculer sa chaise pour lui. D'instinct, je m'approchai du siège voisin et attendis. Mais l'homme se figea et jeta un regard nerveux à Fritz en quêtant ses instructions.

— Hedy, me réprimanda-t-il. Tu dois t'asseoir à l'autre bout. C'est là qu'est ta place.

Je contemplai la longue table avant de me tourner vers lui. Était-ce une plaisanterie ? Nous avions toujours dîné en tête à tête durant notre lune de miel, et là, dix chaises au moins nous sépareraient.

— Tu n'es pas sérieux ? La distance est si grande que je serai obligée de crier pour discuter avec toi.

Mais rien dans son expression n'indiquait qu'il faisait de l'humour.

— Oui, je suis sérieux, répliqua-t-il froidement. Il faut que tu t'entraînes en prévision des dîners que nous commencerons à donner ici la semaine prochaine.

— La semaine prochaine ?!

— Oui, Hedy, nous avons un agenda très chargé. C'est souvent à l'occasion d'un dîner que je conclus mes contrats. Et que je cimente mes relations d'affaires, aussi. Avec toi dans le rôle de la parfaite hôtesse et moi dans celui de l'hôte et du propriétaire de la Hirtenberger Patronenfabrik, nous formerons un formidable tandem.

Moi, une parfaite hôtesse ? Je n'étais qu'une fille de même pas dix-neuf ans avec deux années d'expérience en tant qu'actrice, rien de plus. Je n'avais jamais mené si grand train – mes parents préféraient voir leurs amis au restaurant ou au théâtre, pas lors de grandes soirées organisées dans notre maison de Döbling, laquelle ne soutenait la comparaison avec aucune des nombreuses demeures de Fritz. De quelles qualifications, de quelle formation pouvais-je me prévaloir pour jouer « les parfaites hôtesses » auprès de l'homme le plus riche d'Autriche ?

La réponse était aucune, bien sûr. Mais je savais que Fritz ne tolérerait jamais la moindre ignorance de ma part. Je lui avais vendu une certaine image de moi qui incluait une parfaite maîtrise des codes et des usages de son milieu. Je devrais jouer mon rôle, un point c'est tout. Peut-être n'aurais-je pas à abandonner ma carrière d'actrice finalement.

Que dirait une femme du monde à son mari dans un moment pareil ? me demandai-je. Je passai en revue les divers personnages qu'il m'avait été donné d'interpréter avant d'opter pour quelques lignes de dialogue susceptibles de faire l'affaire – après modification, bien sûr :

— Dans ce cas, dis-je d'une voix forte et assurée, il serait bon que je voie la gouvernante et le reste du personnel à la première heure demain matin afin de prendre connaissance du calendrier de ces dîners. J'établirai avec eux la liste des invités, les plans de table, les menus, etc.

Fritz me jeta un sourire à la fois condescendant et amusé, un peu comme il l'aurait fait face à une enfant. Ce n'était pas la réaction que j'attendais. N'avais-je pas dit ce qu'il fallait ? En quoi mes paroles étaient-elles si drôles ?

— *Hase*, soupira-t-il avec autant de bienveillance que d'agacement. Ne t'inquiète pas pour ça. Cela fait des années que je m'occupe de tout et ce n'est pas à toi d'assumer cette charge. La seule qui repose sur tes délicates épaules est celle de ta beauté.

14

24 novembre 1933
Schwarzenau, Autriche

J'aspirai une longue bouffée de cigarette et, depuis mon balcon, regardai la fumée se mêler à la vapeur de mon souffle visible dans l'air nocturne. Puis je tentai vainement de faire disparaître la tension dans mon cou et mon dos en m'étirant comme un chat. Fritz avait invité sa clique habituelle de personnalités politiques et de têtes plus ou moins couronnées à venir séjourner un week-end au Schloss Schwarzenau, notre château d'époque Renaissance si parfait, avec ses tours crénelées, sa chapelle en marbre et en stuc décorée de fresques représentant les apôtres, ses douze chambres, sa salle de bal et ses douves. La journée avait été très chaude pour la saison et, après l'avoir passée à faire du cheval et à pique-niquer près du lac voisin avec nos invités, nous avions rendu grâce à la nuit de nous offrir un répit bienvenu. Pourtant, malgré l'air plus frais, le repas interminable, les conversations insipides – et peut-être aussi les invités trop mielleux de Fritz – m'avaient tant assommée que j'avais dû m'excuser et sortir de table.

Notre lune de miel s'était terminée le lendemain de notre arrivée à la villa Fegenberg. Ce matin-là, ma vie en tant que Mme Mandl avait commencé. Quand bien même j'aurais consacré des heures et des heures à anticiper ce que serait mon quotidien auprès de l'homme le plus riche d'Autriche, cela n'aurait servi à rien. Jamais je n'aurais imaginé que Fritz pensait vraiment ce qu'il m'avait dit à table le soir de notre retour. Il attendait de moi que je ne fasse rien d'autre que me préparer et me pomponner afin d'être la plus belle possible lors des soirées qu'il organisait. J'étais comme un oiseau exotique qui n'avait la permission de quitter sa cage dorée que pour se produire en public avant d'y être de nouveau enfermé.

Il était entendu que la gestion de la maison et de notre agenda mondain, tâche qui incombait d'habitude à une épouse, n'était pas de mon ressort. Fritz supervisait dans les moindres détails la bonne marche de ses différentes propriétés et les préparatifs de nos réceptions en donnant lui-même ses consignes au personnel, en choisissant les menus et en prenant toutes les autres dispositions nécessaires. De son point de vue, acheter de nouvelles toilettes et me faire belle en vue de toutes nos obligations sociales devait m'occuper à plein temps, raison pour laquelle je passais mes journées seule, sans voir personne d'autre que les couturiers et les esthéticiennes auprès de qui j'avais rendez-vous – et aussi mon chauffeur, Schmidt, qui m'escortait dans la Rolls-Royce Phantom reçue de mon époux en guise de cadeau de mariage un peu tardif. Fritz me décourageait de fréquenter les quelques amis que je m'étais faits au théâtre ou à l'école, quand il ne me l'interdisait pas tout bonnement. En fait, il n'y avait guère que les visites à mes parents qui m'étaient autorisées. En attendant que le soir arrive, je n'avais donc que mes livres et mon piano pour compagnie – en plus de ma famille –, et les touches noires et blanches que j'avais fuies autrefois parce que je les associais trop à ma mère étaient devenues mes seules amies. La force et le tempérament indépendant que Fritz semblait avoir admirés en moi durant la brève période où il m'avait fait la cour avaient été relégués dans un passé à jamais révolu. Désormais, je n'avais plus le droit que d'acquiescer à ses exigences et de subir ses reproches lorsque je ne répondais pas à ses attentes.

De temps à autre, nous nous accordions une journée en tête à tête le week-end à la villa Fegenberg. Nous faisions du cheval sur les sentiers montagneux, pique-niquions dans les alpages en fleurs, et je retrouvais par moments l'homme que j'avais cru épouser. Durant ces après-midi où les restrictions qu'il m'imposait se relâchaient, je pouvais de nouveau être la femme dynamique aux idées très arrêtées qu'il avait courtisée. Cela m'aidait à tenir et me faisait espérer un avenir différent.

À ses nombreuses relations professionnelles et mondaines, Fritz expliquait que je menais « une vie de plaisirs et d'opulence ». Vu de l'extérieur, c'était probablement l'impression que je donnais. Après tout, nous partagions notre temps entre ses trois vastes demeures, aussi richement décorées les unes que les autres et dotées de tout le personnel nécessaire, et mes journées étaient un tourbillon de dépenses décadentes. Mais, ironie du sort, ma vie reflétait à présent celle du dernier personnage que j'avais incarné – et que j'incarnerais sans doute jamais –, à savoir l'impératrice Élisabeth. Non pas la première partie romantique de son histoire, que j'avais jouée sur scène, mais les années suivantes, quand l'empereur François-Joseph avait commencé à régenter sa vie et celle de leurs enfants en l'enfermant dans une cage royale privée d'air et de lumière. Comme Sissi, je n'aspirais à rien d'autre qu'à la liberté et à une raison d'exister. Mais de quel droit aurais-je pu me plaindre ?

Des bruits de pas interrompirent le cours de mes pensées. Jetant un coup d'œil derrière moi, je vis deux silhouettes s'avancer sur le balcon. Je reconnus les hommes qui accompagnaient l'un des financiers avec qui Fritz faisait parfois affaire, mais, ce détail mis à part, rien chez eux n'avait retenu mon attention. Avant chaque réception, Fritz passait en revue avec moi la liste des invités en me signalant les plus importants. Or il ne m'avait rien dit sur ces deux-là et ne me les avait pas non plus présentés – un signe supplémentaire du peu de cas qu'il faisait d'eux. Ils étaient donc restés invisibles sur mon écran radar durant toute la soirée.

Aucun d'eux ne me salua, comme l'aurait voulu la politesse. J'en déduisis qu'ils ne m'avaient pas vue derrière la colonnade où je me tenais, mais je n'avais aucune envie d'écourter ma pause déjà bien trop brève juste pour échanger des banalités avec des types que Fritz lui-même jugeait insignifiants.

— Est-ce que nos projets avancent ? demanda l'un d'eux d'une voix basse et rocailleuse.

— Oui. D'après mon contact, ils n'ont pas été détectés, répondit l'autre après avoir tiré sur sa cigarette.

— Ma foi, Linz est l'endroit parfait pour continuer à passer inaperçu.

— C'était le bon choix quand le Schutzbund a décidé d'entrer dans la clandestinité.

Le mot Schutzbund me mit sur le qui-vive. Ayant écouté de nombreuses discussions politiques au cours des mois précédents, je savais qu'il désignait la branche armée du Parti social-démocrate, laquelle était dirigée par un Juif, Otto Bauer. Le chancelier Dollfuss, chef du parti adverse et proche de Fritz, avait interdit cette organisation en février de cette année-là, laissant seule aux commandes sa propre branche armée – la Heimwehr –, dirigée par le prince von Starhemberg et approvisionnée en armes par mon mari. D'une certaine façon, le Schutzbund était donc l'ennemi de Fritz.

Ces types évoquaient-ils un complot fomenté par leur milice ? Si oui, Fritz aurait très envie de savoir que ce groupe paramilitaire qui s'opposait frontalement à son parti ne s'était pas dissous, comme il en avait reçu l'ordre, mais qu'il se cachait. Et qu'il était en pleine expansion.

Les deux hommes continuaient à parler :

— Ils seront bientôt prêts ?

— J'ai préféré ne pas demander de détails. Je ne suis qu'un argentier.

— C'est vrai que l'ignorance est une vertu de nos jours. Je crois que je…

Je les avais écoutés avec tant d'attention que ma cigarette s'était consumée jusqu'au bout sans que je m'en aperçoive. Je laissai tomber mon mégot avant qu'il me brûle les doigts et l'écrasai avec la pointe de ma chaussure en satin bleu marine. Malgré mes efforts pour ne pas faire de bruit, cependant, mon mouvement dut trahir ma présence car le silence se fit brusquement.

J'entendis des pas qui se dirigeaient vers le coin du balcon où je me trouvais. Je sortis à la hâte de ma pochette une nouvelle cigarette et un briquet en argent frappé de mes initiales que je fis semblant de vouloir allumer.

Lorsque leurs pas devinrent nettement plus audibles, je me déplaçai afin de me montrer à eux.

— Ah, messieurs, vous me sauvez ! L'un de vous aurait-il une allumette ? J'ai l'impression que le réservoir de mon briquet est vide…

Je coinçai la cigarette entre mes lèvres et me penchai vers eux d'une façon qui pouvait donner lieu à de multiples interprétations.

Ils se figèrent un instant, jusqu'à ce que le plus grand des deux se ressaisisse :

— Toutes nos excuses, madame Mandl. Nous ne vous aurions jamais ignorée si nous avions eu conscience d'avoir de la compagnie. Cela fait-il longtemps que vous êtes ici ?

Il louvoyait, essayait de déterminer si j'avais surpris une partie de leur conversation, et, si oui, quoi au juste.

— Je vous en prie, monsieur, ne vous excusez pas, répondis-je en lui décochant un grand sourire idiot. Je suis sortie prendre l'air il y a quelques minutes seulement, et pour tout vous dire j'étais perdue dans mes pensées. J'essayais d'évaluer le succès de cette soirée, vous comprenez. C'est une énorme responsabilité pour une jeune femme comme moi de recevoir des hommes comme vous, vous ne croyez pas ?

Et je battis des cils pour faire bonne mesure.

Cela parut les apaiser, et celui qui était jusqu'alors resté muet prit enfin la parole :

— On peut affirmer sans risque à mon avis que cette soirée est une grande réussite, madame Mandl. Votre maison est à couper le souffle et vous avez fait preuve envers nous d'une hospitalité hors du commun.

— Quel soulagement, messieurs, soupirai-je. Maintenant, puis-je vous arracher une petite promesse ?

Ils se consultèrent du regard, soudain méfiants.

— Bien sûr, madame Mandl. Tout ce que vous voudrez.

— Promettez-moi que vous ne parlerez pas à mon mari de notre petit échange. Il serait consterné d'apprendre que sa jeune épouse se cachait sur un balcon en se faisant autant de souci.

— Vous avez notre parole.

À cet instant, le quartet que Fritz avait fait venir pour la soirée commença à jouer un air de jazz lent et mélancolique.

— Messieurs, je crois bien que j'entends le signal de mon entrée en scène. Vous voulez bien m'excuser ?

Ils hochèrent la tête pendant que je prenais congé d'eux. Je rentrai dans la maison par les portes-fenêtres et longeai le couloir qui menait au salon où les invités devaient être en train de danser et de boire les digestifs sélectionnés par Fritz.

Je n'eus pas à aller bien loin avant de le trouver – il m'attendait près des portes. Une telle animosité se lisait sur son visage que j'en eus la nausée. Qu'avais-je encore fait ? Quel reproche allait-il m'adresser cette fois ? Son niveau d'exigence à mon égard durant ces soirées était insupportable, et gare à moi si j'avais le malheur de ne pas être à la hauteur.

— Où étais-tu passée ? Les gens commençaient à s'interroger.

Il tendit une main vers moi et me sourit pour donner le change aux invités, mais son ton était furieux. À coup sûr, j'aurais droit à un réquisitoire en fin de soirée si je ne désamorçais pas la situation dans l'instant.

— J'écoutais une conversation très intéressante.

Ses joues s'enflammèrent – sans doute imaginait-il déjà de tendres murmures et une idylle interdite. Même chez lui, dans un environnement qu'il contrôlait et au milieu d'invités qu'il avait personnellement choisis, sa jalousie était sans limites.

Soucieuse de l'apaiser, je m'expliquai très vite en lui faisant part des propos que j'avais surpris. Comme j'étais incapable de me rappeler les noms des deux hommes, il me demanda de les lui montrer, puis m'ordonna de lui répéter exactement leur conversation. Ma formation théâtrale, qui m'imposait de mémoriser des dialogues entiers, se révéla alors très utile, et je pus tout lui rapporter verbatim.

Je sentis sa colère s'apaiser et l'euphorie le gagner lentement.

— C'est exactement ce qu'il nous fallait, dit-il.

Il me souleva dans ses bras et me fit tournoyer. Cela amusa les invités, qui y virent une marque d'affection entre deux jeunes mariés.

— J'ai épousé plus qu'un joli visage, murmura-t-il à mon oreille. J'ai épousé une arme secrète.

15

17 février 1934
Vienne, Autriche

— Tout… va bien, maman ? demandai-je en haletant.

Dès que mon chauffeur s'était arrêté devant la maison de mes parents à Döbling, j'avais couru jusqu'à la porte.

— Oui, Hedy, répondit-elle, comme si elle n'avait toujours pu aller que parfaitement bien.

À croire que même le déclenchement de la guerre civile à Vienne ne la troublait pas plus que ça. Mais que gagnait-elle à se montrer sans cesse aussi imperturbable ?

— Où est papa ? demandai-je en accrochant mon manteau de fourrure sur le portemanteau rarement utilisé de l'entrée.

Et Inge ? Peut-être avait-elle quitté la ville pour se réfugier à la campagne, comme beaucoup. Mes parents n'avaient rien voulu entendre, bien sûr, et pourtant je les avais suppliés de venir s'installer avec nous dans la villa Fegenberg. Étant très bien informé des manœuvres politiques et des opérations militaires en cours, Fritz savait que nous y serions en sécurité, mais parce qu'elle ne voyait dans nos préoccupations qu'une forme d'« hystérie infondée », maman avait refusé de partir. Quant à papa, il ne voulait rien faire sans elle.

— Il se repose dans notre chambre.

— Il a été blessé ?

— Non, Hedy, bien sûr que non. Je t'aurais fait prévenir. C'est juste une de ses migraines…

Je passai devant elle et montai l'escalier. Ce n'est qu'après avoir poussé la porte de la chambre et posé les yeux sur le corps de mon père endormi que je sentis le soulagement m'envahir. Je ne m'étais pas rendu compte combien mes muscles et mes nerfs étaient tendus avant de constater par moi-même que mes parents n'avaient pas souffert des combats opposant depuis peu la Heimwehr et le Schutzbund dans les rues de Vienne.

Je m'affaissai sur le lit à côté de mon père et me mis à pleurer. Qu'avais-je fait ? La réaction de Fritz devant mes talents d'espionne m'avait tant réjouie que j'avais décidé de continuer à lui faire plaisir dans l'espoir qu'il déverrouille la cage dorée dans laquelle il m'enfermait la journée. Avec cette idée en tête, je l'avais supplié de m'admettre dans son vaste monde à lui. Flatté, quoiqu'un peu méfiant, il avait commencé par me faire visiter ses usines d'armement en Autriche et en Pologne. J'avais poussé tous les petits cris enchantés qui convenaient, mais j'avais été secrètement stupéfaite devant les ravages que ces armes pouvaient causer. Il m'avait ensuite permis d'accéder à sa bibliothèque privée, remplie d'ouvrages scientifiques, militaires et politiques, puis m'avait incluse dans quelques-uns de ses déjeuners d'affaires. C'est ainsi que j'avais peu à peu découvert les arcanes de la politique et les mécanismes de la guerre.

Mon succès m'avait enthousiasmée, et j'étais aux anges de renouer avec l'extérieur. Me retrouver assise à côté de Fritz durant un déjeuner avec le vice-chancelier Emil Fey et le prince von Starhemberg m'avait donné l'impression d'être importante. Ce jour-là, j'avais été la seule femme dans la pièce, la seule note de couleur dans un océan de costumes sombres. En songeant à tout ce que je pouvais faire pour aider à défendre l'Autriche face à ses voisins fascistes – l'un des buts avoués de mon mari et de ses amis –, je m'étais sentie véritablement vivante.

« Avons-nous les preuves nécessaires ? » avait demandé Fey à Starhemberg après que nous eûmes fini de nous régaler d'escalopes à la viennoise et d'échanger des amabilités.

Je les avais écoutés en sirotant mon café – j'avais préféré garder les idées claires pendant que ces messieurs buvaient des brandys en digestif. Je n'avais guère fait que parler de sujets légers avec eux jusque-là, mais, depuis peu, Fritz me consultait et cherchait conseil auprès de moi après ces déjeuners. Il lui arrivait même de quitter délibérément la table et d'aller échanger quelques mots avec un autre client du restaurant où nous nous trouvions, juste pour voir si ses compagnons diraient quelque chose d'intrigant en ma présence. Quelque chose qu'ils auraient peut-être voulu lui cacher et que je n'aurais pas été censée comprendre. Il fallait que je mémorise chaque mot, chaque intonation, afin de pouvoir lui offrir mes lumières après leur départ. J'avais ainsi pu constater que, sur la corde raide qu'était devenue ma vie, j'avançais avec un peu plus d'assurance quand il sollicitait mon avis sur des partenariats et des décisions professionnelles. Je ne voulais pas le décevoir.

« Avons-nous vraiment besoin de preuves ? avait répondu Starhemberg. Ce n'est pas comme si on comptait demander à la justice de se prononcer sur notre projet.

— Bien dit, Ernst, avait déclaré Fey, avant de se tourner vers mon mari. Où en es-tu de ton côté, Fritz ?

— Les employés de mes usines ont fait des heures supplémentaires pour nous assurer les munitions nécessaires. Tout sera prêt avant la fin de la journée. »

De quoi parlait-il ? À quelles preuves et à quel projet faisaient-ils allusion ? Et pourquoi ces heures supplémentaires dans les usines ? Fritz n'avait jamais rien évoqué de tout ça devant moi. Je me sentis stupide, n'en fis pas moins mine d'être au courant de tout.

« Excellent, nous allons enfin pouvoir remettre ces Juifs à leur place, avait conclu Fey avant de lever son verre. À l'hôtel Schiff ! »

Et les trois hommes avaient trinqué. Oui, même Fritz.

Mon père battit des paupières.

— Oh, *Liebling*, pourquoi pleures-tu ? Les combats sont terminés, et ta mère et moi allons bien.

J'appuyai ma tête sur son torse et inspirai son odeur familière de tabac et d'eau de Cologne.

— Je suis tellement soulagée…

— Mais tu savais que Döbling n'était pas concerné par ces affrontements. Ils ont presque tous eu lieu dans les Gemeindebauten, les quartiers populaires de la ville.

— Oui, Fritz m'en a tenue informée.

Je gardai pour moi qu'il m'avait avoué son implication dans le « projet » évoqué par ses amis seulement après que je l'eus mis au pied du mur suite à ce fameux déjeuner. Au cours des semaines suivantes, il avait continué à me soutenir qu'il ne s'agirait que d'une perquisition visant à vérifier que le Schutzbund n'avait pas amassé des armes en cachette à l'hôtel Schiff de Linz. Même lorsque la situation avait dégénéré et que des heurts violents avaient eu lieu entre les deux groupes paramilitaires dans d'autres villes à travers l'Autriche, il avait accusé le Schutzbund de ne pas avoir respecté l'interdiction de Dollfuss. Les sociaux-démocrates ne pouvaient s'en prendre qu'à eux-mêmes, avait-il dit. Il fallait leur donner une leçon.

— Alors pourquoi ces larmes, ma petite princesse ?

— Oh, papa, des milliers de personnes ont été blessées, des centaines d'autres ont été tuées, et j'ai l'impression que tout est ma faute.

— Ne sois pas ridicule, *Liebling*. Que pourrais-tu bien avoir fait qui ait un rapport avec ces événements ? Le Parti social-démocrate et le Parti chrétien-social se font la guerre depuis des années. Ce n'était qu'une question de temps avant que la Heimwehr et le Schutzbund transforment cet affrontement verbal en bain de sang.

— Mais je pense que c'est moi qui ai mis le feu aux poudres, papa, dis-je à voix basse, les yeux rivés au sol pour ne pas croiser son regard.

— Que veux-tu dire, Hedy ?

Je lui racontai la conversation que j'avais surprise concernant le Schutzbund, et la réaction de Fritz.

— Depuis la dissolution du Schutzbund par le chancelier Dollfuss, les chrétiens-sociaux guettaient sûrement un signe de résistance de la part des sociaux-démocrates afin de pouvoir les exterminer. En répétant ce que j'avais entendu sur le Schutzbund et son intention d'amasser des armes et des troupes à Linz malgré le décret promulgué par Dollfuss, je leur ai fourni le prétexte dont ils avaient besoin. La Heimwehr a marché sur Linz et a provoqué cette guerre civile avec la bénédiction du chancelier et le soutien de Fritz et Ernst. Maintenant qu'ils ont gagné, le bruit court que la Constitution démocratique de notre pays sera bientôt remplacée par une Constitution corporatiste. Papa, l'Autriche va devenir un régime autoritaire non seulement dans la pratique, mais aussi sur le papier.

Mon père se redressa en grimaçant de douleur.

— Hedy, tu n'as rien à te reprocher. Si tu n'avais pas fourni cette allumette, quelqu'un d'autre s'en serait chargé à ta place. J'ai l'impression que Dollfuss et ses partisans ont tout fait pour provoquer cette situation. Et de toute façon, je doute que cela ait de réelles répercussions sur le quotidien des Autrichiens. Cela fait un moment déjà que ce pays fonctionne comme une dictature.

— Ce n'est pas tout, papa. Tu as voulu que j'épouse Fritz parce que tu pensais que, avec son pouvoir et ses relations, il pourrait me protéger contre l'antisémitisme des nazis si jamais Hitler venait à prendre le pouvoir en Autriche, mais la haine des Juifs n'est pas l'apanage des personnes extérieures à notre pays…

— Comment ça ?

Mon père plissa le front, et pas seulement de douleur cette fois. Il avait l'air si désespéré que j'hésitai à me confier à lui. Qu'était-il encore en mesure de supporter ? Ne risquais-je pas de lui assener le coup de grâce en lui apprenant que l'homme sur qui il comptait pour protéger sa fille avait partie liée avec des racistes ? Non, il valait mieux que je me taise.

— Ce n'est rien, papa. Je suis juste un peu secouée par ce carnage.

Une lueur déterminée brilla dans ses yeux – cette lueur que j'associais en général aux moments où il parlait de son travail à la banque.

— Ne me mens pas, Hedy. Nous avons toujours été honnêtes l'un envers l'autre, et je n'ai pas l'intention que ça change. Certainement pas quand il est question d'un sujet aussi important.

Je soupirai. C'était un fardeau bien lourd que de lui annoncer une telle nouvelle.

— J'ai entendu des collaborateurs de Fritz dire des choses terribles, et ça m'a ouvert les yeux sur une réalité effrayante. Le Parti chrétien-social – c'est-à-dire les amis de Fritz – est antisémite, lui aussi.

16

25-26 juillet 1934
Vienne, Autriche

Le succès de Fritz et de ses compagnons dans la guerre civile autrichienne eut les conséquences que je redoutais. Le chancelier Dollfuss s'appuya sur la résistance du Schutzbund pour justifier l'interdiction du Parti social-démocrate dans son ensemble. En mai, le Parti chrétien-social suspendit la Constitution démocratique. En dépit de l'opposition virulente du parti nazi autrichien, il fusionna ensuite avec la Heimwehr, donnant ainsi naissance au Front patriotique catholique, désormais le seul mouvement politique autorisé, et prit le contrôle du pays. L'Autriche devint un État fasciste non seulement dans la pratique mais aussi sur le papier, comme je l'avais prédit. Je m'accrochais aux paroles de mon père, qui ne voyait là qu'un changement technique et qui accordait plus d'importance aux efforts de Dollfuss pour tenir l'Allemagne nazie à distance, mais je guettais en permanence des signes qui auraient indiqué que Fritz et le nouveau gouvernement mettaient moins d'ardeur à repousser à la fois les nazis et la tentation de copier ces derniers.

Au printemps et au début de l'été, nos demeures s'imposèrent comme les grands lieux de célébration du Front patriotique. Nous organisâmes des réceptions dans notre appartement viennois, des week-ends de chasse à la villa Fegenberg et des bals au château de Schwarzenau. La Hirtenberger Patronenfabrik ayant reçu plus de commandes qu'elle ne pouvait en honorer, Fritz projetait d'agrandir ses usines et de recruter du personnel. Cela le rendait euphorique, et dans de telles conditions je ne voulais pas risquer de le contrarier.

Afin de le garder dans ces bonnes dispositions, je jouais les parfaites hôtesses en veillant à respecter toutes ses consignes. Je m'habillais de manière plus classique, optais pour des couleurs plus sombres et des robes à la coupe plus chaste de manière à laisser mes bijoux attirer davantage l'attention que mon corps. À moins qu'il ne soit à mes côtés ou que mes devoirs d'hôtesse ne l'exigent, je ne parlais qu'aux femmes, avec qui j'échangeais les mêmes banalités que les autres épouses – ce qui avait pour effet d'apaiser sa jalousie en même temps que les soupçons de ces dames. Mais, sans cesse, ma priorité était de tendre l'oreille. J'étais comme une antenne qui cherchait à capter des sons que personne d'autre ne distinguait. Des signes avant-coureurs et silencieux du désastre.

La salle de bal du prince Ernst von Starhemberg était remplie de sommités venues fêter le milieu de l'été, mais Fritz et moi évoluions avec aisance sur le sol en marbre noir et blanc. L'orchestre jouait un morceau classique au rythme lent, si bien que les gens ne se bousculaient pas et que leurs mouvements étaient aussi languides que l'air nocturne de ce mois de juillet. Nous dansions une valse lorsqu'un jeune domestique blond tapota l'épaule de Fritz. Prêt à s'emporter, mon mari se reprit lorsque le garçon lui remit un message de Starhemberg.

Il le parcourut en diagonale et leva les yeux vers la galerie supérieure, où le prince l'attendait.

— Excuse-moi, *Hase*. Je dois y aller.

Que pouvait-il bien se passer pour que l'attention de Starhemberg soit détournée de sa propre réception ? Et pendant la première danse de la soirée, en plus. Il fallait que je le sache.

— C'est vraiment nécessaire, Fritz ? dis-je en entrelaçant mes doigts avec les siens. J'appréciais tellement de danser avec toi.

— Oui, *Hase*.

Ma réticence à le laisser partir dut pourtant lui faire plaisir parce qu'il m'en dévoila un peu plus :

— Starhemberg veut réunir le conseil.

Ce conseil officieux se composait de Fritz, de Starhemberg, devenu vice-chancelier et chef du Front patriotique, du ministre de la Justice et de l'Éducation, Kurt von Schuschnigg, et d'un général de la Heimwehr. Tous les quatre conseillaient en secret le chancelier Dollfuss en cas d'événement grave ou préoccupant. Seule une situation d'urgence pouvait les amener à s'éclipser au beau milieu de cette soirée.

— Je vais t'attendre là, dis-je en montrant un canapé tapissé de soie bleu marine d'où l'on voyait très bien la galerie. Avec un peu de chance, le prince ne te retiendra pas très longtemps et tu pourras venir me retrouver.

Il pressa ma main et se dirigea ensuite d'un pas rapide vers l'escalier de marbre incurvé qui menait à l'étage. J'observai la mine inquiète de ses compagnons lorsque tous se réunirent. Le front plissé, ils écoutèrent les explications de Starhemberg sans l'interrompre. Ce ne fut que lorsqu'il eut terminé que leurs visages trahirent leur stupéfaction, puis leur fureur. Ils se mirent à gesticuler et à tempêter – mais pas les uns contre les autres.

Je perçus soudain une certaine agitation dans la salle de bal. Je ne pus d'abord en identifier la cause car les invités continuaient à danser et l'orchestre jouait avec toujours autant d'entrain, mais je remarquai bientôt que des soldats se massaient dans les recoins sombres de la salle et dans les alcôves sous la galerie. En l'espace de quelques instants, tout un détachement de la Heimwehr se positionna autour de la pièce.

Pourquoi le palais viennois de Starhemberg avait-il besoin d'être protégé militairement ? Mon cœur battait follement et j'avais du mal à respirer, mais je me forçai à garder un sourire accroché à mes lèvres et le dos bien droit jusqu'à ce que Fritz me rejoigne. Il ne fallait surtout pas que je me décompose devant lui.

— Tout va bien, mon amour ? demandai-je en me levant.

Il m'attira contre lui comme pour m'embrasser dans le cou.

— Les nazis ont tenté un coup d'État, me murmura-t-il. Un petit groupe d'officiers SS allemands déguisés en soldats autrichiens s'est emparé du bâtiment de la Radio publique nationale. Ils ont diffusé tout un tas de mensonges en prétendant que le nazi Anton Rintelen avait destitué Dollfuss et pris le pouvoir à sa place. Dans le même temps, une centaine de SS allemands ont envahi la chancellerie. La plupart des membres du gouvernement s'en sont tirés indemnes, mais Dollfuss a été touché par deux tirs…

J'écarquillai les yeux, horrifiée. Non, non, non.

Hitler se rapprochait, et l'un de mes cauchemars devenait réalité. Je savais que la guerre civile de février et ses conséquences avaient mis en ébullition le parti nazi autrichien, qui, depuis, réclamait le rattachement de l'Autriche à l'Allemagne, mais je n'avais pas pensé que les propres soldats de Hitler y verraient une invitation directe à passer à l'action.

— Hitler a-t-il envahi l'Autriche ?

Je pris une flûte de champagne sur le plateau d'un serveur à proximité de nous et la bus pendant que Fritz m'expliquait calmement la situation :

— En dehors de la centaine de SS à la chancellerie fédérale et dans le bâtiment de la Radio publique nationale – qui tous ont été tués ou faits prisonniers –, il n'y a pas de soldats allemands à Vienne ou en Autriche à proprement parler. Mais l'armée de Hitler est massée à la frontière. Nous avons alerté Mussolini, qui a fait une déclaration publique afin de soutenir l'indépendance de l'Autriche et qui a accepté d'envoyer des troupes au col du Brenner, comme il l'avait promis. Leur présence devrait dissuader Hitler d'entrer sur le sol autrichien.

Ajoutées au champagne, ses paroles me procurèrent un léger soulagement, mais l'idée que Hitler et son armée soient si près de l'Autriche me terrifiait.

— Dollfuss a-t-il survécu ? demandai-je à voix basse.

Dans la salle de bal, la fête continuait. Le conseil devait avoir ses raisons pour ne pas informer les invités de la tentative de putsch.

— Non, reconnut Fritz avec une pointe de tristesse dans la voix.

Bien qu'il fût prêt à reconsidérer ses allégeances politiques quand cela arrangeait ses affaires, il avait noué de réels liens avec l'ancien chancelier.

— Qui est aux commandes de l'Autriche, alors ?

— Starhemberg. Pour l'instant.

Ce choix ne me surprit pas. Starhemberg était vice-chancelier, après tout, et donc le successeur naturel de Dollfuss dans ces circonstances inattendues. Sans compter que ses opinions politiques étaient presque en tous points conformes à celles du défunt.

Je levai les yeux vers la galerie, où le nouveau chancelier autrichien s'entretenait toujours avec Schuschnigg.

— La Heimwehr est donc ici pour le protéger des nazis ?

— Oui. Et pour protéger aussi le reste du conseil et les autres invités, répondit Fritz en bombant le torse. Nous sommes tous indispensables à la sécurité de l'Autriche.

— Bien sûr, acquiesçai-je vivement. Faut-il que je prévienne mes parents, à ton avis ? Dois-je leur dire de quitter Vienne et de s'installer à Schwarzenau ou à la villa Fegenberg ?

— Ce n'est pas la peine, *Hase*. Ils ne courent aucun danger. Les officiers nazis ont été mis hors d'état de nuire et la loi martiale a été décrétée à Vienne. Les rues sont toutes quadrillées par la police, les troupes fédérales et la Heimwehr, et ce n'est qu'une question d'heures avant que les putschistes soient totalement écrasés. Dès que la fin du coup d'État aura été officiellement annoncée, la vie pourra reprendre son cours normal.

— Que fait-on en attendant ?

Il jeta un regard à la salle de bal noire de monde.

— On danse, répondit-il avec un sourire en coin.

Je posai mes mains sur ses épaules et commençai à tournoyer avec lui sur la piste comme si rien d'autre ne comptait pour moi que cet air et cet instant. L'orchestre interprétait un morceau apaisant de Gustav Mahler, et je surprenais de temps à autre les mines joyeuses des gens autour de nous, tous ignorants des événements cataclysmiques en cours dans les rues de la ville. Mais je veillai à ne leur donner aucune raison de s'alarmer. Je plaquai un sourire sur mes lèvres laquées de rouge et levai mon visage vers celui rayonnant de joie de mon mari.

Je savais que mon sort était à jamais lié au sien et à celui de sa cause, car c'étaient ses armes et les manœuvres politiques de ses compagnons qui tenaient l'Allemagne nazie à distance. Pour le moment.

17

4-5 octobre 1934
Vienne, Autriche

La tentative de coup d'État fit apparaître une fissure dans la belle façade de l'Autriche. Le gouvernement travaillait comme si de rien n'était, mais les marchés financiers intérieur et extérieur réagirent à la période d'incertitudes que traversait le pays. Les banques souffraient de cette instabilité, en particulier celle de mon père, la Creditanstalt-Bankverein. La situation de mes parents se dégrada, et, malgré leur refus de le reconnaître ou d'accepter la moindre aide de ma part, ils ne purent le dissimuler bien longtemps. Je n'avais aperçu aucun domestique lors de ma dernière visite chez eux à Döbling, et leur horloge préférée, que j'avais toujours vue sur le manteau de la cheminée depuis mon enfance, brillait désormais par son absence. Preuve supplémentaire de leurs soucis, mon père nous avait laissées, ma mère et moi, alors que nous prenions le thé ensemble, afin de soigner une migraine sans doute déclenchée par le stress.

Même Fritz ressentait les effets des troubles politiques et devait batailler pour maintenir son influence, lui dont les usines semblaient pourtant battre monnaie en même temps qu'elles produisaient des munitions. Peu après le putsch raté des SS, Schuschnigg avait été désigné chancelier et Starhemberg avait retrouvé son poste de vice-chancelier. Schuschnigg partageait la plupart des opinions de Dollfuss, en particulier sa volonté farouche de préserver l'indépendance de l'Autriche, mais il adoptait une approche totalement différente en privilégiant une politique d'apaisement envers l'Allemagne que Fritz jugeait bien trop timorée. Pour cette raison, il mit toute son énergie à renforcer ses liens avec l'Italie, persuadé que l'action du chancelier avait besoin d'être durcie.

En public, son allégeance envers Schuschnigg semblait inaltérable, mais, en privé, il n'était plus qu'une boule de nerfs pétrie de frustration devant le nouveau chef du gouvernement. Rien de ce que je faisais ne trouvait grâce à ses yeux. En fait, c'était comme si le moindre de mes gestes avait pour seul effet de le rendre fou de rage, et ce, quel que fût le degré de perfection que je m'efforçais d'atteindre en société. Il voyait des défauts dans mes tenues, dans les menus propos que j'échangeais avec les dames, dans mon comportement envers les hommes. Lorsqu'il commença à me lister les imperfections de mon visage, je compris que le problème ne venait pas de moi mais de lui, et je cessai peu à peu de l'écouter, comme un transistor dont j'aurais tourné la molette, tant je ne supportais plus ses reproches.

— Je vous réserve une surprise après le repas, annonça Fritz à l'assemblée relativement modeste présente chez nous ce soir-là.

La table de notre appartement viennois était assez

grande pour accueillir vingt-quatre convives, et nous dînions souvent avec un large éventail de personnalités politiques, militaires ou royales – mais pas seulement. Je m'étais déjà retrouvée assise à côté d'écrivains renommés comme Ödön von Horváth et Franz Werfel, de couturiers tels que Mme Schiaparelli, et même du célèbre psychanalyste Sigmund Freud. Fritz avait toujours le don de nous épater.

Mais cette soirée-là était avant tout professionnelle, et il n'avait invité que douze personnes – quatre de ses collaborateurs et huit hauts fonctionnaires et financiers italiens avec qui il s'efforçait de nouer des liens plus étroits. Juste avant le repas, ces messieurs avaient bouclé une réunion cruciale au club de Fritz, durant laquelle ils avaient planché sur tous les préparatifs visant à fournir des armes à Mussolini pour sa campagne éthiopienne. L'Éthiopie était l'un des derniers États encore indépendants du continent africain, alors dominé par l'Europe, et Mussolini n'attendait qu'un prétexte pour l'envahir et étendre la domination selon lui légitime de l'Italie sur de vastes territoires. Pour cela, il avait besoin d'armes et de matériels, et ses envoyés semblaient enthousiastes devant les arrangements qu'ils avaient conclus avec Fritz.

Que mijotait mon époux ? Durant les premiers mois de notre mariage, il lui était arrivé de faire venir des chanteurs de jazz ou d'opéra que j'appréciais particulièrement afin qu'ils se produisent devant nous. Mais, ces derniers temps, nous avions plutôt eu droit à des vins rares ou à des desserts décadents destinés à impressionner ses invités. Pas moi.

— Certains d'entre vous ne savent peut-être pas que ma femme a été actrice. Elle a triomphé sur les planches du Theater an der Wien avant de me rencontrer et de décider qu'elle préférait le rôle de Mme Mandl à tout autre.

Il marqua une pause pendant que ses invités souriaient respectueusement. Je retins mon souffle. Où voulait-il en venir ? D'habitude, quand la conversation dérivait vers le théâtre, il changeait de sujet pour éloigner de moi tous ces rappels de mon ancienne carrière, de peur sans doute que cela ne me donne envie de rejouer sur scène et que l'équilibre précaire de notre vie commune n'en soit menacé – et qu'importe si je l'assurais du contraire et si de nombreux acteurs, réalisateurs et écrivains juifs, qui ne pouvaient plus exercer leur profession en Allemagne et ailleurs, étaient contraints de renoncer à leur art ou de fuir vers des endroits comme Hollywood, là où Hitler n'avait aucune prise sur eux. Alors pourquoi mettait-il soudain en avant mon passé d'actrice ?

— Avant que je la connaisse, continua-t-il, Hedy a tourné un film intitulé *Extase*. Sa distribution a malheureusement été limitée et il n'est passé que dans un seul cinéma à Vienne pendant une semaine. Mais, aujourd'hui, une deuxième chance de trouver son public lui est offerte. Il a été récemment sélectionné pour le second Festival international du film de Venise, et non seulement il a reçu une *standing ovation*, mais le trophée du meilleur réalisateur a été décerné à Gustav Machatý…

Fritz attendit que ses invités aient fini d'émettre les « Ah ! » et les « Oh ! » appréciatifs requis par les circonstances.

— Je pense que ma femme mérite que son film soit visionné, en particulier par son mari. Je me suis donc arrangé pour qu'il soit projeté ici ce soir.

Je compris ce qu'il recherchait à travers cette

petite surprise. Malgré les compliments qu'il m'avait adressés, cette projection n'était pas vraiment en mon honneur. C'était seulement un moyen supplémentaire, croyait-il, d'influencer les Italiens et de cimenter sa relation avec eux. Comment pourraient-ils ne pas être impressionnés par un homme dont l'épouse avait joué dans un film acclamé par leurs propres institutions culturelles ?

Le problème était que Fritz n'avait jamais vu *Extase*. Bien sûr, il avait lu des articles sur son contenu scandaleux et était au courant de la polémique provoquée à sa sortie. Mais lire que votre femme a batifolé toute nue avec un autre homme pour les besoins d'un film n'était pas du tout la même chose que de la regarder jouer dans les scènes en question. Mon ventre se tordit et des gouttes de sueur perlèrent sur mon front tandis que je me préparais à sa réaction.

Nous nous levâmes de table pour passer dans le petit salon. Mon angoisse allait grandissant. Pendant le dîner, le personnel avait transformé la pièce en salle de projection privée, et je sentis la nausée monter en moi lorsque je pris place sur mon siège au premier rang à côté de Fritz.

Pouvais-je empêcher cette soirée de virer au fiasco ? Qu'est-ce qui serait le moins gênant pour Fritz : que je lui coupe sa « surprise » sous le pied ou qu'il me voie gambader nue avec un autre que lui sous les yeux de ses invités ? La réponse était évidente.

— Fritz, dis-je en me penchant vers lui. Ce n'est peut-être pas le film le plus approprié qui soit pour tes partenaires en affaires. Proposons-leur autre chose…

— Ridicule, répliqua-t-il en tournant la tête pour s'assurer que tout le monde était bien installé derrière nous. *Extase* a remporté un prix en Italie. Je ne vois pas ce qu'on pourrait trouver de plus approprié.

— Mais tu sais qu'il comprend des scènes controversées, et cela m'ennuierait beaucoup…

— Chhh, me coupa-t-il, avant d'adresser un signe de la main au projectionniste.

Les lumières baissèrent et la caméra commença à ronronner. Le mot *Extase* apparut à l'écran. Je restai immobile en me rappelant le tournage du film. Au moment de jouer la scène dans laquelle je parcourais à cheval une belle forêt tchécoslovaque avec des caméras partout autour de moi, je ne m'étais pas posé de questions. Je m'étais simplement glissée dans la peau d'une jeune femme mariée trop vite à un homme plus âgé et impuissant, une femme qui aspirait désespérément à une vie plus passionnante et qui savourait la petite plage de liberté dont elle profitait ce jour-là. Au vu du rôle que j'interprétais, j'avais donc trouvé tout à fait naturel que le réalisateur me demande de sauter à bas du cheval, de me déshabiller et de plonger dans le lac au bord du chemin. Et même lors des scènes suivantes, dans lesquelles mon personnage entamait une liaison avec un jeune ingénieur, ses indications sur la manière dont je devais feindre de faire l'amour avec mon partenaire et d'avoir un orgasme m'avaient semblé tout à fait logiques et judicieuses. Ce n'est que plus tard, en découvrant les mines horrifiées de mes parents pendant la projection du film à Vienne, que j'avais mesuré mon erreur et compris combien cette œuvre « artistique » à mes yeux avait été en réalité un choix stupide et malavisé. La récompense décernée par le second Festival international du film de Venise ne changeait rien à mes regrets.

Fritz regarda le début d'*Extase* avec plaisir et donna

même un coup de coude au général italien à sa droite quand l'histoire dévoila que le personnage de mon mari était impuissant. Mon angoisse monta d'un cran devant la scène où j'apparaissais à cheval dans les bois. Je savais ce qui allait suivre et je mourais d'envie de m'enfuir en courant, mais c'était impossible. Il fallait que je reste là et que j'endure ce supplice.

À mesure que le film avançait, les ongles de Fritz s'enfoncèrent dans mon bras, m'écorchant jusqu'au sang. Malgré tout, je n'osai bouger ni me dégager. Un silence gêné s'abattit sur l'assistance et je sentis le malaise de nos invités. Lorsque quelqu'un laissa échapper un cri d'exclamation durant la scène d'orgasme, Fritz ne put le supporter plus longtemps :

— Arrêtez ça tout de suite ! hurla-t-il au projectionniste.

Sans me regarder, il se leva, passa devant moi et contourna les Italiens pour aller s'adresser à ses collaborateurs :

— Achetez toutes les copies du film auprès de tous les réalisateurs, de tous les studios de cinéma et de tous les détenteurs que vous pourrez trouver ! Je me fiche de ce que ça coûte. Et brûlez-les !

Puis il sortit de la salle en furie.

Je passai une nuit d'insomnie à attendre qu'il déverse sa colère sur moi. Je supposais qu'il me prendrait brutalement, comme il l'avait fait à l'hôtel Excelsior. Ou bien qu'il s'emporterait contre moi, qu'il me frapperait peut-être, bien que sa colère n'ait encore jamais atteint ce stade. Je me préparai à toutes ces possibilités, et ce fut une torture – pire encore que ce que j'avais éprouvé quand, le rouge aux joues, j'avais accompli mes devoirs d'hôtesse en accompagnant les dignitaires italiens et les collaborateurs de Fritz jusqu'au vestibule après qu'il fut parti s'enfermer dans sa chambre. Je savais que ces hommes avaient en tête des images de ma nudité dans le film.

Lorsque l'aube répandit sa lumière gris pâle dans ma chambre, le lendemain matin, il ne m'avait toujours pas fait connaître sa sentence. Je m'armai de courage en prévision de la journée qui s'annonçait lorsque ma porte s'ouvrit à la volée. Je saisis mon peignoir et me redressai dans mon lit. C'était Fritz.

En silence, il s'avança vers moi, me tira du lit et m'entraîna hors de la pièce. Nous passâmes devant des servantes très affairées, puis devant le majordome, occupé à polir l'argenterie, avant d'arriver dans le hall d'entrée. Devant moi se dressait la lourde porte en chêne, à présent équipée de sept verrous au lieu d'un seul.

— Tu as besoin de protection, déclara Fritz d'une voix étrangement calme et dénuée de colère. Les séquences insupportables que j'ai visionnées hier soir me prouvent que tu n'es pas capable de prendre de bonnes décisions en ce qui te concerne. Ma sagesse et mes conseils ainsi que ceux de tes parents te sont indispensables.

J'étais prête à protester, mais je me ravisai. Sa punition n'était peut-être pas aussi terrible que je l'avais craint, et parler risquait de raviver sa colère. Mieux valait attendre et le laisser finir de s'exprimer.

— À partir d'aujourd'hui, tu resteras enfermée à la maison. Tu ne sortiras pas tant que je ne serai pas rentré pour te servir d'escorte lors de nos engagements. Quand il faudra que tu ailles dans un salon de beauté, chez un couturier ou chez tes parents, tu me demanderas d'abord la permission. Et si je décide de te l'accorder, tu ne seras autorisée à t'y rendre qu'en compagnie d'un chauffeur et d'un garde.

Était-il sérieux ? À voir son visage, je compris que oui. Comment cela pouvait-il m'arriver ? Si grande et débordante que fût mon imagination, jamais je n'avais envisagé une chose pareille. Fritz comptait faire de moi sa prisonnière.

Un cri monta à mes lèvres, mais je le retins en songeant à mon père et à ma mère. Mon bonheur était très secondaire dans ce mariage. Pour remporter cette lutte de pouvoir avec Fritz, j'allais devoir faire mine d'acquiescer, et même de me repentir. Une fois que j'aurais regagné sa confiance, je modifierais les règles du jeu qu'il m'imposait, et, avec un peu de chance, je parviendrais à recouvrer un peu de liberté. Mais là, pour la première fois, l'idée de m'enfuir me traversa l'esprit.

18

12 février 1935
Vienne, Autriche

Des mois durant, je fis ce que Fritz voulait, sans pour autant me transformer en l'une de ces épouses typiques de la bonne société autrichienne, toujours bien propres sur elles et presque invisibles. Si Fritz ne voulait pas qu'on m'entende, il voulait en revanche qu'on me voie – tant que je respectais ses consignes.

Je le laissai croire qu'il m'avait brisée, que je m'étais coulée dans un moule de sa fabrication, transformée en un gracieux automate au sourire écervelé qui ne prononçait que de gentilles banalités dans les salles de bal, doublé d'une maîtresse docile et inépuisable au lit. Une femme qui ne pensait jamais à remonter sur scène ou à discuter avec un homme autre que son mari. Au bout de plusieurs semaines, il recommença à se confier à moi et à solliciter mes conseils. Même s'il n'avait toujours pas levé les restrictions sur mes sorties, je finis par me persuader que la vie redeviendrait bientôt normale – pour autant que l'existence déréglée que nous avions menée avant la projection d'*Extase* puisse être considérée comme telle.

Mais derrière ce calme de façade je bouillonnais intérieurement et j'attendais mon heure en enchaînant les petites victoires. Je dilapidai une fortune durant les séances de shopping que Fritz m'autorisait à faire sous bonne escorte et me constituai une garde-robe complète de manteaux de fourrure, jusqu'à ce que, contrarié par ces excès, mais soucieux de ne pas paraître pingre, il décide de m'allouer une rente plutôt que de m'ouvrir des comptes sans plafond de dépense dans les boutiques les plus chics de Vienne. J'en conservais la plus grande partie – bien inférieure au montant de mes précédents achats, mais tout de même conséquente – dans une boîte à chaussures au fond de ma penderie. C'était en quelque sorte mon bas de laine en vue de ma future évasion.

Je voulais davantage. Pas seulement de l'argent, mais un moyen de pression. Par le passé, j'avais écouté attentivement les conversations de mon mari afin de m'assurer que le gouvernement autrichien s'efforçait bien de tenir l'Allemagne nazie hors de nos frontières. Après tout, mon principal but en épousant Fritz était de nous protéger, ma famille et moi. Désormais, je tendais l'oreille pour une autre raison : je guettais les remarques qui auraient trahi des défauts de conception dans les armes qu'il vendait, comme ceux que ses collaborateurs avaient déjà évoqués au cours de nos dîners. Si je parvenais à me procurer des renseignements sur des problèmes de ce genre, peut-être pourrais-je faire pression sur lui et l'obliger ainsi à me laisser partir. Il n'aurait aucune envie que je révèle à ses clients, à ses concurrents ou à ses adversaires politiques qu'il vendait des armes défectueuses, n'est-ce pas ? J'aurais alors peut-être un moyen de fuir cette prison conjugale.

Quatre mois après la fatidique projection d'*Extase*, nous organisâmes un dîner relativement intime avec pour seuls invités le prince von Starhemberg et son frère cadet, le comte Ferdinand von Starhemberg, qui se joignait parfois à nous. Alors que nous buvions un verre après le repas, une occasion de glaner de nouvelles informations se présenta à moi.

— Tu crois vraiment que la prétendue trouvaille de Hellmuth Walter marchera ? demanda le prince à Fritz, qui était toujours consulté sur les questions d'armement.

Bien qu'il eût lâché cette question au beau milieu d'une discussion sur une pièce de théâtre que nous avions vue un peu plus tôt cette semaine-là, je compris tout de suite à quoi il faisait allusion.

Plusieurs déjeuners et dîners avaient été consacrés aux deux grands problèmes propres aux sous-marins et aux navires équipés de lance-torpilles pour lesquels Fritz fabriquait des pièces importantes : d'une part, la nécessité de garantir un apport suffisant en oxygène sous l'eau pour faire marcher les moteurs à combustion et maintenir la vitesse des sous-marins, d'autre part, la difficulté de concevoir un système de contrôle à distance des torpilles, qui, pour l'heure, restaient filoguidées. J'avais éclairci les points obscurs soulevés par ces discussions en consultant quelques-uns des ouvrages de la bibliothèque de Fritz.

— Je pense qu'il a déjà résolu le premier problème en utilisant un carburant riche en oxygène et chimiquement décomposable. Cette propriété fait qu'il peut fournir au moteur l'oxygène dont il a besoin, et le tout permet d'actionner une turbine. Des tests sont encore nécessaires, mais mes espions allemands me disent que le procédé a un potentiel énorme et que les nazis ont l'intention de l'utiliser quand ils lanceront leurs attaques. J'espère mettre la main sur quelques plans pour pouvoir développer une technique similaire dans mes usines…

Qu'entendait-il par ses « espions allemands » ? Depuis quand mon mari avait-il un réseau d'informateurs au sein du IIIe Reich ? Les nazis n'étaient-ils pas ses ennemis ?

— Non, Fritz, intervint le prince von Starhemberg d'un air agacé. Ce n'est pas ça qui m'inquiète. Mon principal souci, c'est la commande à distance des torpilles.

— Il semblerait que Walter ait aussi conçu quelque chose qui pourrait faire oublier à ses supérieurs allemands leur amour obstiné du filoguidage. Si j'en crois mes espions, le bruit court qu'il a inventé un système permettant à plusieurs torpilles d'être lancées simultanément et guidées à l'aide d'un signal radio transmis sur un certain nombre de fréquences prédéterminées. Mais il y a encore des problèmes à régler, bien sûr.

— Laisse-moi deviner… Le signal peut être brouillé ?

Même moi, je savais que la plupart des pays – y compris l'Allemagne – rechignaient à abandonner le filoguidage au profit d'un contrôle à distance parce que ce dernier dépendait d'un signal radio transmis sur une unique bande de fréquence et susceptible d'être intercepté et brouillé par l'ennemi. Cela faisait des années que des militaires discutaient de ce problème avec Fritz, et je m'étais surprise moi-même non seulement en comprenant leurs conversations mais en développant un vif intérêt pour le sujet.

Fritz acquiesça, puis se lança dans une description très technique des fréquences radio. Je l'écoutais avec attention quand Ferdinand me jeta un regard en coin en esquissant un petit sourire ironique – sans doute pour exprimer son ennui devant cette conversation scientifique et sa conviction que je trouvais tout ça aussi rasoir que lui. Surtout connu pour profiter de la notoriété de son frère aîné, Ferdinand von Starhemberg ne partageait hélas ni le dynamisme ni l'intelligence d'Ernst. Je hochai la tête pour lui faire croire à ma solidarité et me tournai de nouveau vers Fritz. Je ne voulais surtout pas risquer de le mettre en colère en échangeant des coups d'œil avec un autre homme, quand bien même il s'agissait de quelqu'un d'aussi proche de nous que Ferdinand.

Le lendemain matin, le majordome m'interrompit alors que je lisais un ouvrage sur les fréquences radio dans la bibliothèque.

— Il y a un appel pour vous, madame.

Pour moi ? Personne ne me téléphonait jamais hormis mon père – et encore, pas dans la journée puisqu'il travaillait à la banque. Inquiète, je me dépêchai d'aller prendre le combiné.

— Allô ?

— Hedy, il faut que tu viennes, déclara ma mère. Ton père ne va pas bien du tout et j'ai envoyé quelqu'un chercher le docteur.

— J'arrive tout de suite !

Je fis face à Müller, qui s'était attardé près de moi en faisant semblant d'épousseter un meuble et qui, à coup sûr, avait espionné ma conversation sur ordre de Fritz. Avant même la projection d'*Extase*, je savais que mon mari avait demandé à ses serviteurs de me surveiller. Peu de temps auparavant, il était allé jusqu'à faire venir la jeune Ada de la villa Fegenberg dans notre appartement viennois, dans le but sûrement de l'affecter à cette tâche elle aussi. Par ailleurs, elle était bien résolue à me trouver détestable.

— Dites à Schmidt de faire avancer la voiture.

— Madame, le maître ne m'a pas informé que vous aviez un rendez-vous aujourd'hui.

Je m'inquiétais tant pour mon père que je n'avais pas pensé aux consignes étouffantes de Fritz. Müller oserait-il vraiment m'empêcher de sortir de ma propre maison ? J'avais jusqu'alors respecté les interdictions de Fritz parce que j'étais certaine qu'il finirait par les assouplir une fois que j'aurais joué suffisamment longtemps le rôle qu'il m'avait imposé. Je tenais ainsi la promesse faite à mon père d'agir dans l'intérêt de notre famille. Mais je n'allais pas laisser des règles ridicules m'empêcher d'aller le voir s'il était au plus mal.

En temps normal, j'aurais contourné le problème en appelant Fritz à son bureau, certaine qu'il ne m'aurait jamais interdit de me rendre chez mes parents, mais il était parti ce jour-là visiter son usine polonaise.

— Ce n'est pas une requête, Müller. C'est un ordre de la maîtresse de ces lieux, déclarai-je en me dirigeant vers l'entrée. Dites à Schmidt de faire avancer la voiture.

Ses pas résonnèrent vivement sur le sol. Il atteignit la porte avant moi et se retourna en me bloquant le passage.

— Je vous prie de m'excuser, madame, dit-il d'une voix mal assurée, mais je ne peux pas vous laisser partir. M. Mandl ne m'a pas notifié que vous aviez un rendez-vous aujourd'hui.

Je fis quelques pas de plus et me retrouvai si près de lui que je sentis l'odeur de tabac de son haleine. Avec mes talons, je le dépassais d'au moins cinq centimètres.

— Vous allez me donner la clé, dis-je froidement en le regardant de haut. Je sais que vous en avez une.

— Le maître serait très déçu si je le faisais, madame.

— Le maître serait encore plus déçu d'apprendre que vous m'avez empêchée de voir mon père malade. Si vous ne me donnez pas cette clé, je la prendrai moi-même dans votre poche et je vous l'arracherai.

Il plongea une main tremblante à l'intérieur de sa veste noire et en sortit un double de la clé. Une à une, il déverrouilla les serrures qui me coupaient du reste du monde.

— Faites avancer la voiture, lui ordonnai-je de nouveau en émergeant à la lumière du jour.

Cette matinée radieuse du mois de février contrastait avec mon humeur, de plus en plus sombre à mesure que nous approchions de Döbling. Que pouvait bien avoir mon père ? Ses migraines étaient plus fréquentes et plus intenses depuis quelques mois, mais nous les avions attribuées au stress qu'il subissait à la banque. Il avait toujours été un pilier inébranlable et fiable, et pour la première fois depuis longtemps je priai un dieu obscur afin qu'il reste en forme, et surtout en vie.

À notre arrivée, je m'élançai hors de la voiture avant même que Schmidt ait coupé le moteur et ouvris la porte de la maison en appelant mes parents.

— Chhh, Hedy, me lança ma mère depuis le petit salon. Le docteur est à l'étage avec ton père, je ne veux pas que tu le déranges pendant qu'il l'examine.

— Que s'est-il passé ?

— Emil avait le teint pâle au petit déjeuner ce matin et il s'est levé de table sans avoir terminé ses œufs. J'ai cru qu'il avait peut-être oublié une réunion très matinale et qu'il voulait vite filer à son bureau, mais il a commencé à monter l'escalier. Quand je lui ai demandé ce qui n'allait pas, il m'a regardée bizarrement avec des yeux vitreux et m'a répondu qu'il avait une douleur dans la poitrine. Je l'ai aidé à se coucher et j'ai tout de suite appelé le médecin avant de te prévenir.

Le Dr Levitt habitait comme nous à Döbling, pas très loin de la Peter Jordan Strasse. Ses pas lourds résonnèrent bientôt dans l'escalier, et nous nous précipitâmes à sa rencontre.

— Je pense que la douleur dont M. Kiesler a souffert aujourd'hui – et les autres jours aussi, même s'il ne vous l'a peut-être pas dit – a pour origine une grave angine de poitrine, annonça-t-il en posant sa sacoche noire sur la dernière marche pour prendre nos mains dans les siennes.

Maman et moi échangeâmes un regard. Nous n'étions pas sûres de ce que cela voulait dire.

— Emil a eu une crise cardiaque ? demanda maman, perplexe.

— Une angine de poitrine n'est pas une crise cardiaque, madame Kiesler, mais une douleur qui résulte d'un apport insuffisant de sang au cœur. Cela peut signifier que le cœur est soumis à un stress important et que le malade a plus de risques de faire un infarctus…

— Non !

Maman se laissa tomber sur la banquette de l'entrée.

— Il va s'en sortir, docteur ? dis-je, au bord de la panique.

— Oui. Pour le moment. Mais il a besoin de se reposer.

Le Dr Levitt marqua un temps d'arrêt, l'air hésitant.

— Il faudrait aussi réduire son niveau d'anxiété,

même si je sais que c'est une prescription difficile à suivre de nos jours.

— Je peux le voir ?

— Oui, à condition de rester calme et d'éviter qu'il ne s'agite. Je vais rester ici avec votre mère. J'ai des recommandations à lui faire.

Je montai à l'étage sur la pointe des picds et entrai dans la chambre de mes parents. Étendu sur le lit de tout le long de son mètre quatre-vingt-dix, mon père m'apparut gigantesque. En m'approchant, pourtant, je vis que son corps semblait pendre de ses os et qu'il donnait l'impression de s'être ratatiné sur lui-même.

Le matelas grinça lorsque je m'assis à côté de lui. Il ouvrit les yeux et me sourit. De son index, il essuya une larme qui coulait sur ma joue.

— Quoi qu'il puisse m'arriver, Hedy, promets-moi que tu veilleras à vous protéger, ta mère et toi. Sers-toi de Fritz comme d'un bouclier. Ne le quitte que si tu n'as pas le choix.

Devant mon silence, il insista.

— Promets-le-moi, Hedy.

Que pouvais-je faire d'autre ?

— Je te le promets, papa.

19

28 avril 1935
Schwarzau, Autriche

Je me tenais devant le lac comme devant un autel. Les montagnes couvertes de conifères qui entouraient la villa Fegenberg se dressaient en face de moi, impavides et immuables, et, sur cette toile de fond verdoyante, le lac était parfaitement immobile. Si immobile qu'il reflétait les montagnes et le ciel avec une précision presque photographique.

J'examinai ses rives désertes. Oserais-je ou pas ? J'aspirais à la pureté de ses eaux. Le risque était énorme, mais l'occasion ne se représenterait peut-être plus jamais. J'avais beau me conformer strictement à ses règles et porter le poids d'un deuil écrasant, Fritz n'avait toujours pas relâché son étau sur moi. Je restais sa prisonnière.

Après un dernier coup d'œil aux alentours, je me lançai. J'ôtai ma tenue noire de cavalière et plongeai dans l'eau fraîche si vivifiante, brisant ce miroir lisse de la même manière que le destin avait brisé ma vie quelque temps auparavant.

Je nageai la brasse jusqu'à ce que, fatiguée, je me

retourne sur le dos et me laisse simplement flotter. Dans l'air immobile, le reflet des montagnes rejoignait celui du ciel, et je m'attardai dans un creux entre deux sommets comme si j'avais reposé dans les bras mêmes de la nature. Le soleil faisait scintiller la crête des vaguelettes produites par mes mouvements. C'était magnifique. Non, pensai-je. Pas magnifique. Pur.

L'espace d'un instant, je me sentis libre et comblée. Oubliés, les fausses apparences, les subterfuges et la douleur. Il n'y avait plus que moi et l'eau. Tout en dérivant, je m'interrogeai : éprouverais-je de nouveau un jour ce sentiment que rien ne manquait à mon bonheur ?

Il y avait plus de deux mois de cela, quelques jours seulement après l'angine de poitrine de mon père, Schmidt m'avait reconduite à Döbling – cette fois avec la permission de Fritz, qui m'avait pardonné ma précédente visite non autorisée. Quand la voiture s'était arrêtée dans l'allée, la maison était plongée dans le noir et les stores encore baissés dans la chambre de mes parents. Comment était-ce possible au beau milieu d'une matinée d'hiver étonnamment lumineuse ? Maman avait ce besoin fanatique d'ouvrir grand les rideaux dès que le jour se levait, et parce que mon père et elle n'avaient plus désormais qu'une domestique à temps partiel, elle faisait elle-même chaque matin le tour de toutes les pièces pour libérer les fenêtres de leur carcan nocturne. Peut-être que papa ne s'était pas senti bien pendant la nuit et qu'elle dormait encore, fatiguée de l'avoir veillé. J'étais entrée sans bruit dans la maison et j'avais traversé le rez-de-chaussée sur la pointe des pieds. Constatant qu'il était désert, j'étais montée à l'étage entrebâiller la porte de la chambre de mes parents.

Il faisait sombre dans la pièce, mais j'avais distingué ma mère, encore en chemise de nuit et appuyée sur le torse de mon père. Il avait les yeux fermés, tout comme elle. Je ne m'étais pas trompée, elle s'était bien endormie en prenant soin de lui pendant la nuit. J'avais ouvert un peu plus grand la porte. Les gonds avaient grincé, et maman s'était redressée en tournant la tête vers moi. Je m'apprêtais à m'excuser à voix basse de l'avoir réveillée quand je m'étais aperçue que son visage était strié de larmes. Elle n'était pas en train de dormir, et papa non plus. Je m'étais affaissée par terre en comprenant que l'infarctus, censé n'être qu'une « vague possibilité » selon les dires du médecin, s'était bel et bien produit.

Comment mon père, cet homme si fort et infaillible, avait-il pu mourir ? Qui serait le pilier de mon existence à présent ? Qui m'aimerait d'un amour aussi inconditionnel ? Il n'y avait qu'avec lui que je laissais tomber tous mes faux-semblants. Depuis ce jour, la douleur était pareille à un marteau qui aurait réduit en miettes mon vrai moi en même temps que mes nombreux masques. Deux mois plus tard, j'étais toujours brisée. Et peut-être le resterais-je à jamais.

Un crissement de pneus sur le chemin gravillonné troubla le silence. Je me figeai. S'il vous plaît, faites que ce ne soit pas Fritz. Je tendis l'oreille. Une portière claqua. S'il vous plaît, faites que ce soit juste un camion de livraison. Mais des voix me parvinrent par-dessus la surface de l'eau, et l'une d'elles cria bientôt mon nom. Quoique étouffée, elle m'était familière et quand des cailloux roulèrent sous les pas si reconnaissables de mon mari je sus que mes prières n'avaient pas été entendues.

Je nageai aussi vite que possible en gardant les bras et les jambes sous la surface du lac pour atténuer le clapotis de l'eau, puis remontai à quatre pattes sur le rivage. Grimaçant de douleur, j'avançai sur les cailloux pointus jusqu'à ma pile de vêtements. Mais j'avais à peine commencé à remettre ma combinaison que le bruit de pas se fit plus fort, et je compris que j'avais mal évalué le temps dont je disposais avant que Fritz apparaisse.

Un bras jaillit des branchages épais des conifères et attrapa le mien. L'instant d'après, Fritz m'apparut en entier et me gifla. Sous la force du coup, je trébuchai et tombai par terre en portant une main à ma joue et en serrant de l'autre ma combinaison, que je n'avais qu'à moitié enfilée.

— Qu'est-ce que tu fais ? Tu nous rejoues les fameuses scènes d'*Extase* ? cria-t-il d'une voix furieuse qui résonna d'un bout à l'autre du lac.

Je cillai.

— Non, non, Fritz. Pas du tout. Il faisait chaud et j'ai juste voulu me baigner.

Il s'accroupit près de moi, les traits déformés par la colère.

— Toute nue ? Pour que les domestiques puissent se rincer l'œil, j'imagine ?

— Non, ce n'est pas ce que tu crois. Je ne ferais jamais une chose pareille. Simplement, je ne voulais pas rentrer à la maison avec ma tenue de cavalière toute mouillée…

— Ou alors c'était pour le bénéfice d'un invité que j'aurais fait venir chez nous ? répliqua-t-il en postillonnant sur ma joue. Je ne laisserai jamais personne poser les yeux sur ton corps. Tu m'appartiens.

— Non, Fritz, je te le jure. Je pensais que personne ne me verrait.

Une main toujours plaquée sur ma joue, je parvins à m'agenouiller et sentis les cailloux de la plage m'écorcher.

— S'il te plaît, sanglotai-je, ne me frappe pas.

Le bras déjà levé, il se figea. Puis son expression changea, comme s'il se réveillait d'un profond sommeil, et la menace s'éloigna.

— Oh, *Hase*, je suis vraiment désolé. Ce fichu film me torture, et quand je t'ai vue nue dans le lac ça m'a rappelé ces scènes insupportables. J'ai perdu mon sang-froid.

Il tendit la main vers moi, mais j'eus un mouvement de recul instinctif. Tremblante, je ramassai mon tas de vêtements et remis à la hâte mon pantalon et ma veste. Il s'approcha. Allait-il m'enlacer ou me battre ?

Ses bras musclés m'enveloppèrent par-derrière. Je me raidis, parcourue d'un frisson qui n'était pas dû à l'air frais de la montagne. Le monstre qui s'était tenu tapi dans l'ombre, derrière tous ses cadeaux, ses bijoux, ses fleurs et ses nombreuses demeures, était de retour. Je ne pouvais plus lui échapper, désormais.

20

20 juin 1935
Vienne et Schwarzenau, Autriche

— Il a besoin de toi, insista Starhemberg. Comment veux-tu que Schuschnigg maintienne des liens étroits avec l'Italie sans ton aide ? Mussolini a toujours été ton associé.

— Alors pourquoi est-il aussi borné ? demanda mon mari, dont la voix résonnait de plus en plus fort à mesure que grandissait son agacement.

— C'est un néophyte. Il n'a pas la moindre idée des mesures qui s'imposent pour assurer l'indépendance de l'Autriche. Enfin quoi, il est persuadé que ce sont les hommes politiques qui font le plus dur du boulot ! lâcha Starhemberg en réponse à l'accès de colère de Fritz.

— Tu imagines, si les relations entre les pays dépendaient uniquement de ces types-là ? grogna Fritz. Schuschnigg pense pouvoir nous protéger d'une invasion allemande en évitant d'énerver Hitler, mais on ne peut apaiser un fou furieux.

— Sa volonté de coopérer se retournera contre lui. Ça ne fait que donner à l'Allemagne le temps de se préparer à envahir l'Autriche pendant qu'on reste assis sans rien faire et qu'on respecte docilement le traité de Saint-Germain-en-Laye avec notre armée ridicule de trente mille hommes.

— Pourquoi Schuschnigg ne voit-il pas que la seule chose qui a freiné Hitler lors de sa tentative de coup d'État, c'était la présence des troupes italiennes ? Et si les rumeurs étaient vraies ? Si Hitler et Mussolini se préparaient à adopter une position commune sur l'Éthiopie, ne serait-ce qu'en apparence ? Ce ne sera qu'une question de temps, ensuite, avant qu'ils parviennent tous les deux à un accord plus global incluant aussi l'Autriche.

J'avais déjà entendu des conversations similaires depuis que l'alliance solide entre Starhemberg et Schuschnigg pour l'heure à la tête de l'Autriche avait commencé à se déliter. Starhemberg trouvait la position du chancelier bien trop conciliante envers l'Allemagne et considérait que cela rendait l'Autriche vulnérable – un avis largement partagé par Fritz. Mon mari et lui dirigeaient le pays dans l'ombre depuis des années et craignaient que la perte de son indépendance n'entraîne celle de leur influence. Aucun des deux n'avait de véritable idéologie. Leur seule conviction était l'infaillibilité de leur propre pouvoir, et ils ne recules raient pas devant un changement d'allégeance s'il leur apparaissait nécessaire.

— À moins que tu n'interviennes, déclara Starhemberg.

Fritz tira longuement sur sa cigarette avant de répondre :

— À moins que je n'intervienne, en effet.

J'avais toujours cette conversation en tête lorsque, quatre semaines plus tard, je me retrouvai assise à table en face de Mussolini en personne. J'avais déjà rencontré le Duce lors de voyages en Italie, mais toujours très brièvement, et nos échanges s'étaient limités à une courbette et une révérence. Du moins jusque-là. À présent, j'étais son hôtesse.

Fritz et moi l'avions accueilli dans le hall d'entrée du château de Schwarzenau – Fritz en smoking, et moi dans une robe lamé or dessinée par Mme Schiaparelli. Nous avions envisagé de l'inviter dans notre appartement viennois ou à la villa Fegenberg, mais, au final, des questions de sécurité et le caractère privé de cette rencontre avaient imposé le choix de Schwarzenau.

Au cours des semaines précédentes, Fritz avait sollicité mon aide pour organiser la réception – il ne l'avait jamais fait auparavant. J'avais acheté de nouvelles parures de table, discuté de la décoration avec les fleuristes, goûté des gâteaux pour évaluer lequel plairait le plus à Mussolini et écouté divers musiciens en essayant de choisir les plus appropriés pour animer le bal prévu après le repas. J'avais ainsi refusé trois groupes dont l'interprétation de plusieurs morceaux classiques m'avait paru un peu trop jazzy au regard des goûts conservateurs de Mussolini, et j'avais finalement retenu une formation viennoise parfaitement entraînée qui m'avait été chaudement recommandée. D'ordinaire l'apanage de Fritz, cette quête de la perfection n'avait jamais revêtu une telle importance à mes yeux, mais c'était bien de notre invité que dépendait l'indépendance de l'Autriche par rapport à l'Allemagne.

Trois jours avant l'arrivée du Duce, Fritz et moi étions allés jusqu'à faire une répétition générale avec un grand dîner à cinq services pris en tenue de soirée. Nous avions le sentiment de ne pas pouvoir être mieux préparés. La pression grandissante nous liait tous les deux comme jamais cela n'était arrivé depuis les premiers temps de notre mariage – même si, bien évidemment, je continuais à me méfier de lui. Après tout, il était toujours d'humeur aussi changeante à mon égard.

Les nerfs à fleur de peau, nous avions attendu Mussolini au pied du grand escalier dans l'entrée du château. Il s'était présenté en uniforme militaire, comme s'il menait une parade, un escadron de soldats et d'officiers sur les talons. Fritz s'était dûment incliné et avait échangé avec lui une poignée de main bientôt transformée en accolade. Quant à moi je m'étais fendue d'une révérence, selon les instructions de Fritz, mais elle aussi s'était achevée de manière imprévue – en l'occurrence par un baisemain.

Après avoir adressé à notre invité quelques mots de bienvenue, nous étions passés dans la salle à manger, où un repas décadent devait être servi à Son Excellence et aux membres les plus importants de sa vaste suite. Nous avions minutieusement élaboré le menu en mettant l'accent sur ses légumes préférés, mais en prévoyant aussi un plat spectaculaire à base de veau. Tous nos efforts pour assurer la réussite de cette soirée se voyaient : nettoyées peu de temps auparavant, les tapisseries des Gobelins offraient une superbe toile de fond à notre table – laquelle avait été allongée au maximum et recouverte d'une nappe en soie pervenche parsemée d'orchidées d'un bleu profond afin de faire ressortir la vaisselle en or que Fritz avait fait venir de son appartement viennois.

Pendant que nous prenions place sur nos chaises, les domestiques firent le tour de la table en servant le vin. Nous avions fait venir en renfort tous ceux que Fritz employait à Vienne, à l'exception d'Ada – je ne pouvais pas risquer de la laisser orchestrer une bévue qui renverrait une piètre image de moi. Le plus chevronné d'entre eux, Schneider, que nous avions affecté au seul service de Mussolini, approcha de son verre en cristal une carafe de vin. Le Duce refusa toutefois d'un signe de tête. Fritz et moi échangeâmes un coup d'œil. Nous avions oublié de prévenir les domestiques que Mussolini ne buvait pas d'alcool. Comment avions-nous pu commettre une telle gaffe ? Le cœur battant, j'observai le dictateur, qui avait commencé à mâchonner une salade relevée à l'ail dont on nous avait dit qu'elle était sa préférée. Il n'avait pas l'air offensé.

Les yeux baissés avec pudeur, comme Fritz le souhaitait toujours, je ne cessai d'examiner le Duce en douce pendant le repas. Ses mâchoires fortes me rappelaient celles de mon mari, même s'il avançait plus ostensiblement celle du bas, et il respirait le pouvoir et la confiance en soi – encore un point commun entre les deux, avec cependant un léger avantage pour l'Italien.

En parfait maître de maison, Fritz se chargea d'orienter la conversation, laissant bien sûr Mussolini la diriger ensuite à sa guise. Ayant convenu qu'il était strictement *verboten* de parler de politique à table, à moins que le dictateur n'aborde lui-même ces questions, nous avions dressé une liste de sujets acceptables, à commencer par les nombreux projets culturels du Duce.

Fritz évoqua ainsi les vastes travaux entrepris à Rome pour raser des rues médiévales tortueuses et les transformer en grandes artères « modernes » parfaitement rectilignes. De nouveaux bâtiments aux lignes dures et aux murs de ciment blanc devaient également voir le jour, et même si nous nous étions laissé dire que leur construction précipitée avait donné naissance à des édifices bâclés et peu harmonieux d'un point de vue architectural, il était inconcevable de faire autre chose que louer Mussolini.

— Ah oui ! dit-il d'une voix forte. Tout avance à un bon rythme. Dans le même temps, on mène des fouilles et on cherche à préserver de nombreux sites antiques. Il faut glorifier la ville de Rome – celle d'autrefois, comme celle d'aujourd'hui.

— Bien sûr, approuva Starhemberg. L'unité de votre peuple passe par là.

Le Duce hocha vigoureusement la tête.

— C'est ça. Quand un dirigeant ne peut pas s'appuyer sur un patrimoine et des projets d'avenir aussi nobles que les nôtres pour instaurer un pouvoir fort, il doit recourir à d'autres moyens moins efficaces et souvent déplaisants. Prenez le chancelier Hitler. Les Allemands n'ont pas un passé aussi illustre que les Italiens, et c'est pour ça qu'il a été obligé de bâtir un État autour de cette notion fictive de la race aryenne et de sa haine des Juifs. C'est un triste point de départ pour un nouveau régime, même si son aversion est compréhensible.

Je frémis devant la manière dont il avait craché le mot « Juifs » et justifié la haine de Hitler. Contrairement à l'Allemagne, l'Italie n'avait pas imposé de mesures restrictives aux Juifs, raison pour laquelle je pensais que Mussolini n'était pas antisémite. Je m'étais trompée, apparemment. J'avais du mal à croire que cet homme était celui en qui j'avais placé tous mes espoirs d'une Autriche indépendante et préservée d'un antisémitisme d'État.

Et encore n'en avait-il pas tout à fait terminé :

— La culture est évidemment le moyen le plus

efficace d'inculquer l'idéologie fasciste, la meilleure qui soit pour tous les pays.

Je me figeai sur ma chaise en même temps que Fritz et nos invités – tous venus avec Mussolini, hormis Starhemberg et sa femme, qui accompagnait rarement son mari en dehors des dîners les plus importants. Nous avions planifié cette soirée de manière à éviter toute conversation politique, et voilà que le Duce mettait les pieds dans le plat dès le début du repas. Nous restâmes immobiles et silencieux pendant qu'il mâchonnait sa salade. Plus personne n'osait toucher à son assiette ou à son verre.

Il fallait sauver la soirée.

— À propos de culture, Votre Excellence, j'ai entendu dire que les *Pini di Roma*, d'Ottorino Respighi, était votre morceau de musique préféré… C'est bien le cas ?

Mussolini cessa de mâcher et avala une grande gorgée d'eau. J'attendis sa réponse avec anxiété. Était-il vexé que j'intervienne ainsi dans la conversation ? Je savais par Fritz qu'il préférait les femmes girondes, maternelles, et surtout au foyer. À l'exception de ses maîtresses, bien sûr.

Enfin, sa mine s'éclaira.

— Vous avez bien fait vos devoirs, madame Mandl. Je trouve en effet les *Pini di Roma* particulièrement émouvants.

— M. Mandl et moi avons convié les meilleurs musiciens de la capitale à venir jouer pour vous après le dîner. Cela ennuierait-il Votre Excellence si nous leur demandions d'interpréter cette œuvre ? proposai-je d'un air innocent, alors même que Fritz et moi avions passé des heures avec l'orchestre afin de nous assurer qu'il jouerait, le cas échéant, les *Pini di Roma* à la perfection.

— Volontiers, répondit Mussolini avec un large sourire, avant de se lancer dans une discussion sur les mérites comparés des compositeurs italiens.

En silence, je poussai un soupir de soulagement – et le reste de la tablée aussi. Fritz me jeta un regard complice en souriant. Il était ravi de mes efforts, chose rare ces derniers temps.

— Si nous passions dans la salle de bal ? lança-t-il une fois que nos invités eurent terminé leur part de *Sachertorte*, le gâteau au chocolat typique de Vienne, et leurs petits *Punschkrapfen* colorés et parfumés au rhum.

La salle de bal comprenait deux parties : l'une avec des chaises dorées disposées en demi-cercle autour de l'orchestre, et l'autre entièrement dégagée, pour permettre aux convives de danser sur le sol de marbre noir et blanc. Je m'assis avec Fritz à côté de Mussolini pour écouter l'orchestre jouer le morceau de Respighi. Le Duce ferma les yeux et oscilla au rythme de la symphonie. Quand le violoniste arracha la dernière note à son instrument, il bondit de sa chaise en applaudissant – aussitôt imité par sa suite.

Les musiciens enchaînèrent avec un morceau classique, et tout le monde se réunit autour de la piste. Il était entendu que je devais réserver la première danse à notre invité d'honneur, et parce que celui-ci n'était pas venu avec son épouse, Fritz ferait de même avec la femme de Starhemberg.

Mussolini fit glisser ses mains sur mes hanches pendant que j'appuyais délicatement les miennes sur ses épaules. Nous étions presque à la même hauteur. Sachant que le Duce ne mesurait qu'un mètre soixante-neuf, soit ma taille exacte, et qu'il détestait les femmes plus grandes que lui, Fritz m'avait demandé de porter des chaussures plates.

Vu de près, je lui trouvai le regard froid et la peau rêche. Je ne pouvais m'empêcher de penser que je dansais avec un homme arrivé au pouvoir grâce à des bandes d'anciens soldats qui avaient battu, tué ou emprisonné tous ceux qui se dressaient sur leur chemin. Et il n'avait pas fait que les encourager à la violence. Lui-même avait les mains salies par le sang de ses victimes.

— Vous avez été actrice autrefois, n'est-ce pas, madame Mandl ? dit-il soudain, sans me laisser le temps de prononcer les amabilités que je ressortais d'habitude à chaque conversation avec les collègues de Fritz.

Des rumeurs lui étaient forcément parvenues à ce sujet. J'espérais en tout cas que nos visiteurs italiens présents le soir de la projection d'*Extase* ne s'étaient pas répandus sur cet incident auprès de lui.

— Oui, *Duce*. Mais cela remonte à des années. Mon seul rôle dans la vie aujourd'hui est celui d'épouse.

— Bien sûr, madame Mandl. C'est le plus grand qu'une femme puisse jouer, n'est-ce pas ?

— En effet, *Duce*.

— Quoi qu'il en soit, j'ai cru comprendre que vous aviez été une immense actrice avant votre mariage.

Je me sentis perdue. M'avait-il vue sur scène ? Mais quelqu'un m'aurait sûrement prévenue si Mussolini avait été assis dans le public durant l'une de mes représentations. Rien ne m'était jamais revenu aux oreilles à ce sujet. Il se fit alors plus explicite :

— Je vous ai admirée dans *Extase*, murmura-t-il en m'attirant contre lui.

Horrifiée, j'eus brusquement envie de vomir. Je ne supportais pas l'idée que cet homme qui m'avait vue nue ait ses mains posées sur moi. Mais je continuai à danser sans un mot, faute de savoir quoi dire, priant pour que la musique s'achève et que nous changions de partenaires. Je ne pouvais faire plus. Les enjeux étaient trop importants.

— J'ai tant aimé vous regarder dans ce film que j'en ai acheté une copie. Je ne pourrais vous dire combien de fois je l'ai visionnée.

Je n'étais plus simplement révulsée. J'étais terrifiée. Était-ce pour moi qu'il avait enfin accepté l'invitation que Fritz lui lançait depuis des années ? Je gardai un sourire plaqué sur mon visage, mais mon malaise ne fit que s'accroître.

— Vous êtes une femme charmante, madame Mandl. J'aimerais beaucoup faire plus ample connaissance avec vous.

Il ne me proposait pas de prendre le thé, mais bien de coucher avec lui. Fritz était-il au courant ? Avait-il mis mon corps dans la balance lors de ses négociations sordides avec Mussolini ? Non, sa jalousie maladive rendait cette idée inconcevable. Je ne pensais pas qu'il puisse devenir moins possessif à mon égard, même pour plaire au dictateur italien.

Dieu merci, l'un de ses assistants se précipita vers lui sitôt le morceau terminé. Mussolini inclina la tête sur le côté pour mieux entendre ce que l'homme lui disait par-dessus le brouhaha ambiant.

— Je vous prie de m'excuser, madame Mandl, dit-il ensuite. Je dois régler un problème urgent.

J'acquiesçai en silence. Dès qu'il eut disparu, je fonçai me réfugier dans ma chambre et refermai la porte à clé derrière moi. Puis j'allai me poster devant mon miroir en pied et contemplai le reflet de la belle créature qui me faisait face, avec ses sourcils arqués, ses épais cheveux noir corbeau, ses yeux verts et ses lèvres pleines laquées de rouge. Je ne me reconnaissais pas. À qui appartenait ce visage ? Ces traits recouverts de diverses couches de maquillage me paraissaient étrangers. Je griffai mes joues avec mes ongles, encore et encore, jusqu'à ce qu'elles deviennent toutes rouges, presque en sang. Mon père lui non plus n'aurait pas reconnu cette femme dans le miroir.

Qui étais-je devenue ?

21

21 mai 1936
Schwarzau, Autriche

L'année qui suivit la visite de Mussolini au château de Schwarzenau, de nouvelles menaces intérieures et extérieures vinrent peser sur l'Autriche. Je n'avais pas osé mentionner à Fritz la proposition du Duce. L'Autriche avait besoin de la protection de cet homme, et je risquais de pousser Fritz à s'opposer à lui, voire à rejeter son aide, s'il s'avérait – comme je le pensais – qu'il ne savait rien du désir du Duce envers moi. Et même en supposant qu'il ait été au courant – chose tout bonnement inconcevable –, je ne voulais pas en parler avec lui : je savais que je ne supporterais pas d'apprendre une telle vérité et qu'il me serait impossible alors de continuer à jouer le rôle de Mme Mandl.

Les murailles que ses compagnons et lui avaient érigées autour de l'Autriche en s'appuyant sur la force militaire de l'Italie commençaient à se lézarder. Armées par Fritz, les troupes de Mussolini envahirent l'Éthiopie dans une démonstration de force du pouvoir fasciste. Dans un premier temps, les bénéfices financiers qui en résultèrent réjouirent Fritz, mais lorsque

Hitler manifesta un soutien inconditionnel à cette invasion face à la condamnation et aux sanctions économiques de la Société des Nations, la méfiance avec laquelle Mussolini considérait le dictateur allemand s'atténua, et nos craintes concernant le sort de l'Autriche s'accentuèrent. L'Italien allait-il bientôt prendre fait et cause pour les nazis et leur envie dévorante de « réunir » l'Autriche et l'Allemagne en un seul et même pays aryen ? Je n'osais pas montrer devant Fritz combien je m'inquiétais des conséquences d'une telle annexion sur ma personne – mes origines juives étaient un secret bien gardé que lui-même préférait oublier –, mais mon angoisse fut nourrie cet automne-là par la promulgation des lois de Nuremberg, qui dépouillaient les Juifs allemands de leur citoyenneté et de leurs droits civiques. Avec elles, toutes les craintes de mon père se trouvaient justifiées.

Fritz et moi continuâmes pourtant à danser comme si le monde ne s'écroulait pas autour de nous. Du moins en public. Dans l'intimité de nos demeures, quand tous les invités étaient partis et que les domestiques s'étaient retirés pour la soirée, il n'était plus question de danse. Seulement des règles strictes, des serrures et de la fureur. C'était comme si, en m'emprisonnant, Fritz espérait mettre en cage ce virus incontrôlable qu'était Hitler. J'étais devenue l'emblème tacite du mal qui rongeait le pays à l'intérieur et à l'extérieur, et c'était sur moi qu'il passait sa colère dès qu'il en ressentait le besoin.

Ma mère constatait parfois le résultat de ces crises de rage lorsque j'allais prendre le thé à Döbling – l'une des rares sorties que Fritz m'autorisait encore. Tantôt c'était un hématome sur mon bras, après qu'il m'eut attrapée pour me murmurer une critique cinglante pendant une réception. Tantôt c'était la peau irritée de mon cou, que je devais à la brusquerie de ses ardeurs, à supposer que ses visites nocturnes puissent être qualifiées ainsi. Elle ne faisait jamais de commentaires, et lorsque je tentais d'en parler avec elle, elle changeait de sujet ou se contentait d'allusions voilées à mon « devoir » et à mes « responsabilités ». Comprenant que je ne pouvais pas compter sur elle pour me soutenir, j'allais la voir de moins en moins souvent. Je trouvais insupportable de m'asseoir dans la maison de Döbling, que j'avais autrefois considérée comme un refuge, et de n'y éprouver que du désespoir.

Nos bals aussi commencèrent à s'espacer à partir du mois de mars. Encouragé par l'inaction de la Société des Nations devant l'invasion de l'Éthiopie par Mussolini, Hitler massa ses troupes en Rhénanie, cet ancien territoire allemand à l'ouest du Rhin dont le traité de Versailles avait imposé la démilitarisation à l'Allemagne. Schuschnigg informa Starhemberg que l'Autriche avait besoin de parvenir à un accord avec Hitler et que Mussolini exigeait de lui qu'il le fasse s'ils ne voulaient pas perdre son soutien. Starhemberg s'opposa haut et fort à cette décision, tant et si bien qu'il fut démis de ses fonctions de vice-chancelier au mois de mai. Tout à sa campagne éthiopienne et à son rapprochement avec Hitler, Mussolini avait de moins en moins de temps à consacrer à l'Autriche – et à Fritz. L'influence dont jouissaient jusqu'alors mon mari et Starhemberg déclina, et je me demandai si j'avais atteint le point au-delà duquel je n'étais plus tenue de respecter la promesse faite à mon père. Dans la mesure où mon mari était devenu un opposant au gouvernement autrichien et qu'il n'était plus en son pouvoir de préserver l'indépendance de notre pays, ne représentait-il pas désormais un handicap plus qu'un bouclier pour moi ? Si je n'avais pas juré à mon père de veiller aussi à la sécurité de ma mère, je me serais enfuie dès l'instant où cette question m'avait traversé l'esprit.

Il était minuit passé. La table avait été débarrassée et les domestiques s'étaient retirés après avoir réapprovisionné le stock d'alcool sur le buffet et posé un plateau de bonbons à la violette et de *Trüffeltorte* devant nous. Fritz et Starhemberg ayant souhaité s'offrir une pause à l'écart de Vienne et de ses intrigues politiques, nous étions partis pour la villa Fegenberg avec la seule compagnie de Ferdinand, le frère du prince. Les deux hommes voulaient pouvoir discuter de leurs projets sans risquer d'être écoutés, et Ferdinand et moi ne comptions pas à leurs yeux. J'aurais aimé pouvoir dire que Fritz avait souhaité ma présence ce soir-là parce qu'il faisait confiance à mon jugement, mais ce n'était pas la raison pour laquelle je n'avais pas été confinée dans ma chambre. Il m'avait autorisée à rester à table parce que j'étais devenue comme l'un des tableaux de Rembrandt accrochés au mur, ou comme la porcelaine de Meissen dans le buffet : un objet décoratif inestimable parmi d'autres. Un symbole de sa richesse et de son habileté.

— Le dictateur autrichien… Quelle blague, dit Starhemberg d'une voix traînante en avalant une gorgée de brandy.

Il était ivre. Je n'aurais jamais cru que je verrais un jour cet aristocrate si guindé dans un tel état, mais bon, personne non plus ne s'était attendu à ce que Schuschnigg s'autoproclame « dictateur » de l'Autriche, et c'était précisément ce qu'il venait de faire, deux jours plus tôt.

Fritz écumait de rage.

— Quel culot !

Je me demandai s'il faisait référence à cette déclaration du chancelier ou à ses récentes allusions à une éventuelle nationalisation des sites de production militaires du pays, y compris des usines d'armement de Fritz – qui, depuis, voyait rouge.

— C'est nous qui l'avons mis à ce poste ! Comment ose-t-il nous écarter du pouvoir ?

Starhemberg vacillait sur ses pieds en parlant. Son frère tendit le bras pour l'aider à se rattraper, mais il le repoussa comme il aurait chassé un moucheron.

— Il veut nous marginaliser, c'est évident. Nous sommes les derniers à nous opposer à cet accord qu'il envisage entre l'Allemagne et l'Autriche.

Grâce aux quelques sources de renseignements qui leur étaient restées loyales, Fritz et Starhemberg savaient que Schuschnigg tentait de négocier un accord avec Hitler pour obtenir de lui la promesse de respecter l'indépendance de l'Autriche en échange d'un alignement de la politique étrangère autrichienne sur celle de l'Allemagne et de l'octroi de quelques postes ministériels à des nazis. Ils craignaient que cet accord n'isole l'Autriche sur le plan diplomatique et n'encourage d'autres pays européens à considérer que les relations germano-autrichiennes relevaient de la politique intérieure de l'Allemagne. Plus que tout, ils voyaient là un complot visant à affaiblir l'Autriche avant une future invasion du pays par Hitler – invasion qui serait favorisée par les soutiens dont le chancelier allemand disposerait alors au sein du gouvernement autrichien.

— Quels moyens de pression politiques ou

économiques a-t-on encore sur Schuschnigg maintenant que Hitler et Mussolini ont réussi à s'entendre ? Il paraît qu'ils sont sur le point d'officialiser leur nouvelle amitié en créant ce qu'ils appellent l'Axe Rome-Berlin.

— L'« axe quoi » ? ironisa Fritz. C'est encore une de ces expressions inventées par Hitler pour marquer son pouvoir. Notre plus grande force a toujours été notre capacité à mettre l'Italie du côté de l'Autriche, mais c'est fini, maintenant qu'il a pactisé avec Mussolini…

Je n'avais jamais entendu mon mari s'exprimer d'un ton aussi désespéré. Il se montrait toujours si autoritaire et sûr de lui, d'habitude.

Starhemberg s'approcha du buffet et prit une bouteille de schnaps qu'il posa entre lui et Fritz. Il remplit ensuite deux petits verres à ras bord. Personne n'offrit de nous resservir, Ferdinand et moi. C'était comme si nous n'avions pas été là.

— Nous n'avons pas d'autre choix, à mon avis, déclara Fritz avec résignation.

De quoi parlait-il ? Au sujet de quoi Starhemberg et lui n'avaient-ils pas le choix ?

— Ça va à l'encontre de tout ce pour quoi on a travaillé jusqu'ici…

— Je le sais bien, mais quelles sont les alternatives ? Si on continue à défendre l'indépendance, on perdra le peu d'influence qu'il nous reste. Sans compter nos actifs. Mais si on transfère nos liquidités hors d'Autriche tout en prônant une nouvelle approche des relations germano-autrichiennes bien avant que l'Anschluss ait lieu, on évitera de paraître motivés uniquement par nos propres intérêts, et, ma foi…

Fritz ne termina pas sa phrase, laissant Starhemberg la compléter lui-même. J'ignorais s'il avait conscience que je le faisais aussi de mon côté. Peut-être s'en moquait-il. Ferdinand, lui, n'avait pas l'air d'avoir saisi l'importance des propos tenus par son frère et Fritz. En clair, ils envisageaient de retourner leur veste et de se faire les avocats d'un rattachement de l'Autriche à l'Allemagne, tout ça pour conserver leur pouvoir.

— Ça pourrait marcher, mais seulement si on t'autorise à vendre des armes, dit Starhemberg.

Il faisait allusion aux origines juives de Fritz – je le savais, et Fritz aussi.

Le prince connaissait le secret de mon mari. Peut-être même en avait-il eu connaissance avant moi. Fritz avait mentionné le fait que son père était juif lors de notre voyage à Paris pendant nos fiançailles, mais il m'avait caché la biographie complète de ses parents, même dans les premiers temps de notre mariage. Il avait attendu un an avant de me révéler que son père avait eu une relation hors mariage avec une catholique qui travaillait alors comme domestique dans l'une des demeures de la famille Mandl. Quand Fritz était né, son père avait accepté de se convertir au christianisme afin de pouvoir épouser sa maîtresse et légitimer leur enfant.

— Selon les lois de Nuremberg, je pourrais me voir accorder le statut d'« Aryen honoraire », annonça Fritz en répondant ainsi à l'inquiétude de Starhemberg sans toutefois prononcer le mot « Juif » à voix haute.

— Qu'est-ce que c'est que ça ?

— Un statut particulier créé par Goebbels pour les Juifs qui servent de leur plein gré la cause des nazis.

— Donc, même s'ils te considèrent comme juif, dit Starhemberg (ce qui arracha une grimace à Fritz), ils te laisseraient vendre des armes…

— Oui.

Le prince s'assit en hochant la tête.

— Ça change tout, n'est-ce pas ?

Ces messieurs trinquèrent avant de vider leurs verres jusqu'à la dernière goutte. Je me reculai sur mon siège, stupéfaite par ce que je venais d'entendre. D'un certain point de vue, cela n'aurait pas dû me choquer, j'imagine, mais c'était pourtant le cas.

Mon père et moi avions misé sur la formidable volonté de Fritz en pensant qu'il serait capable d'assurer notre sécurité. Il semblait concevable que, avec tout son pouvoir, toute sa richesse et toute sa détermination, il puisse tenir Hitler à l'écart. Et pourtant, il en était arrivé à la conclusion qu'il ne remporterait pas cette bataille – et lorsque Fritz n'était pas en mesure de remporter une bataille, il n'éprouvait aucune honte à se ranger du côté du vainqueur.

Je m'étais vendue à un homme lui-même sur le point de se vendre à Hitler.

22

28 novembre 1936
Vienne, Autriche

Le plan paraissait simple. Mettre un masque – un que je n'avais pas porté depuis longtemps, mais qui me restait familier – et dire les répliques de mon personnage. Le texte que j'aurais à réciter était de moi, non de quelque dramaturge inconnu, mais, cette différence mise à part, mon projet ressemblait à la scène d'ouverture d'une pièce de théâtre. Du moins, je le pensais.

J'attendis pour lever le rideau que Fritz parte en déplacement professionnel. Ses voyages dans les zones reculées de l'Europe de l'Est – « chez les péquenauds », comme il disait, à savoir en Pologne et en Ukraine, là où se trouvaient certaines de ses usines – prenaient désormais largement le pas sur les escapades glamour que nous faisions autrefois pour le plaisir ou pour ses affaires. Des conversations entendues de-ci de-là m'avaient fait comprendre que le but de ces allées et venues était de consolider ses usines les moins productives, de les liquider ensuite au plus vite, puis de transférer en douce le produit de la vente en Amérique du Sud, loin, très loin de la guerre qui menaçait. Il faisait également tourner à plein régime celles qui fabriquaient des munitions et des pièces destinées à l'armement, conformément aux contrats qu'il avait signés avec l'Autriche, l'Espagne, l'Italie et les pays d'Amérique du Sud, ainsi que toutes celles qui pourraient se révéler utiles selon lui au IIIe Reich si, après des années passées à défendre l'indépendance autrichienne, il parvenait à s'entendre avec les Allemands.

Je choisis comme partenaire un homme connu pour sa lenteur d'esprit et son incapacité à voir plus loin que le bout de son nez. Ce trait de caractère était nécessaire au vu du rôle que je lui avais assigné. Par chance, le sort avait mis à ma disposition un pion parfait et omniprésent, un homme que Fritz lui-même n'irait jamais soupçonner tant il le jugeait bon à rien, et surtout un homme que je pouvais facilement contacter : Ferdinand von Starhemberg, le frère d'Ernst.

Le premier acte se déroula dans le salon de notre appartement viennois où, par une belle matinée de novembre, j'étais comme d'habitude enfermée à double tour. Assise devant mon écritoire Art nouveau, face à la fenêtre, je regardais le vent agiter les feuilles dorées des arbres qui bordaient la Ringstrasse. La lumière de cette journée d'automne et la perspective de ma future délivrance avaient fait naître en moi un sentiment de liberté qui me grisait presque.

Je pris mon stylo à plume et rédigeai le message suivant sur un épais papier à lettres frappé de mes initiales.

Très cher Ferdinand,

J'aurai quelques heures de temps libre cet après-midi et un peu de compagnie me ferait très plaisir.

Seriez-vous disponible vous aussi ? Si oui, je vous invite à venir prendre le thé avec moi dans notre salon.

Bien à vous,
Madame Mandl

La signature me paraissait un peu formelle étant donné mes intentions, mais je ne pensais pas que Ferdinand m'eût jamais appelée autrement que « madame Mandl » – alors que je m'adressais à lui en utilisant son prénom. Fritz était bien trop possessif pour tolérer qu'un autre homme se montre aussi familier avec moi, et qu'importe s'il s'agissait en l'occurrence de Ferdinand, un idiot inoffensif à ses yeux qui n'avait pour seules qualités que son titre et la réputation de son frère. Et puis je ne voulais pas tendre le bâton pour me faire battre si jamais quelqu'un venait à intercepter ma lettre ou à déjouer mon plan.

Je demandai à Auguste, le plus jeune et le plus malléable de nos domestiques, de porter ce pli jusqu'au grand manoir opulent – de très mauvais goût, d'après Fritz – où résidait Ferdinand. Je ne pouvais pas prendre le risque de le confier à Ada, même si c'était à elle qu'incombait ce genre de tâche. Je n'avais jamais découvert la moindre preuve d'une liaison passée ou présente entre Fritz et cette jolie fille, mais, pour une raison que j'ignorais, Ada me détestait et se réjouissait de mon emprisonnement. Je le sentais aux regards furtifs et haineux qu'elle me lançait parfois. Impossible donc de lui donner cette lettre. Je l'imaginais trop bien la parcourir dans l'espoir de tomber sur une information accablante à mon sujet. J'étais prête à parier qu'elle n'aimerait rien tant que me dénoncer à Fritz – ou était-ce moi qui voyais des complots partout ?

La réponse de Ferdinand arriva étonnamment vite. Comme je l'avais supposé, il était en train de paresser et avait ouvert ma lettre sur-le-champ – Fritz ne disait-il pas souvent que la principale occupation de cet homme semblait être de participer à des soirées mondaines ? Il avait demandé à Auguste de patienter, le temps pour lui de rédiger quelques mots, et notre domestique était rentré avec un message m'informant qu'il acceptait mon invitation. Il ne me restait plus qu'à faire préparer du thé, à confier au personnel diverses tâches qui l'occuperaient jusque tard dans la soirée, puis à me préparer.

La longue traîne soyeuse de ma robe la plus moulante balayait le sol en serpentant derrière moi lorsque je quittai l'abri de ma chambre afin de me rendre dans le petit salon où devait avoir lieu le deuxième acte. L'horloge sur le manteau de la cheminée sonna le quart avant 16 heures. J'avais les nerfs en pelote. Mon plan allait-il fonctionner ? Pour me donner de l'assurance, et aussi pour m'apaiser, j'effleurai les touches du piano et commençai à jouer la Sérénade n° 13 de Mozart, *Une petite musique de nuit*. L'espace d'un instant, je fus transportée hors de ma prison dorée et me sentis à nouveau libre.

Un raclement de gorge interrompit ma rêverie. Mes doigts se figèrent sur le clavier, et je levai les yeux. C'était Ferdinand, l'air hypnotisé et gêné.

Je courus aussitôt vers lui et gardai sa main entre les miennes un peu plus longtemps qu'il n'était convenable.

— Ferdinand, vous sauvez une demoiselle en détresse ! Fritz est parti deux jours et je me retrouve avec de longues heures devant moi que je ne vois pas du tout comment occuper.

— Il me semble que vous les occupez fort joliment. J'ignorais que vous saviez si bien jouer du piano.

Je lui souris d'un air faussement timide.

— Il y a beaucoup de choses que vous ignorez sur moi, Ferdinand.

Tandis que le rouge lui montait aux joues – exactement la réaction que j'avais espérée –, je lui fis signe de s'asseoir avec moi sur le canapé devant lequel les domestiques avaient disposé du thé, des petits-fours et une carafe en cristal remplie de schnaps. Je laissai ma main s'attarder sur l'anse de la théière avant de me raviser.

— Ça vous ennuie qu'on prenne d'abord un petit remontant, Ferdinand ?

— Bien sûr que non, madame Mandl. Tout ce que vous voulez.

Je savais qu'il ferait tout ce que je voulais aussi dans un tout autre domaine que le choix d'une boisson. En plus d'être stupide, Ferdinand n'avait jamais été capable de dissimuler son désir à mon égard. Pas à moi, en tout cas. Fritz, lui, ne voyait rien derrière tant de vacuité.

Nous bûmes en discutant du temps agréable de cette journée d'automne. Je lui servis un deuxième verre, puis un troisième, sirotant le mien lentement en attendant que les signes d'une légère ébriété apparaissent sur son visage.

— Vous devez vous demander pourquoi je vous ai invité ici, qui plus est en l'absence de Fritz…

Sa perplexité avait été évidente dès son arrivée – et sans doute s'interrogeait-il depuis l'instant où il avait reçu ma lettre ce matin-là –, mais je sentais que l'incertitude l'empêchait de laisser s'exprimer son désir et sa curiosité.

— En effet.

Les yeux baissés, je feignis d'être submergée par mes émotions et la timidité avant de d'attaquer :

— J'éprouve des sentiments pour toi, Ferdinand. Depuis quelque temps déjà.

— Je… Je… Je…, bafouilla-t-il. Je ne m'en étais pas du tout rendu compte, madame Mandl…

— S'il te plaît, appelle-moi Hedy. J'adorerais entendre mon prénom sur tes lèvres.

— Hedy, dit-il sans me quitter des yeux.

Je me penchai pour l'embrasser. Stupéfait, il tarda à réagir et resta d'abord de marbre… mais se détendit ensuite rapidement – assez pour m'embrasser à son tour.

— J'en avais tellement envie, murmurai-je dans son cou.

— Moi aussi. Vous… Tu n'imagines même pas à quel point.

Il me prit dans ses bras, et même si je trouvais ça assez répugnant je l'embrassai encore un moment, puis m'écartai de lui en faisant semblant d'être à bout de souffle.

— Pas ici, Ferdinand. Fritz me fait espionner par les domestiques.

Entendre mentionner le nom de mon mari le mit sur le qui-vive, sans pour autant tempérer son ardeur, puisqu'il m'attira de nouveau contre lui.

— Où, alors ?

— J'ai une amie à Budapest dont la maison est inoccupée. Si tu peux m'aider à sortir de cet appartement, on pourrait prendre le train qui part dans une heure et être là-bas avant minuit…

Il ne répondit pas. Je compris à sa mine qu'il était terrifié à l'idée de s'enfuir avec la femme de Fritz Mandl. Il avait sans doute espéré un rendez-vous galant dans un hôtel local.

Je me collai contre lui en caressant ses épaules, son torse, puis en effleurant l'avant de son pantalon.

— Nous aurions deux jours et deux nuits de plaisir sans interruption.

J'avais fait pencher la balance du bon côté :

— Allons-y.

— C'est vrai ?

— Oui. Mais comment faire pour que tu puisses sortir sans alerter les domestiques ni… Fritz ? dit-il en peinant à prononcer son nom.

Je lui exposai le plan que j'avais préparé et balayai le léger sentiment de culpabilité que j'éprouvais à me servir de ma mère de la sorte.

— Tu vas partir et m'appeler depuis le premier téléphone que tu pourras trouver. Là, tu diras au domestique qui décrochera que tu cherches à me joindre de la part de Gertrude Kiesler. Tu expliqueras qu'elle vient d'être admise à l'hôpital général de Vienne et qu'elle aimerait voir sa fille. File ensuite à l'hôpital. Je te rejoindrai au bureau des admissions et, de là, on ira à Budapest.

— Excellente idée, approuva-t-il avec un sourire admiratif.

Je lui fis répéter les paroles qu'il dirait au téléphone. Puis je me levai avec l'air de m'arracher à ses bras à contrecœur.

— Va. On se revoit tout à l'heure.

Le troisième acte se déroula exactement comme je l'avais imaginé. Le coup de téléphone, mon hystérie, la traversée de Vienne à vive allure avec mon chauffeur jusqu'à l'hôpital et mes retrouvailles secrètes avec Ferdinand. Cela avait été si facile que j'avais envie de rire. Il avait juste fallu que je puise en moi le courage de me lancer. Si j'avais su, j'aurais quitté Fritz plus tôt, dès l'instant où j'avais compris qu'il n'était plus en mesure de me protéger.

J'avais à peine eu le temps de reconsidérer mon plan que j'étais déjà assise en première classe avec Ferdinand dans un train à destination de Budapest. J'avais placé dans le porte-bagages au-dessus de nous un sac contenant tout l'argent que j'avais détourné ainsi que quelques petits colliers ornés de pierres précieuses. Je m'autorisai plusieurs coupes de champagne pour me récompenser de mon initiative, ce qui atténua en partie l'agacement que me procurait mon partenaire – du moins jusqu'à ce qu'il devienne trop pressant. Je craignis de devoir aller au bout de mon subterfuge quand le contrôleur ouvrit la portière de notre wagon afin de laisser entrer une dame âgée accompagnée d'un petit caniche. J'étais sauvée, même si ce n'était que temporairement.

J'avais prévu une scène finale très différente de celle qu'espérait Ferdinand. Nous prendrions un taxi qui nous emmènerait chez mon amie d'enfance – cette partie-là du scénario était vraie –, mais sa maison ne serait pas inoccupée, et elle-même serait là, tout comme son mari et sa petite fille. Elle se montrerait sûrement surprise, mais aussi ravie de me voir. Sa porte m'était toujours ouverte, m'avait-elle dit lorsque je l'avais croisée au printemps de cette année-là lors d'un voyage à Budapest en compagnie de Fritz. J'expliquerais à Ferdinand que la présence de mon amie et de sa famille rendait tout flirt impossible, et il devrait rentrer à Vienne tout penaud, me laissant libre de prendre un vol pour la destination de mon choix – je n'avais encore rien planifié pour la suite.

Ferdinand sauta sur le quai à notre arrivée à la gare de Budapest et m'aida à descendre le marchepied. Je lui décochai mon sourire le plus charmeur, qu'il me rendit en me pressant la main. Mais à peine avions-nous fait quelques pas que je l'aperçus.

Fritz.

Les flammes les plus brûlantes ne sont ni rouges ni orange, mais blanches. Ce blanc terrifiant, celui d'une flamme à mille degrés, était à cet instant précis la couleur du visage de mon mari. Je ne lui avais encore jamais vu ce teint – ni à lui ni à personne d'autre. Ce n'était pas le rouge de la colère, mais le blanc d'une fureur incontrôlable.

Ferdinand et moi cessâmes de nous tenir par la main. Personne ne souffla mot. Qu'aurions-nous pu dire à Fritz ? Que ce n'était pas ce qu'il croyait ? Que je n'avais pas l'intention de coucher avec le frère d'Ernst, mais seulement de l'abandonner, lui ?

— Tu vas rentrer à la maison avec moi, Hedy, déclara-t-il d'un ton étrangement calme.

— Bien sûr, Fritz, dit Ferdinand d'une voix chevrotante, alors même que mon mari l'ignorait complètement et ne s'adressait qu'à moi.

Fritz repartit vers la sortie, où une Rolls-Royce noire nous attendait. Je le suivis d'un pas rapide, sans un regard pour Ferdinand. Après que le chauffeur eut refermé ma portière et démarré, nous restâmes assis en silence jusqu'à ce qu'il tourne son visage chauffé à blanc vers moi.

— Tu pensais vraiment pouvoir m'échapper, Hedy ? cracha-t-il en m'aspergeant de postillons. J'ai pris l'avion pour être sûr d'arriver à Budapest avant ton train.

Comment avait-il appris mon départ ? Était-ce Ada qui avait fini par découvrir une information compromettante qu'elle s'était empressée de lui transmettre ? L'un des domestiques l'avait-il averti de l'appel supposé de l'hôpital concernant ma mère ? J'étais certaine qu'elle me désavouerait si Fritz venait à l'interroger sur ce coup de fil.

Il me gifla soudain avec force, puis me poussa sur la banquette en déchirant ma robe avant de me pénétrer. Je savais que c'était un monstre. Je l'avais toujours su. Mais tandis qu'il allait et venait en moi je le vis. Et voir était bien pire que savoir.

23

12 juillet 1937
Vienne, Autriche

Je ne serais pas si stupide la prochaine fois. J'agirais sans précipitation et sans m'appuyer sur personne. Seule, je me préparerais longtemps à l'avance.

En attendant, je me retranchai une fois de plus derrière mon rôle de Mme Mandl. Le problème était que j'avais du mal à garder ce masque en place. Il devenait rêche, abrasif, parfois glissant. Il arrivait qu'il apparaisse au beau milieu d'une conversation lors d'une fête ou d'un dîner, et je me retrouvais alors déstabilisée, ne sachant plus qui j'étais et comment j'étais censée me conduire. Heureusement, la frénésie ambiante, mélange d'inquiétude grandissante et de gesticulations affolées dues à l'instabilité politique, empêchait les autres de s'en rendre compte. Du moment que mon visage était maquillé et mon corps enveloppé d'une robe, j'étais Mme Mandl, et qu'importait la personnalité qui vibrait sous la surface.

Parce que les gens ne me voyaient que comme la femme écervelée de Fritz – si toutefois ils me voyaient vraiment –, j'y gagnai une sorte d'invisibilité. Cela me permettait d'écouter, en passant inaperçue ou en étant ignorée, les légions de constructeurs, de concepteurs d'armes, d'hommes politiques étrangers et d'acheteurs militaires qui se pressaient désormais dans nos demeures à la place des princes de sang royal et des dignitaires. Fritz fabriquait des obus, des grenades et des avions, et je surprenais souvent des discussions sur des stratégies militaires et les armes appropriées à ces dernières, dont des échanges sur les points forts et les points faibles de l'Allemagne dans ce domaine. Toutes ces machinations secrètes me firent comprendre – voire accepter – que même si la plupart des gens le niaient encore l'Anschluss était inévitable, et que mon mari allait y contribuer.

Je n'étais visible que de Fritz. Ma tentative de fuite n'avait pas du tout diminué son désir pour moi. Bien au contraire. Il semblait considérer que, tant qu'il me soumettrait physiquement, il continuerait à me posséder. La nuit, mon corps devenait donc un pays sur lequel il ne cessait d'affirmer sa domination.

Par une matinée d'été très fraîche pour la saison, j'entamai ma journée à la villa Fegenberg comme à mon habitude. Mon rituel était immuable, quel que soit l'endroit où nous séjournions : après m'être réveillée seule dans ma chambre, je m'observais dans le miroir en pied en guettant sur mon corps les signes de la guerre que Fritz livrait chaque nuit contre moi. Puis je prenais un long bain dans ma baignoire en marbre et frottais ma peau avec une pierre ponce pour effacer toute trace de sa visite nocturne. Venait ensuite le moment où, assise devant ma coiffeuse, je peignais sur mon visage les traits de Mme Mandl et endossais le costume d'une riche oisive. Le petit déjeuner vite expédié – tout comme le déjeuner –, je passais alors le reste du temps à compulser des ouvrages scientifiques et à jouer du piano en attendant les instructions de Fritz.

Ce jour-là, cependant, il ne m'en donna aucune, ni en personne ni par message interposé. Mais à en juger par le claquement constant de la lourde porte d'entrée, des gens ne cessaient d'arriver. Le grincement du vieil escalier en bois et le bruit de lourdes malles heurtant les marches m'informèrent que nos invités dormiraient chez nous. De qui s'agissait-il ? Fritz ne m'avait pas dit qu'il comptait organiser une réception ou un bal, et même s'il gérait ces soirées avec le personnel il me prévenait toujours afin que je puisse me préparer en conséquence et choisir les bijoux qu'il faudrait sortir du coffre.

Je perçus une certaine peur et une impatience nerveuse parmi nos domestiques, à qui je tentai vainement de soustraire des informations. Fritz avait dû leur donner des consignes strictes pour qu'ils gardent ainsi secrète l'identité de nos invités. Sans doute m'avait-il même désignée comme l'une des personnes à qui ils ne devaient surtout rien dire. Que se passait-il ?

Je ne pouvais pas interroger Fritz de but en blanc. Ce genre de question éveillerait sa méfiance déjà exacerbée par ma fuite ratée avec Ferdinand. Pour ne rien arranger, le journal local avait mentionné récemment des rumeurs infondées selon lesquelles j'avais l'intention de remonter sur les planches – et ce, alors que de nombreux artistes juifs allemands, dont mon ami Max Reinhardt, affluaient à Vienne pour échapper aux lois de Nuremberg, qui leur interdisaient l'exercice de leur profession. Tout cela nourrissait sa peur d'une nouvelle tentative d'évasion de ma part. Quand je le vis dans l'après-midi, j'abordai donc le sujet de manière détournée :

— Fritz, je sens une certaine agitation chez nos domestiques, comme s'ils préparaient un dîner ou une fête. Je voudrais être sûre d'être correctement habillée pour tes invités, que j'ai entendus plus que je ne les ai vus pour le moment. Quelle robe aimerais-tu que je porte ce soir ?

Il me dévisagea, à l'affût de tout signe de rébellion, n'en trouva aucun – je m'étais accrochée au souvenir agréable d'une promenade dominicale dans les bois avec mon père pour m'assurer une expression totalement innocente.

— Inutile de te préparer, Hedy, dit-il en se détendant. Mes invités ne sont venus que pour parler affaires. Ta présence à table ne sera pas nécessaire.

— Merci de me prévenir. Je demanderai au cuisinier de me faire monter un plateau-repas pour ne pas te gêner.

Il hocha la tête et s'éloigna.

— Je passerai te voir vers minuit ! me lança-t-il avant de disparaître au bout du couloir. Tâche d'être prête pour moi.

Quelque chose de déplaisant se tramait. Fritz n'avait jamais organisé un « dîner d'affaires » durant lequel il n'avait pas souhaité exhiber sa femme comme un trophée. Même après l'incident avec Ferdinand, il m'avait gardée à son bras lors d'innombrables réceptions. Et il ne s'était jamais inquiété à l'idée que je surprenne des propos de nature professionnelle ou politique, y compris lorsqu'il avait évoqué ses récentes manœuvres pour armer en secret les deux camps adverses de la guerre civile espagnole un peu plus tôt cette année-là. En fait, il sollicitait souvent mon avis sur ces discussions. Il ne pouvait donc pas vouloir me taire ce genre d'informations sensibles. Que se passait-il à la villa Fegenberg pour qu'il préfère me tenir à l'écart ? Hormis des tractations impliquant les nazis – ce qui relèverait d'une trahison, même en ces temps où le chancelier autrichien collaborait avec Hitler –, je ne voyais pas de quoi il pouvait s'agir.

Plus tard ce soir-là, je pris un grand risque. Ainsi que je l'avais dit à Fritz, j'avais demandé au cuisinier de me préparer un plateau-repas. Lorsqu'une domestique frappa à ma porte, je lui ouvris en robe de chambre et prétendis être fatiguée et prête à me coucher alors même qu'il n'était pas encore 21 heures. En bâillant, je lui fis savoir que je ne voulais pas être dérangée durant le restant de la soirée.

J'attendis 22 h 30 avant d'enfiler un léger manteau par-dessus ma robe de chambre. Puis je jetai un coup d'œil dans le couloir. Il était désert. J'avançai alors sans bruit jusqu'au grand balcon qui s'enroulait autour de l'angle nord de la villa. Une cigarette au coin des lèvres, comme si j'étais simplement sortie fumer, je me dirigeai d'un pas nonchalant vers une porte-fenêtre qui donnait accès à la salle de bal, à une petite salle à manger et à un bureau où, selon mes suppositions, avaient lieu les réunions de Fritz.

Oserais-je aller plus loin ? Rien ne justifiait ma présence dans cette partie de la villa en dehors d'une volonté manifeste d'espionner Fritz et ses invités. S'il me surprenait, la punition serait pire que tout ce qu'il m'avait fait subir jusqu'alors. Malgré tout, j'avais besoin de savoir à quoi m'en tenir. Avais-je raison de craindre que ces invités venus « parler affaires » ne soient les plus hauts représentants du parti nazi allemand ? Je poussai la porte.

Le couloir était désert, mais des voix s'échappaient de la salle à manger. Un petit office rarement utilisé jouxtait cette dernière. Avec un peu de chance, il serait vide et les domestiques s'occuperaient de Fritz et de ses invités depuis le coin cuisine situé de l'autre côté – une pièce qui avait leur préférence parce qu'elle était équipée d'un monte-plats et que cela leur évitait d'avoir à emprunter sans cesse l'escalier.

Je m'en remis au destin et longeai le couloir à pas feutrés. J'avais vu juste, l'office était désert. Soulagée, je me glissai à l'intérieur et me tapis dans l'obscurité.

— … et être sûrs que vous nous fournirez le matériel nécessaire avant l'invasion ? Vos actions passées ne vont pas dans le sens de la réunification souhaitée par notre pays, déclara une voix rocailleuse teintée d'un accent germanique bien plus rude que celui des Autrichiens.

La personne devait être allemande.

— Non seulement vous avez des documents contractuels qui mentionnent bien la livraison promise d'armes, de munitions et de diverses pièces d'artillerie, mais vous pouvez aussi compter sur mon engagement idéologique. Je vois bien maintenant que m'opposer à l'union inévitable de nos deux pays était une entreprise ridicule et malavisée. Je vous prie de me croire, Reichsminister, dit Fritz d'un ton suppliant que je ne lui avais encore jamais entendu.

C'était toujours lui qui commandait aux autres, et non l'inverse. Jusqu'à cet instant.

— Cette décision ne m'appartient pas, monsieur Mandl. Seul notre Führer peut vous absoudre de vos manœuvres antérieures contre le Reich et de votre supposée judéité. Il déterminera si vous méritez notre confiance. Je dois m'en remettre à lui, répondit le Reichsminister.

Le silence retomba, comme s'ils attendaient quelqu'un. Ce ne pouvait être que Hitler. Je retins mon souffle, de peur de trahir ma présence. Une minute entière s'écoula ainsi à ma montre.

Pour finir, une voix autoritaire s'éleva. Je savais qu'il s'agissait de Hitler – après tout, le Reichsminister ne s'effaçait que devant son « Führer » –, mais il s'exprimait tout bas, et si posément, que j'avais du mal à distinguer ce qu'il disait. Où étaient passées les vociférations presque hystériques qui caractérisaient ses célèbres discours galvanisants ?

Une fois habituée à sa manière de parler, je parvins à saisir une partie de ses propos :

— Vous comprenez apparemment que nous formons un seul et même peuple germanique séparé par une frontière arbitraire et que notre destin ne s'accomplira pas tant que nous ne serons pas réunis. Je pense que votre judéité s'opposait jusqu'à présent à cette analyse de la situation…

Fritz commença à protester contre cette étiquette juive qu'on lui accolait, mais quelqu'un dut le retenir parce qu'il s'interrompit brusquement. Or Fritz n'était pas du genre à taire ses opinions. À l'évidence, personne n'avait le droit de couper la parole à Hitler.

Le Führer continua comme si de rien n'était :

— Moi seul décide si quelqu'un est juif. Dans le cas présent, j'ai choisi de vous accorder le titre d'« Aryen honoraire », ce qui signifie que le sang sémite qui coulait dans vos veines est désormais purifié. Vous n'êtes plus juif. Je suis certain qu'en étant débarrassé de cette souillure vous partagerez pleinement notre foi en un seul et unique pays germanique, et que vous l'avez même déjà fait.

— Merci, mon Führer, répondit doucement Fritz.

J'en restai stupéfaite. Mon mari venait-il bien de désigner Hitler comme son chef ? Avait-il prêté allégeance à l'ennemi ?

— En temps qu'Aryen honoraire, vous ne serez

bien sûr pas concerné par les lois de Nuremberg lorsqu'elles prendront effet au moment de la réunification de l'Allemagne et de l'Autriche, ni par toutes les futures politiques que je serai peut-être amené à mettre en œuvre pour débarrasser à jamais la société allemande des Juifs. Et cela vaut pour votre femme, dont j'ai cru comprendre qu'elle était juive elle aussi.

Tout mon corps se mit à trembler à ces mots. Je me sentais soudain nue et menacée dans ma propre maison. Comment Hitler avait-il appris que j'étais juive ?

— « Débarrasser à jamais la société allemande des Juifs » ? dit Fritz en formulant la question que je me posais moi-même.

Qu'est-ce que Hitler voulait dire par là ?

— Oui, enchaîna le dictateur en semblant se détendre. Les Juifs représentent un problème qu'il nous faut résoudre. On ne peut tout simplement pas les laisser vivre plus longtemps au sein de la population allemande. Les lois de Nuremberg ne sont que la première étape d'un plan qui, je l'espère, sera un jour plus global, en particulier une fois que le Reich aura étendu sa domination sur tout le continent.

L'esquisse d'un cri d'exclamation m'échappa. Je me figeai. Quelqu'un m'avait-il entendue ? Je guettai un silence dans la conversation ou des bruits de pas qui m'auraient indiqué que j'étais sur le point d'être découverte. Quand la discussion reprit, je me faufilai hors de la pièce, longeai le couloir et ressortis sur le balcon.

J'avais du mal à en croire mes oreilles. Mon mari, le Marchand de mort, se montrait à la hauteur du surnom qui lui avait été donné des années plus tôt.

Et il s'apprêtait à apporter lui-même la mort à l'Autriche et à son peuple.

24

24 août 1937
Vienne, Autriche

Je ne pouvais pas attendre plus longtemps, et, à vrai dire, rien ne s'opposait à l'exécution de mon projet. Au terme de deux mois de préparation, presque tous les éléments nécessaires à la réussite de mon plan étaient en place. J'avais choisi pour m'évader une voie surprenante, mais pas si compliquée que ça. Des heures durant, j'avais trié toutes mes possessions – mes robes haute couture ornées de strass, mes chaussures et mes sacs réalisés à la main avec des cuirs et des soies de première qualité, et surtout mes bijoux incrustés d'émeraudes, de diamants, de perles et d'innombrables autres pierres précieuses – afin de ne garder que celles qui me seraient indispensables dans ma nouvelle vie et de pouvoir les ranger dans des cachettes facilement accessibles. Mais le plus important était que j'avais trouvé la cheville ouvrière de mon stratagème en la personne de ma nouvelle femme de chambre, Laura. Il ne me restait plus qu'à choisir le bon moment pour agir.

Avant ça, cependant, je me devais d'honorer la promesse faite à mon père.

— Si je venais à quitter Vienne, tu me suivrais ? demandai-je donc à ma mère en prenant le thé avec elle ce jour-là, lors d'une de mes visites autorisées à Döbling.

Notre maison autrefois imposante semblait désormais toute petite, et son occupante plus encore. Les pièces étaient toujours encombrées par les affaires de mes parents et parsemées de souvenirs, dont cette odeur de tabac qui me rappelait mon père, mais elles me paraissaient terriblement vides sans lui.

Ma mère me dévisagea d'un air plein de reproche. Je la voyais presque chercher ce qui pouvait motiver ma question. J'en vins à m'interroger : Fritz lui avait-il parlé de ma fuite à Budapest et de cet alibi inventé de toutes pièces selon lequel elle était hospitalisée ce jour-là ? Elle n'avait jamais mentionné cette histoire, et il était bien sûr inenvisageable pour moi de l'en informer. Mais quand bien même elle aurait été au courant, elle avait probablement tout un tas de raisons de me le cacher.

Sa tasse fumait entre ses mains, et j'écoutai la pluie d'été tambouriner à la fenêtre du petit salon durant de longues secondes avant qu'elle porte son thé à ses lèvres.

— Pourquoi voudrais-tu quitter Vienne, Hedy ? répondit-elle enfin. C'est ici qu'est ton mari.

Chose étonnante, son ton était indéchiffrable. Je compris qu'il me fallait marcher sur des œufs. J'avais beau tenter de lui décrire le carcan dans lequel je vivais au quotidien, elle choisissait soit de ne pas m'entendre, soit de prendre le parti de Fritz. Même lorsque j'avais un bleu sur la joue, elle me pressait de ne pas rompre mon « engagement ». Le devoir d'une femme est de rester avec son mari, me répétait-elle dès qu'elle le pouvait. Je me demandai une fois de plus si cette affirmation n'était pas dictée par la jalousie et une pointe de colère. Et si, parce qu'elle-même avait dû sacrifier une carrière prometteuse de pianiste pour devenir mère au foyer, elle ne considérait pas normal que je sois obligée de faire pareil. Quel que soit le prix à payer.

— Je voulais dire, si mon mari et moi étions amenés à quitter Vienne à cause de la situation politique.

J'avais failli préciser « à cause de Hitler », mais je m'étais reprise à temps. Fritz venant juste de conclure un accord avec le chancelier allemand, je ne pouvais me résoudre à prononcer un tel mensonge, même pour la bonne cause.

— Viendrais-tu avec nous, dans ce cas-là ?

J'avais besoin de savoir s'il fallait que je l'inclue dans mon scénario et si les risques auxquels je consentais pour moi devaient l'englober elle aussi. Je n'avais pas osé lui parler de mon projet, mais quelque chose me soufflait qu'elle ne serait pas prête à fuir Vienne, surtout si cela supposait qu'on parte seules toutes les deux, contre la volonté de Fritz ou à son insu.

— Bien sûr que non, ma chérie. Ma maison est ici. Et de toute façon ton père s'est toujours beaucoup trop inquiété de la menace représentée par Hitler. Vienne est une ville tout à fait sûre, et elle le restera, que cette menace se concrétise ou pas.

Elle émit un petit *tss-tss* réprobateur avant de poursuivre :

— Ton père a toujours partagé ses réflexions politiques et ses soucis avec toi, mais il n'aurait pas dû t'alarmer avec toutes ces sottises. Ce n'est pas comme si tu étais son fils.

J'éprouvai une brusque bouffée de colère à ces mots. Comment osait-elle parler aussi mal de papa ? Et comment pouvait-elle suggérer que j'aurais dû moins compter pour lui sous prétexte que j'étais une fille ? Cela ne fit que me pousser à exprimer ce que je pensais depuis longtemps au fond de moi :

— Tu n'as jamais apprécié la relation que j'avais avec papa. Et tu ne m'as jamais appréciée moi non plus, n'est-ce pas ? Je ne suis pas la fille que tu espérais.

Elle haussa les sourcils – la seule marque de surprise qu'elle s'autorisait jamais –, mais elle resta parfaitement calme.

— Comment peux-tu dire ça, Hedy ?

— Quand j'étais petite, tu ne m'as jamais fait le moindre compliment, maman. Je n'avais droit qu'à des critiques et à des instructions sur ce qu'il fallait que je change chez moi pour ressembler davantage aux autres filles de Döbling.

— Le problème n'était pas que je ne t'appréciais pas, répliqua-t-elle, toujours aussi impassible. J'avais d'autres raisons d'économiser mes louanges.

Ma voix monta d'un cran en même temps que ma colère. Je ne supportais pas cette attitude impassible et pétrie de certitudes, cette manière qu'elle avait de toujours tout garder pour elle à l'exception de ses reproches.

— Quelles raisons, maman ? Qu'est-ce qui peut bien inciter une mère à économiser ses louanges et son affection ?

— Même si je te l'expliquais, Hedy, je vois bien que tu ne me croirais pas. Tu as des idées trop arrêtées en ce qui me concerne. Quoi que je puisse dire, tu penseras le pire à mon sujet.

— Ce n'est pas vrai. Si vraiment ces raisons existent, j'aimerais les connaître.

Ma mère se leva en lissant l'avant de sa jupe et en tapotant ses cheveux.

— Nous en avons terminé, toutes les deux. Pour aujourd'hui, je veux dire.

Et elle quitta la pièce.

J'avais été congédiée. Juste au moment où elle et moi entamions la discussion la plus intime de notre vie. Mais j'avais la réponse à la question que j'étais venue lui poser. Elle n'avait aucune intention de me suivre.

Je me sentis déchirée en boutonnant mon imperméable. Une partie de moi estimait de son devoir de courir dans le bureau où elle s'était retirée pour lui rapporter la conversation que j'avais surprise sur les projets de Hitler concernant les Juifs. Envisagerait-elle alors de quitter Vienne ? Mais je doutais qu'elle se ravise, ni même qu'elle me croie. En fait, j'aggraverais probablement la situation en lui parlant, car elle risquait alors de révéler mes desseins à Fritz et de m'ôter ma plus grande chance de m'enfuir. Pour l'heure, mieux valait garder le silence.

Maman avait pris sa décision, et je n'étais jamais parvenue à la faire changer d'avis. J'avais tenu la dernière promesse faite à mon père.

25

25 août 1937
Vienne, Autriche

Le soleil de cette fin d'après-midi diffusait une douce lumière sur les murs tendus de soie caramel de ma chambre. Assise devant ma coiffeuse, je jetai un coup d'œil à Fritz. Il dormait à moitié dans mon lit, son désir assouvi après nos récents ébats. C'était moi qui en avais pris l'initiative après le déjeuner – une tactique de ma part pour apaiser sa méfiance et sa jalousie permanentes. L'espace d'un instant, je remontai le temps. Je redevins une jeune fille éprise de son mari plus âgé et influent et pleine de reconnaissance envers lui pour la protection qu'il apportait à sa famille.

Fritz battit des paupières et croisa mon regard. Je cessai dans l'instant d'être une jeune fille innocente. J'affichai un sourire faussement timide et m'avançai toute nue vers lui. Il fit courir un doigt entre mes seins, effleura mon nombril et s'arrêta sur ma hanche droite. Je réprimai un frisson de dégoût.

— Dommage qu'on n'ait pas le temps de remettre ça, dit-il d'une voix ensommeillée.

— En effet, murmurai-je tout en priant secrètement pour ne plus jamais avoir à coucher avec lui.

Plus jamais.

— Mais le devoir m'appelle, et il faut qu'on se prépare pour le dîner. Nos invités ne vont pas tarder à arriver.

— Est-ce que ma robe bleu marine conviendra pour l'occasion ? demandai-je, conformément à ce que j'avais répété.

— Oui, elle te va bien.

— Je me disais aussi que l'ensemble Cartier ressortirait bien dessus, ajoutai-je avec une nonchalance étudiée.

— Celui de notre voyage de fiançailles à Paris ?

— Oui.

Avais-je eu l'air assez désinvolte ? Avais-je réussi à ne pas dévoiler qu'il était nécessaire que je porte ma parure de bijoux la plus coûteuse pour assurer le succès de mon plan ?

— La robe mettrait les saphirs et les rubis en valeur, en effet, commenta-t-il.

— C'est exactement ce que je pensais.

Mais je gardai pour moi ce que je pensais vraiment. Fritz avait acheté tous les autres bijoux pour Mme Mandl, la maîtresse de maison, pas pour moi. Seule la parure de chez Cartier m'avait été vraiment destinée à moi, Hedy, la femme que j'étais avant de l'épouser. Voilà pourquoi je considérais qu'elle m'appartenait.

— Je vais les sortir du coffre, dit-il.

Le temps qu'il revienne avec la parure, j'avais déjà enfilé ma robe bleu marine et je patientais, assise, pendant que ma nouvelle femme de chambre s'occupait de ma coiffure et de mon maquillage. Dans le miroir, je la regardai attacher le collier autour de mon cou et le bracelet à mon poignet, puis fixer mes boucles d'oreilles avec précaution pour ne pas me dépeigner.

Il m'en avait fallu, du temps, pour trouver cette perle rare. Après avoir fait mine d'acquiescer enfin à la proposition longtemps renouvelée de Fritz d'engager une domestique qui serait entièrement à mon service, je m'étais mise en quête d'une femme de chambre avec de très bonnes références et une apparence proche de la mienne. Laura avait à peu près la même taille, le même poids et le même teint que moi, et, de loin au moins, elle me ressemblait. Certes, à bien l'observer, ses yeux étaient marron alors que les miens étaient verts et ses traits n'étaient pas aussi symétriques ni gracieux, mais quiconque nous aurait vues habillées à l'identique à l'autre bout d'une pièce aurait pu nous confondre. C'était la raison principale pour laquelle je l'avais choisie parmi une foule de candidates.

— Veuillez repriser les vêtements qui en ont besoin dans ma penderie pendant que je prendrai part au dîner, Laura. Je vous rejoindrai ensuite.

— Bien, madame.

Après les cocktails et les échanges de banalités habituels, Fritz invita tout le monde à passer dans la salle à manger. Je pris place à un bout de la table et lui souris pendant qu'il portait un toast. Je n'avais jamais vu nos invités de ce soir-là. Ce n'était pas les aristocrates, les artistes et les hommes d'affaires autrichiens des premiers temps de notre mariage, pas davantage les politiciens et les militaires des périodes d'accalmie politique. J'étais pour l'heure assise en compagnie des industriels autrichiens qui dirigeraient bientôt mon pays pour le compte de Hitler.

Alors que nous en étions au deuxième plat, je

commençai à grimacer de temps à autre, comme si j'étais incommodée – jamais très fortement ni très longtemps, mais pendant le long moment nécessaire pour que le dessert soit servi, je gardai une main posée sur mon bas-ventre.

J'attendis que Fritz ait invité chacun à se retirer dans la salle de bal pour m'approcher de lui.

— Je ne me sens pas très bien…, murmurai-je.

— J'ai remarqué.

Il observa une pause, puis son visage s'éclaira.

— Tu crois que… ?

Près d'un an plus tôt, il avait ordonné que l'une des nombreuses chambres de la villa Fegenberg soit transformée en nursery. Il était loin de se douter que j'utilisais un diaphragme chaque fois que ça m'était possible.

— Qui sait ? dis-je avec un pauvre sourire qui, je l'espérais, exprimait à la fois de l'enthousiasme et de l'impatience.

— Tu veux que je fasse venir Laura pour qu'elle t'aide à regagner ta chambre ?

Cette sollicitude inattendue me mit mal à l'aise. Je n'avais plus l'habitude qu'il se montre gentil avec moi.

— Non, non. Ça va aller, je peux marcher jusque-là. Et je demanderai à Laura de rester avec moi au cas où j'aurais besoin de quoi que ce soit.

Je montrai les gens qui patientaient autour de nous.

— Je ne veux pas inquiéter nos invités.

— Bien sûr.

Comme s'il se rappelait brusquement leur présence, Fritz se retourna et les guida vers la salle de bal.

De mon côté, je m'éloignai lentement vers ma chambre en continuant à me prétendre indisposée.

Laura sursauta à mon arrivée.

— Vous revenez tôt, madame.

— Je ne me sens pas très en forme. Si on buvait un thé, toutes les deux ?

J'avais instauré ce rituel de fin de journée dès que je l'avais engagée, six semaines auparavant. Il était inhabituel pour une dame de la haute société de prendre le thé avec sa femme de chambre, mais la réussite de mon plan l'exigeait. Comme presque tous les soirs, Laura prépara donc le thé et j'attendis sur mon canapé qu'elle me rejoigne.

— Oh, Laura, dis-je alors qu'elle posait un plateau sur la table devant moi. J'ai rapporté du miel du marché hier. Cela vous ennuierait d'aller le chercher dans mon dressing ? Il est dans un sac à côté de mes chaussures.

— Tout de suite, madame.

Pendant qu'elle se mettait en quête du pot de miel que j'avais caché dans un recoin, je pris sous les coussins du canapé le somnifère en poudre que je m'étais procuré auprès de la pharmacie locale quelques semaines plus tôt et versai trois fois la dose recommandée dans son thé – de quoi l'assommer rapidement, mais sans lui faire courir, me semblait-il, le moindre danger.

Lorsqu'elle revint avec le miel, je tapotai la place à côté de moi pour l'inviter à s'asseoir.

— Laissez-moi en mettre un peu dans votre thé. Il est pur et censé être bien plus doux que la plupart des autres miels.

En fait, j'espérais surtout qu'il masquerait, ou du moins expliquerait, le goût douceâtre du somnifère.

— Merci, madame. C'est très gentil.

Pendant que nous buvions notre thé en discutant des tenues dont j'aurais besoin le lendemain, Laura commença à bâiller. Ses paupières se firent bientôt lourdes, et, en l'espace de quelques minutes, elle s'endormit assise sur le canapé.

Je restai immobile. J'avais prévu sa somnolence et tout ce qui s'ensuivrait, mais je me sentais soudain en état de choc. Était-ce bien réel ? Ma tentative d'évasion allait-elle réussir cette fois ? Et que se passerait-il si j'échouais encore ?

Réfléchis, Hedy, réfléchis.

Que devais-je faire ensuite ? Je fermai les yeux et me rappelai la liste que j'avais rédigée des semaines plus tôt avant de la jeter dans le feu de cheminée de ma chambre.

Pendant que Laura continuait à dormir, j'ôtai vivement ma robe et l'abandonnai sur une chaise. Puis je sortis du coin le plus sombre de ma penderie une boîte à chaussures contenant les bottines fourrées et élégamment brodées que je ne portais qu'au plus fort de l'hiver. C'était là que se trouvait mon argent. Je le fourrai dans un sac à bandoulière en cuir noir avec mes papiers d'identité et ma parure de bijoux Cartier, ouvris ensuite une boîte Chanel dans laquelle, sous un chapeau cloche à plumes, j'avais rangé une tenue de femme de chambre en tous points identique à celle de Laura. Il ne me resta plus alors qu'à détacher mes cheveux, à me faire un chignon au-dessus duquel je fixai une coiffe en dentelle et à mettre des chaussures basses toutes simples.

Je jetai un coup d'œil sur ma silhouette dans le miroir. La ressemblance avec Laura était troublante. Prête à me glisser dans la peau d'un nouveau personnage – temporairement cette fois –, je sortis dans le couloir. Les yeux baissés, j'avançai en imitant les petits rapides de ma femme de chambre et atteignis la cuisine en un temps record. Cette pièce, je le savais, serait mon plus gros obstacle. Ne pouvant pas prédire quels domestiques seraient présents, je n'avais pas réussi à déterminer le chemin que je suivrais jusqu'à la porte de service. Mais, lorsque je poussai la porte battante, je ne vis personne à l'exception du cuisinier, dont l'attention était rivée sur le punch encore chaud dont il remplissait un grand bol qui serait servi plus tard en digestif à nos invités.

Je traversai rapidement la cuisine d'un pas léger, récupérai le sac de vêtements – quelques tenues et vestes, une robe de soirée, deux paires de chaussures, sans oublier mes affaires de toilette – que j'avais laissé dans l'office un peu plus tôt derrière une rangée de conserves en saumure, et émergeai bientôt dans la nuit noire et suffocante.

La vieille Opel de Laura était garée dans la partie la plus éloignée du parking réservé au personnel. Nous avions acheté cette voiture pour qu'elle puisse nous faire des courses et aussi, puisqu'elle était la seule de nos domestiques à nous suivre au gré de nos déplacements, pour lui confier des affaires à transporter entre nos différentes demeures. Le gravier crissa sous mes pas, et je me félicitai de l'absence de clair de lune ce soir-là. Si quelqu'un venait à me repérer dehors à une heure pareille, même sous les traits de Laura, Fritz en serait certainement alerté.

J'ouvris la portière grâce à la clé que j'avais subtilisée dans la poche de Laura. Le moteur démarra sans problème. Je savais que c'était prématuré, mais je sentis l'euphorie me gagner en m'éloignant de mon appartement viennois. Comme si je m'enfuyais d'une prison – ce qui n'était pas loin de la vérité.

Je me rendis directement à la gare, par la Mariahilfer Strasse. Je projetais de prendre l'Orient-Express pour Paris, l'une des rares villes où Fritz n'avait aucun espion et où il ne disposait que d'un pouvoir limité. Le quai était désert lorsque j'achetai mon billet auprès d'un agent. Il y avait douze minutes d'attente, m'apprit-il. Elles s'écoulèrent aussi lentement que le miel que j'avais versé dans le thé de Laura moins d'une heure plus tôt, et je ne cessais de regarder derrière moi en craignant de voir surgir Fritz. Enfin, j'entendis un bruit de ferraille sur les voies. Je poussai un profond soupir de soulagement. Si tout allait bien, j'arriverais à rejoindre Paris et, de là, à prendre un autre train pour Calais, puis un bateau pour l'Angleterre.

À Londres, j'espérais démarrer une nouvelle vie. Une nouvelle histoire.

DEUXIÈME PARTIE

26

24-30 septembre 1937
Londres, Angleterre, et sur le Normandie

Le directeur général de la MGM m'offrait la possibilité de démarrer cette nouvelle vie.

Cela faisait des semaines – des mois, même, étant donné le temps que j'avais passé à préparer ma fuite – que j'imaginais ce changement, que je manœuvrais pour qu'il devienne réalité, et pourtant j'avais toujours du mal à y croire. Méritais-je vraiment une telle chance ?

— Que pensez-vous de Lamarr ? lança une voix par-dessus le fracas des vagues qui s'écrasaient contre la coque de notre énorme paquebot.

Margaret Mayer veillait toujours à ce qu'on l'entende.

Son mari, Louis B. Mayer, leva sa raquette de ping-pong en l'air.

— Redis-moi ça ?

Le fondateur et directeur de la MGM, le plus prestigieux studio de cinéma de Hollywood, avait l'habitude de donner des ordres, même à sa femme, mais elle acceptait rarement qu'il emploie ce ton avec elle sans protester d'une façon ou d'une autre.

— Lamarr, répéta-t-elle avec autorité, s'adressant tout autant à lui qu'à sa bande de courtisans.

Ils s'étaient tous arrêtés de regarder la partie en cours pour se tourner vers elle, la seule femme à avoir leur attention, et parfois aussi leur respect.

— Ça sonne bien, dit son mari en tirant une bouffée sur son éternel cigare.

Derrière ses lunettes, sa mine toujours renfrognée s'éclaira.

— En effet, chef, approuva l'un de ses hommes.

Ces types s'autorisaient-ils jamais à exprimer ce qu'ils pensaient ? Ou, plutôt, les autorisait-on jamais à le faire ?

— Pourquoi est-ce que ça me dit quelque chose ? commenta M. Mayer en se parlant essentiellement à lui-même.

— À cause de Barbara La Marr, la star du cinéma muet qui est morte d'une overdose d'héroïne. Tu te souviens d'elle, n'est-ce pas ? répondit sa femme en accompagnant sa question d'un ton et d'un regard lourds de sous-entendus.

J'avais noté la même expression sur son visage tandis que son mari discutait avec une belle femme près de la piscine du *Normandie*. Il ne fallait pas être devin pour en déduire que M. Mayer avait entretenu une liaison avec Barbara La Marr. Les rumeurs au sujet des incartades du directeur de la MGM – un vrai prédateur, selon certains – s'étaient répandues jusque dans le monde du spectacle viennois.

— Oui, oui, dit-il d'un air qui n'avait jamais été si près d'être penaud depuis que notre paquebot avait levé l'ancre, quatre jours plus tôt.

Durant cet échange – de même que durant toute la partie de ping-pong disputée par ces messieurs –, je n'avais pas quitté ma place contre la rambarde, juste à côté de Mme Mayer. Qu'importe si le vent fouettait mes cheveux, je savais qu'il n'y avait pas d'endroit où je serais plus en sécurité sur ce navire que près de l'épouse de l'homme le plus puissant à bord, et je n'avais aucune intention d'en bouger. Attentive à tout ce qui se disait, j'avais compris qu'on parlait de moi comme si je n'étais pas présente. Comme si je n'étais que du bétail – ce qui, après l'accord auquel j'étais parvenue, était désormais le cas.

M. Mayer ne s'en était peut-être pas rendu compte, mais la première étape de cet accord avait été négociée à Londres. Pour m'éloigner le plus possible de Fritz, j'avais fui Paris et m'étais réfugiée dans la capitale britannique, conformément à mon plan. Mon très influent mari ne pourrait pas m'atteindre là-bas. Ce n'est qu'une fois sur place que je cessai de toujours me retourner pour voir s'il ne me suivait pas. Avant cela, j'avais eu l'impression de reconnaître sa mâchoire carrée et son regard furieux qui criait vengeance sur le visage de chaque homme croisé dans les trains ou dans les rues.

Ma priorité dans un premier temps fut de trouver comment subvenir à mes besoins. L'argent que j'avais emporté et celui que me procurerait la vente de ma parure Cartier ne dureraient pas éternellement. Jouer la comédie était la seule chose que je savais faire, mais il fallait que je me tienne hors de portée de Fritz, et l'ascension de Hitler ainsi que les lois de Nuremberg faisaient de Hollywood le seul endroit sûr où une émigrée juive pouvait travailler sans crainte en tant qu'actrice. Depuis près d'un an déjà, j'entendais des rumeurs sur l'exode silencieux des acteurs de théâtre juifs vers l'Amérique.

Je dégotai une entrevue avec M. Mayer grâce à Robert Ritchie, un dénicheur de talents de la MGM dont j'avais fait la connaissance par l'intermédiaire de mon ancien mentor, Max Reinhardt – lui-même établi aux États-Unis depuis un moment. D'après M. Ritchie, M. Mayer donnait toujours rendez-vous aux gens dans sa suite de l'hôtel Savoy. Je n'avais aucune envie d'y aller seule – je n'imaginais que trop bien ce qu'un rendez-vous dans une chambre d'hôtel pouvait impliquer –, aussi l'avais-je supplié de m'accompagner au motif que j'aurais peut-être besoin d'un interprète. Je n'exagérais pas tout à fait. Mon anglais était encore imparfait, et dans la mesure où il comprenait plus ou moins les autres langues que je parlais il pourrait m'aider si nécessaire. Mais j'avais surtout besoin de lui pour me protéger.

Quand la porte de la suite s'ouvrit, je découvris avec soulagement que M. Mayer n'était pas seul. Plusieurs hommes en costume sombre se tenaient adossés aux murs de la pièce, qu'ils tapissaient comme du papier peint. Parmi eux figuraient Benny Thau, que M. Mayer appela son « bras droit », et Howard Strickling, son attaché de presse. Les présentations faites, il m'examina longuement de la tête aux pieds et me demanda même de pivoter plusieurs fois sur moi-même et de sautiller. Puis il m'interrogea sur *Extase*.

— Nous réalisons des films honorables en Amérique. Des films pour toute la famille. Nous ne montrons pas les parties du corps féminin que seul un mari est censé voir. Compris ?

J'acquiesçai en silence. Je me doutais que je n'échapperais pas à cette question et je m'y étais préparée.

— Je ne veux plus faire de films scandaleux, monsieur Mayer.

— Tant mieux.

Il me fixa encore un long moment avant de poursuivre :

— Et nous ne voulons pas de Juifs non plus. Les Américains ne toléreront pas de Juifs à l'écran.

J'avais cru que l'Amérique était une terre plus tolérante. D'après mes contacts, M. Mayer lui-même était un Juif russe dont la présence à Londres s'expliquait en partie par son désir de réunir des artistes juifs et les ramener avec lui à Hollywood. Pas tant dans le but de les sauver que de profiter des circonstances, puisque le talent de ces personnes bannies du monde du spectacle par les lois de Nuremberg pouvait être acheté pour une bouchée de pain.

Savait-il que j'étais juive, ou le soupçonnait-il seulement ?

Parce qu'il ne m'avait pas vraiment questionnée, je jugeai préférable de me taire.

— Vous n'êtes pas juive, n'est-ce pas ?

— Non, bien sûr que non, monsieur Mayer, m'empressai-je de répondre.

Qu'aurais-je pu dire d'autre ? Si ma survie devait reposer sur des mensonges, soit. Ce ne serait pas la première fois.

— Très bien, madame Mandl. Ou faut-il dire « mademoiselle Kiesler » ?

Il se tourna vers les types appuyés contre le mur au fond de la pièce.

— Comment allons-nous l'appeler ? brailla-t-il. Mandl et Kiesler sonnent beaucoup trop allemand.

— Un nom bien américain comme Smith pourrait faire l'affaire, proposa l'un d'eux.

— Est-ce qu'elle a une tête à s'appeler Smith ? s'emporta-t-il.

Tandis que le type virait au rouge, il me refit face.

— Si on arrive à vous trouver un nom, on vous signera un contrat. Les clauses classiques. Sept ans. Cent vingt-cinq dollars par semaine.

Je haussai un sourcil, mais restai par ailleurs impassible.

— Cent vingt-cinq dollars par semaine ? Pendant sept ans ?

— C'est le tarif en vigueur, dit-il en tirant sur son cigare.

Perplexe, je consultai M. Ritchie, qui me traduisit cette expression.

Je rejetai alors les épaules en arrière et plantai mes yeux dans ceux, noirs et froids, de M. Mayer. Le directeur de la MGM était aussi impitoyable et lunatique qu'on le disait, mais j'avais déjà eu affaire à bien pire que lui. Pour obtenir ce que je voulais, je n'avais pas le choix : il fallait que je me montre tout aussi intraitable. Tant pis si je prenais un énorme risque, c'était la seule tactique qui me propulserait peut-être un rang au-dessus de celui d'actrice sous-payée condamnée à n'être qu'un second choix vite oublié. Les hommes n'étaient marqués que par les choses ou les personnes hors de prix.

— C'est peut-être le tarif en vigueur pour une inconnue, mais ce n'est pas le mien. Je n'accepterai que ce que j'estime digne de moi.

Je fixai tous les hommes présents dans cette pièce de mon regard le plus pénétrant, puis tournai les talons et sortis d'un pas décidé.

M. Ritchie me suivit dans le couloir de l'hôtel.

— Qu'est-ce qui vous a pris, Hedy ? s'exclama-t-il derrière moi. Vous venez de tout faire foirer !

Je n'étais pas certaine de ce que voulait dire le verbe « foirer », mais la cause de sa colère était évidente. Il pensait que j'avais gâché ma seule opportunité de faire carrière à Hollywood. En quoi il se trompait complètement. Je n'en avais pas terminé avec M. Mayer. Ce n'était que la première phase de nos négociations, même s'il n'en avait pas conscience.

— J'avais espéré que M. Mayer et moi pourrions parvenir à un accord aujourd'hui, dis-je avec toute la fermeté dont j'étais capable. J'ai compris cependant que ce ne serait pas possible. J'obtiendrai bien plus que le tarif pathétique qu'il m'a proposé. Attendez un peu, vous verrez.

— Vous ne savez pas ce que vous faites, répliqua M. Ritchie en secouant la tête. Vous venez de dire non au plus grand producteur de cinéma au monde. Vous n'aurez pas de seconde chance.

Je lui jetai un sourire énigmatique.

— J'ai un plan, monsieur Ritchie.

Je vendis le bracelet de ma parure de bijoux afin d'acheter un billet sur le *Normandie*. J'avais appris que M. Mayer comptait rentrer en Amérique une semaine plus tard sur ce paquebot et je me disais que ces quelques jours en mer avec le magnat de l'industrie cinématographique me donneraient une foule d'occasions de lui arracher un contrat plus généreux.

Un seul jour y suffit.

Dès le premier soir en mer, j'enfilai ma robe fourreau vert foncé – une robe assortie à la couleur de mes yeux et la seule que j'avais prise parmi tant d'autres parce que je mesurais parfaitement l'effet que je produisais avec. Ainsi vêtue, je me dirigeai vers la salle de bal.

Je m'arrêtai juste devant et fermai les yeux un instant en plongeant en moi-même pour mobiliser tout mon pouvoir de séduction, un peu comme je le faisais avant d'entrer en scène quand j'étais actrice. Puis je poussai la porte.

Debout au sommet du grand escalier en spirale qui menait à la piste de danse, j'attendis que les yeux de tous les hommes, y compris ceux de M. Mayer, soient posés sur moi. Je descendis ensuite les marches sans me presser, en m'assurant que le roi de Hollywood notait bien l'effet que je produisais sur les autres passagers. Puis je m'avançai directement vers les Mayer.

Je saluai Mme Mayer avec déférence, mais me contentai d'adresser un petit salut de la tête à son mari. Je savais d'expérience avec quel mépris l'épouse d'un homme de pouvoir était parfois traitée, en particulier par les femmes séduisantes, et je m'étais juré de ne jamais me comporter ainsi. De toute façon, Mme Mayer serait plus utile à ma carrière en tant qu'amie, et je tenais à afficher clairement mes allégeances.

M. Mayer laissa échapper un petit sifflement.

— Bien joué, dit-il.

— Merci, monsieur Mayer.

— Si vous êtes capable d'envoûter un public comme celui-là, il est certain que vous saurez aussi ensorceler les caméras. Je vous ai sous-estimée. Vous valez réellement plus que le tarif en vigueur.

Il tira sur son cigare en me jaugeant.

— Que pensez-vous d'un contrat de sept ans à cinq cent cinquante dollars la semaine, avec les clauses d'intéressement habituelles ? Je n'ai jamais offert autant à une starlette.

— Je suis flattée, monsieur Mayer, dis-je en

essayant de masquer mon enthousiasme. Ces conditions me semblent acceptables.

— C'est oui, alors ?

— Oui.

— Pour une si jolie jeune femme, vous êtes dure en affaires.

— Je vous l'ai dit, je m'accommode uniquement de ce qui me paraît digne de moi. Et qui ne demande rien n'a rien.

Il me jeta un regard admiratif tandis que son épouse marquait son approbation d'un hochement de tête.

— Ça me plaît, ça. Je veux que tous les membres de ma famille aient une très bonne opinion d'eux-mêmes – et quiconque signe un contrat avec moi et mon studio fait d'office partie de ma famille.

Se pouvait-il qu'il apprécie réellement les femmes de caractère ? Je le soupçonnais de ne faire ce commentaire que lorsque les circonstances s'y prêtaient et de ne pas penser un mot de ce qu'il disait. Il était trop autoritaire pour s'effacer devant qui que ce soit, *a fortiori* devant une femme. Mais parce que cela me convenait à cet instant, je décidai de prendre son compliment au pied de la lettre.

— Tant mieux.

— Je dois juste vous prévenir…, dit-il en businessman rusé qui s'arrangeait toujours pour ajouter en douce une dernière clause au contrat au moment de le conclure.

— Oui ? fis-je sans masquer mon agacement.

— Il faut qu'on vous trouve un nouveau nom. Et un autre passé.

Mon nouveau nom était encore au centre de la conversation. Je me rapprochai de Mme Mayer en signe de solidarité avec son choix. Elle était ma seule alliée parmi tous ces hommes.

— Hedy Lamarr, dit-elle en me dévisageant, les mains sur les hanches. Oui, ça vous va bien.

Un concert d'« Absolument ! » et de « Oui ! » retentit parmi les collègues de M. Mayer.

— C'est joli. Ça n'a rien de germanique. C'est un peu mystérieux, un peu exotique. Exactement comme notre Hedy, déclara M. Mayer en s'avançant vers moi pour me presser le bras.

Mme Mayer me pressa l'autre.

— Oui, comme notre Hedy.

De toute évidence, elle ne voulait pas que je sois la seule propriété de son mari. Ni qu'il pose ses pattes sur moi. Son geste disait clairement que j'étais une tête de bétail à son service pour tourner des films, mais rien de plus.

— Adjugé, dit-il. Nous allons la rebaptiser Hedy Lamarr.

La rebaptiser ? Je faillis éclater de rire. Il partait du principe que j'avais déjà été baptisée, mais ma conversion au christianisme juste avant mon mariage s'était faite à la va-vite et avait été imposée par Fritz au prêtre de l'église Saint-Charles-Borromée contre la promesse d'un don considérable. La cérémonie en elle-même avait consisté en une simple déclaration de foi, sans que l'on verse la moindre goutte d'eau sur mon front.

Je testai mon nouveau nom.

— Lamarr, murmurai-je.

Cela me faisait penser à la mer, et sur le pont de ce paquebot qui fendait l'océan Atlantique je trouvai ce choix de bon augure. Comme un bon présage. C'était de la mer qu'allait naître ma nouvelle vie.

27

22 février 1938
Los Angeles, Californie

Durant une courte période, je perdis de vue qui j'étais. Le soleil brûlant de Californie, les eaux bleues du Pacifique, le caractère nouveau des édifices, la foule des hommes prêts à se laisser séduire et l'abondance des sourires autour de moi effacèrent l'ancienne Hedy et tous ses masques usés. J'oubliai – ou peut-être repoussai-je tout au fond de mon esprit – le quotidien de Mme Mandl et les menaces qu'un Allemand fou à lier faisait peser sur Vienne et les habitants de Döbling, y compris ma mère. Après tout, la Californie offrait une toile vierge éclatante sur laquelle je pouvais peindre le récit revisité de ma vie, et il était si facile de faire comme si rien d'autre n'existait.

Mais, un matin, je me réveillai en éprouvant la nostalgie des bâtiments autrichiens couleur sépia, de l'histoire présente sous chaque pavé, de l'odeur de pommes cuites des strudels et du rude accent germanique de ma langue maternelle. Et j'éprouvai une pointe de culpabilité. Pour être partie. Seule. Sans maman, ni personne d'autre.

À ce moment-là seulement, je compris que même si j'avais accepté ma nouvelle existence je ne pourrais jamais vraiment abandonner la précédente derrière moi. Mon passé s'infiltrerait dans mon présent comme de l'eau à travers les fissures d'un barrage mal consolidé – jusqu'à ce que j'affronte ma véritable histoire.

— Viens, Hedy. Prépare-toi, sinon on va être en retard. Tu sais combien M. Mayer apprécie la ponctualité. Je n'ai pas envie de louper un rôle simplement parce qu'on s'est pointées après l'heure fixée, me sermonna Ilona.

À mon arrivée à Hollywood, M. Mayer m'avait assigné un appartement et une colocataire, l'actrice hongroise Ilona Massey, qui elle aussi faisait partie de sa collection d'artistes émigrés. On s'entendait à la perfection toutes les deux, et on riait souvent en essayant de parfaire notre anglais et d'adopter une apparence plus américaine, comme il nous l'avait demandé.

— On ne pourrait pas plutôt retourner voir *L'Impossible Monsieur Bébé* ? la suppliai-je.

Nous passions presque tout notre temps dans un cinéma près de chez nous à regarder encore et encore les mêmes films afin de travailler notre diction et nos intonations, et nous avions beaucoup aimé celui-ci, avec Katharine Hepburn et Cary Grant.

Ma question la fit rire, mais elle resta intraitable :

— Hedy, on a fait trop de chemin pour reculer et laisser filer notre chance.

Nous étions invitées à une soirée chez un réalisateur proche de M. Mayer, lequel nous avait ordonné d'être là. Ce n'était pas la première à laquelle nous étions tenues de nous rendre depuis six mois, mais j'aurais aimé que ce soit la dernière. Ces petites sauteries étaient avant tout le moyen pour tous les réalisateurs, metteurs en scène, scénaristes et producteurs de Hollywood d'observer un défilé de jeunes actrices en quête d'un rôle et de faire leur choix parmi elles. Comme les chevaux d'un manège, nous étions toutes censées sauter plus haut ou produire plus d'étincelles que les autres pour attirer l'attention. Je détestais ça, mais que pouvais-je faire d'autre ?

Ilona et moi enfilâmes les robes prêtes à porter que nous avions achetées pour ce type d'occasion à Broadway, le grand magasin local. Puis nous prîmes un taxi jusqu'à la grande maison où M. Mayer et tous ces messieurs de Hollywood nous attendaient. Si le manoir de style Tudor impressionnait probablement la plupart des visiteurs, il me parut une bien piètre imitation des châteaux et des villas que j'avais non seulement visités mais aussi possédés. L'espace d'un court instant, je regrettai la vie luxueuse que j'avais menée avec Fritz.

Fritz. Où était-il à cet instant ? En train de donner un bal au château de Schwarzenau en l'honneur des dignitaires nazis désormais bien infiltrés au sein du gouvernement autrichien ? Négociait-il les clauses d'une vente d'armes avec l'un des émissaires de Hitler en faisant parader à son bras une jeune blonde au physique typiquement aryen ? Par l'intermédiaire d'un avocat rencontré à Londres, j'avais entamé une procédure de divorce. Je savais que ma demande lui avait été transmise et je m'attendais à recevoir de ses nouvelles via mon avoué – et non pas directement à mon adresse, car j'avais, bien sûr, donné des instructions pour que celle-ci ne lui soit jamais communiquée –, mais, pour l'heure, toujours rien. Je n'avais même pas eu droit aux élucubrations rageuses d'un mari abandonné, du monstre qui se cachait derrière des amabilités de façade en présence d'autrui. Quant à ma mère, elle ne l'avait jamais mentionné dans les lettres brèves qu'elle m'écrivait en réponse aux miennes.

Ilona et moi avançâmes d'un pas tranquille parmi les invités, dont certains nous lançaient des regards lubriques que nous ne cherchions pourtant pas à provoquer. Après avoir pris chacune un cocktail sur le plateau d'un serveur, nous étudiâmes les lieux. Nous tentions d'adopter un comportement stratégique durant ces soirées en veillant à parler aux réalisateurs les plus célèbres ou sur le point de constituer un casting, et en nous assurant aussi d'être vues de M. Mayer afin de marquer des points auprès de lui. Mais, dans la mesure du possible, nous faisions toujours ça ensemble, de peur de nous retrouver dans une situation compromettante. Nous avions entendu trop d'histoires de starlettes en herbe – en général des filles sans contrat, sans relations ou sans moyens financiers – agressées dans des chambres vides ou des couloirs obscurs.

Alors que nous nous faufilions à côté d'un groupe d'hommes en qui je reconnus des cadres des studios RKO Pictures, j'entendis l'un d'eux ricaner en s'adressant à un autre :

— Ces deux-là, tu peux les mater, mais n'espère même pas les toucher. Elles sont la propriété de Mayer.

Je répétai cette phrase à Ilona.

— Qu'est-ce qu'il veut dire par là ? lui demandai-je. S'il ne s'était pas exprimé d'un ton aussi suggestif, j'aurais supposé qu'il nous décrivait comme étant sous contrat avec la MGM.

— Que nous appartenons à M. Mayer. Sur un plateau aussi bien que dans la vraie vie, m'expliqua Ilona d'un air dégoûté.

Cela me donna envie de vomir. Je m'étais juré en

quittant Fritz de ne plus jamais laisser un homme faire de moi sa chose.

Voyant mon expression, Ilona me prit par le bras et m'entraîna vers les transats alignés au bord d'une piscine sur laquelle flottaient des centaines de bougies. J'aurais peut-être trouvé ce décor charmant s'il n'y avait eu ce commentaire du producteur de la RKO. N'avais-je échappé à Fritz que pour tomber sous la coupe de quelqu'un d'autre ?

— Écoute, Hedy, me dit Ilona. On n'est pas obligées de se laisser atteindre par ce genre de commentaire. Pas complètement. On ne va pas s'abaisser à se comporter comme ces types le sous-entendaient, et on ne va pas non plus leur faire l'honneur de prêter attention à ce qu'ils racontent.

Je haussai les sourcils en me demandant si je devais lui faire part de ma plus grande inquiétude.

— Mais est-ce que M. Mayer pense que c'est vrai, à ton avis ?

Avant qu'elle puisse me répondre, le réalisateur Reinhold Schünzel s'approcha de nous. Ilona espérait parler avec lui depuis qu'elle avait eu vent d'une rumeur selon laquelle il recherchait des acteurs pour *Balalaika*, une comédie musicale tout à fait adaptée à ses talents d'actrice. Lorsqu'il lui proposa d'aller boire un verre au bar pour « discuter d'un projet » avec lui, elle me jeta un regard enthousiaste. Je l'encourageai à y aller d'un signe de tête. Ce genre de rencontre était la raison pour laquelle nous nous soumettions à ces soirées, même si nous savions toutes les deux qu'elle avait intérêt à se montrer prudente. Un verre pris au bar pouvait signifier beaucoup de choses.

Je restai un moment désœuvrée et je commençais à envisager de rentrer en taxi quand M. Mayer surgit comme par enchantement et posa sa masse corpulente à côté de moi sur l'étroit transat.

— Ah, mademoiselle Kiesler ! Oups, mademoiselle Lamarr, bien sûr, dit-il en me rappelant ainsi délibérément qu'il était mon créateur.

— Bonjour, monsieur Mayer. Vous passez une bonne soirée ?

Je m'étais exprimée avec le plus bel accent américain dont j'étais capable. J'apprenais l'anglais voracement, trop heureuse de tirer un trait sur la langue des invités nazis de mon ex-mari. L'allemand et ses intonations n'avaient pas vraiment les faveurs de Hollywood à cette époque. Ni celles de l'Amérique dans son ensemble, du reste.

— Très bonne, mademoiselle Lamarr. Comment trouvez-vous Hollywood jusqu'ici ?

— Vous voulez la vérité ?

Sans doute avait-il l'habitude de voir des starlettes se mettre à plat ventre devant lui et le flatter pour obtenir un rôle, quel qu'il soit, mais je voulais lui montrer que j'étais différente de ces filles et que je n'étais pas prête à tout pour jouer dans un film, comme ces sales types l'avaient suggéré un peu plus tôt. Il aurait déjà dû l'avoir compris après notre première rencontre à l'hôtel Savoy.

— Évidemment.

— Eh bien, je suis un peu déçue.

— Quoi ? s'écria-t-il, manifestement surpris, avant de désigner la piscine et le manoir autour de nous. Comment est-ce que tout ça pourrait vous décevoir ?

— N'oubliez pas d'où je viens, monsieur Mayer. Les châteaux et les villas authentiques étaient mon quotidien en Autriche. Mais enfin, le sacrifice en vaut la peine si cela peut me donner la possibilité de jouer.

J'observai une pause.

— En admettant que j'aie vraiment cette possibilité, ajoutai-je.

Il plissa les yeux derrière ses lunettes rondes, et je reconnus le regard dur et possessif qu'il posa sur moi. Fritz avait si souvent eu le même.

— J'espère bien que vous, vous ne me décevrez pas, Hedy. Surtout maintenant que j'ai fait de vous un membre de la famille MGM.

— Que voulez-vous dire, monsieur Mayer ? Je m'emploie à parfaire mon anglais et mon apparence, comme vous me l'avez demandé.

Je me gardai de préciser qu'il savait très bien comment j'occupais mon temps puisqu'il avait engagé des agents de sécurité pour nous faire surveiller, Ilona et moi.

— Je veux dire qu'un rôle pourrait se présenter très vite si vous vous montrez gentille avec moi. En fait, j'en ai un en tête pour vous.

Et il me caressa le genou dans le noir.

Je ne m'étais pas trompée sur ses intentions.

Déjà échaudée par le commentaire insultant du responsable de la RKO, je sentis la colère m'envahir.

— Aucun homme ne peut revendiquer un titre de propriété sur moi, monsieur Mayer. Et aucun homme ne le pourra jamais. Pas même vous.

Son visage se tordit de rage. Il s'apprêtait à cracher son venin quand nous entendîmes quelqu'un l'appeler.

Mme Mayer apparut près de la piscine et se dirigea droit vers nous.

— Hedy, dit-elle en me serrant chaleureusement dans ses bras avant de s'asseoir sur le transat en face des nôtres. Je n'avais pas vu que vous étiez arrivée.

Elle dévisagea son mari d'un air soupçonneux.

— Pourquoi obliges-tu Hedy à rester à l'écart ? Tu reproches sans arrêt à tes acteurs de ne pas assez lier connaissance avec les gens dans ces soirées assommantes.

Je n'étais pas d'humeur à rire, mais je ne pus m'empêcher de le faire. Mme Mayer trouvait donc ces fêtes assommantes, elle aussi ? Cela ne me surprenait pas, mais qu'elle l'admette était plus inattendu. J'imaginais combien ces mondanités devaient user la patience de cette femme intelligente et volontaire, et cela me réconforta de savoir que je n'étais pas la seule à y voir une corvée.

Je décidai de profiter de sa présence pour forcer la main à M. Mayer.

— Votre mari a une bonne raison de s'être isolé avec moi, madame Mayer.

— Ah oui ?

Sa main glissa vers sa hanche, comme si elle se préparait à un affrontement.

— Oui, il voulait me parler du rôle qu'il m'avait obtenu dans un film. Apparemment, il s'agit d'un projet top secret.

— Formidable !

Elle se pencha vers moi pour me presser le bras, puis sermonna son mari :

— Cela fait un moment que je te répète qu'il est temps de lui faire quitter le banc de touche.

Je ne connaissais pas cette expression, mais je supposai que cela signifiait ne pas travailler.

— Elle n'est là que depuis quelques mois, Margaret. Et, de toute façon, il fallait qu'elle améliore son accent. Il aurait été impensable d'avoir une actrice qui aboie son texte avec un accent allemand. Qu'aurait dit le public ? Qu'on engageait des Boches ? Ça ne ferait pas très américain, ça.

— Certes. Sauf que son anglais me semble irréprochable, maintenant. On devine une pointe d'accent européen, mais rien de trop caractéristique. Exactement comme tu aimes.

— Et c'est bien pour ça que je viens tout juste de lui dénicher un rôle, répliqua-t-il, visiblement irrité par la position dans laquelle je l'avais mis.

— Vous voulez bien nous en dire plus, monsieur Mayer ? demandai-je en lui souriant avec obséquiosité.

J'avais piégé le directeur de la MGM. Il écumait de rage, mais la présence de sa femme l'obligeait à bien se tenir.

— Je pense avoir trouvé le film idéal pour exploiter votre physique à l'écran en même temps que vos différences… ou votre altérité, si vous préférez. Vous allez interpréter Gaby, une touriste française en visite à la casbah, le cœur historique et labyrinthique d'Alger. Dans ce film – qui s'appellera justement *Casbah* –, votre personnage attire malgré lui l'attention de Pépé le Moko, un voleur de bijoux notoire, français lui aussi. C'est le point de départ de l'histoire.

— Ça me paraît parfait, dis-je (et j'étais sincère). Qui interprétera le rôle de Pépé ?

— Un acteur français. Charles Boyer.

— Je l'ai déjà vu à l'écran. Il est excellent.

— Dans ce cas, l'affaire est réglée, déclara Mme Mayer. Tu veilleras à ce que tout se passe bien pendant le tournage, n'est-ce pas, Louis ? Que je n'entende pas dire que quelqu'un a importuné Hedy.

En clair, elle lui interdisait de laisser quiconque me harceler. Et cela valait pour lui.

— Bien sûr, Margaret.

Elle pivota vers moi.

— Venez, Hedy. Il y a ici quelques femmes charmantes que j'aimerais vous présenter.

28

4 mars 1938
Los Angeles, Californie

— Vous êtes attendue sur le plateau dans cinq minutes, mademoiselle Lamarr ! cria le factotum depuis le seuil de ma loge.

Susie se dépêcha d'appliquer mon eyeliner et de remonter la fermeture Éclair de ma robe. Je ne voulais pas être celle qui retarderait l'équipe de tournage. Le réalisateur, John Cromwell, était connu pour sa ponctualité, et j'avais eu trop de mal à soutirer ce rôle à M. Mayer pour risquer de me faire mal voir dès le premier jour.

Quand elle eut terminé, Susie m'examina dans le miroir de ma coiffeuse – laquelle était encombrée de divers tubes de rouges à lèvres, de flacons de vernis à ongles, d'eyeliners et de poudriers. Par son exubérance, ma jeune habilleuse était l'opposé de celle que j'avais eue au Theater an der Wien, Mme Lubbig, au point même que la réserve de cette dernière me manquait parfois.

— Vous êtes superbe ! s'écria-t-elle d'une voix aiguë.

Je me levai et m'examinai dans le miroir à trois faces au fond de ma loge. Mon maquillage apparaissait trop prononcé dans la lumière vive de la pièce, mais je savais qu'il rendrait bien à l'écran. Quant à mon costume, il se composait d'une robe fourreau en soie noire rehaussée d'une magnifique veste blanche, d'un collier de perles et de boucles d'oreilles en diamants scintillants. De faux bijoux, bien sûr, mais l'essentiel était qu'ils brillent. La costumière, Irene Gibbons, considérait cette tenue adaptée à une riche Française visitant l'enchevêtrement des ruelles pauvres de la Casbah – et qu'importe s'il était ridicule de penser qu'une touriste fortunée puisse se rendre dans les bas-fonds d'Alger, surtout habillée ainsi. Nous étions à Hollywood, après tout.

Le seul point sur lequel la costumière ne s'était pas trompée était la palette de couleurs tranchées de mon costume. L'association du noir et du blanc était frappante, tout comme elle l'avait été pour ma robe de mariage Mainbocher. Elle faisait ressortir mes cheveux bruns et ma peau pâle – qui le semblait d'autant plus sous sa couche de poudre blanche –, et je savais que l'effet produit à l'écran serait spectaculaire. Les très nombreux films qu'Ilona et moi avions regardés ne m'avaient pas seulement aidée à parfaire mon accent : ils m'avaient aussi appris beaucoup de choses sur l'utilisation de l'ombre et de la lumière dans le cinéma américain.

Alors que je vérifiais une dernière fois mon allure générale, Susie posa une main sur mon épaule. Je faillis faire un bond. Les Américains se montraient si familiers les uns envers les autres, et ce, presque dès l'instant où ils se rencontraient pour la première fois. Jamais Mme Lubbig n'aurait osé me toucher à moins que cela ne fût nécessaire pour m'habiller, me maquiller ou me coiffer. Mais parce que j'essayais de me comporter en véritable Américaine, je réprimai l'instinct autrichien qui me poussait à m'écarter de Susie.

— En fait, mademoiselle Lamarr, vous êtes carrément canon, dit-elle en pouffant. Vous allez voir comme les gars vont vous reluquer sur le plateau.

Qu'entendait-elle par « canon » et « reluquer » ? À en juger par sa mine, il devait s'agir de remarques positives, mais j'avais parfois du mal à décrypter ses expressions familières.

Je hochai la tête et, puisant dans ses compliments ce qu'elle appelait « des tripes », j'ouvris la porte de ma loge. Le couloir qui menait au plateau me parut soudain très long, et le claquement de mes escarpins de satin noir sur le sol résonnait anormalement fort. Ou était-ce juste dû à ma nervosité ?

Le remue-ménage qui s'élevait au bout et le brouhaha des bavardages étouffèrent bientôt le bruit de mes talons. Mon arrivée passa presque inaperçue. Des représentants de divers corps de métier s'affairaient sur place : menuisiers, machinistes, accessoiristes, acteurs, figurants – tous se démenaient pour recréer une ville nord-africaine pile à cet endroit, sur ce plateau de tournage américain. J'avais l'habitude des décors factices, mais celui-là était bien plus sophistiqué que tous ceux qu'il m'avait été donné de voir auparavant, que ce soit au cinéma ou au théâtre. Ici, tout avait l'air immense et bien réel, et cela m'impressionna.

Comment avais-je pu croire un seul instant que ma brève expérience d'actrice en Europe m'avait suffisamment préparée à tourner à Hollywood ?

Personne ne s'intéressant à moi, je pris mon courage

à deux mains et m'approchai d'un homme à la mine sévère et aux cheveux grisonnants qui semblait au centre de toute cette activité frénétique. Peut-être pourrait-il me renseigner. Plongé dans une discussion assez animée avec un cameraman, il mit un moment à lever les yeux vers moi.

— Ah, vous devez être notre Gaby ! s'écria-t-il.

Je tendis la main vers lui, soulagée d'avoir été reconnue. Je devinai également qui il était à son ton autoritaire.

— En effet, monsieur. Êtes-vous M. Cromwell ?

— Oui, dit-il en me serrant la main. Mais appelez-moi John, s'il vous plaît.

— Appelez-moi Hedy, dans ce cas. J'apprécie cette occasion qui m'est offerte d'être votre Gaby.

Il m'examina de la tête aux pieds.

— Vous êtes aussi renversante que Mayer l'avait promis. Tant mieux, parce que ce sont des gros plans qui vous attendent dans la prochaine scène.

Je compris qu'il avait de grands projets à mon sujet, ce qui m'enchanta et me soulagea à la fois. Le scénario de *Casbah* comportait une foule de scènes d'action dont mon personnage était exclu au motif qu'il incarnait avant tout le fruit interdit pour le personnage principal, le voleur de bijoux. Le côté purement décoratif de Gaby ne m'étonnait pas – c'était le cas de la plupart des héroïnes dans les films hollywoodiens –, mais cette possibilité inattendue de l'étoffer un peu piquait ma curiosité. J'avais imaginé qu'elle pourrait prendre une part plus active à l'intrigue au lieu de rester assise bien sagement dans son coin. Quelle que soit l'importance du rôle, cependant, les dimensions du décor et le nombre de techniciens autour de moi me rappelèrent que je devais m'estimer heureuse de l'avoir décroché.

— J'en suis ravie, monsieur Cromwell – je veux dire, John. J'ai beaucoup d'idées sur la manière dont pimenter le personnage de Gaby et j'adorerais en discuter avec vous.

Il parut perplexe, mais ne répondit pas directement à ma proposition.

— Venez, dit-il. Je veux vous présenter notre chef opérateur, James Wong Howe. Il a quelque chose en tête pour vous.

Nous nous dirigeâmes vers une partie du plateau où des techniciens avaient reconstitué une ruelle encadrée de grands bâtiments factices en pisé. Un Chinois de petite taille portant un béret et un foulard indiquait à deux cameramen comment installer leur matériel pendant que trois machinistes perchés au sommet des fausses maisons orientaient des spots lumineux en suivant eux aussi ses instructions.

— Jimmy ! Voici notre Gaby ! lança John.

M. Howe se tourna vers nous.

— Ah, nous vous attendions, mademoiselle Lamarr. Ce décor a été monté pour votre arrivée.

— Tu sais ce qu'il faut faire, Jimmy. Je la laisse entre tes mains expertes, dit John avant de repartir.

— Vous êtes prête ? me demanda M. Howe.

Il ne m'avait pas priée de l'appeler Jimmy, lui.

— Je connais mon texte, monsieur Howe, mais je n'ai malheureusement pas eu la possibilité de répéter avec les autres acteurs. Et d'après John, vous avez de nouvelles idées pour cette scène ? De quoi s'agit-il ?

— Ne vous inquiétez pas, répondit-il d'une voix apaisante, comme il aurait pu le faire face à une enfant paniquée. Les plans que nous avons prévu de filmer ne requièrent pas beaucoup de répétitions.

— Très bien.

Pour autant, je ne voyais toujours pas ce que j'étais censée faire.

— Avant de tourner avec tous les figurants, nous allons nous assurer que les caméras et les projecteurs sont bien positionnés…

Il me prit par la main et m'entraîna vers un endroit de la ruelle où deux morceaux de rouleau adhésif avaient été collés en croix sur le sol.

— J'ai créé une lumière spécifique pour vous. Un éclairage en hauteur qui jettera des ombres très nettes sur vos traits symétriques. Cela fait des années que j'ai envie de tester ça, mais je n'avais encore jamais eu une actrice avec un physique aussi parfait que le vôtre.

— Merci, monsieur Howe, dis-je, même si je sentais que c'était une simple observation de sa part, et non un compliment.

Il posa un doigt sous mon menton et étudia mon visage sous plusieurs angles. Puis il recula d'un pas.

— Restez immobile. Ouvrez la bouche juste ce qu'il faut pour être aguicheuse, mais sans aller jusqu'à montrer vos dents.

Je me plaçai comme il le souhaitait et attendis. Il ordonna aux cameramen et aux machinistes d'effectuer quelques petites modifications, puis me fixa à travers le viseur de la caméra centrale. Parce que je n'avais pas bougé, je ne voyais pas du tout ce qu'il pouvait trouver d'intéressant à filmer.

De longues minutes s'écoulèrent, et je me demandai ce que mon personnage ferait ensuite. Quels étaient les « plans » mentionnés par le réalisateur ? Ma scène ne pouvait tout de même pas se résumer à ça…

— Ne devrait-on pas préparer la suite ? dis-je au bout d'un moment.

— Que voulez-vous dire, mademoiselle Lamarr ?

— John Cromwell m'a fait comprendre qu'il avait de gros plans pour moi. Ne devrait-on pas répéter l'action que nous allons insérer dans la scène ?

— Mademoiselle Lamarr, ce plan fixe, avec son éclairage et son angle de vue mûrement réfléchis, constitue un gros plan.

— Mais je ne fais rien, dis-je, totalement déroutée.

— Pour la simple et bonne raison que vous n'avez rien à faire, répliqua M. Howe avec un agacement évident.

« Pourquoi pose-t-elle toutes ces questions stupides ? l'entendis-je presque penser. Pourquoi ne suit-elle pas simplement les consignes qu'on lui donne ? »

— L'idée du réalisateur est de vous présenter comme l'incarnation même de la femme, c'est-à-dire une énigme, un mystère, que Pépé doit élucider – et le public avec lui. Et vous savez que le meilleur moyen pour une femme d'apparaître mystérieuse est d'être belle et de se taire.

Se taire. Une fois de plus, on exigeait de moi le silence. J'avais quitté Fritz et son monde en partie parce qu'il ne voulait qu'une jolie poupée muette et obéissante pour compagne. Tout en ayant conscience de me bercer d'illusions, j'avais quand même espéré un meilleur traitement en Amérique. Mais il semblait que Hollywood attendait de moi exactement la même chose que lui.

29

13 mars 1938
Los Angeles, Californie

Susie m'aida à ôter la robe de soirée noire et les perles que j'avais dû porter afin de rejouer la scène dans laquelle Gaby et Pépé se rencontraient. Comme la plupart de mes autres scènes, celle-là avait exigé de moi que je reste assise longtemps sans bouger pendant que la caméra s'attardait sur mon visage. Je commençais à être plus à l'aise sur le plateau, mais je trouvais toujours gênants ces moments où les autres acteurs devaient reculer et attendre en silence que M. Howe en ait terminé avec ses gros plans. Durant ces minutes interminables, je tentais de puiser en moi la force que je ressentais autrefois sur scène afin de donner un peu plus d'épaisseur à mon personnage, et j'espérais que cette énergie était perceptible à l'écran. Mais tout de même, je ne pouvais me débarrasser de l'impression d'avoir été réduite au rang de mannequin dans une vitrine.

Quelqu'un frappa à la porte de ma loge en faisant trembler les fines parois. Je laissai Susie entrouvrir le battant et resserrai les liens de mon peignoir en soie.

Sur un tournage, des contrats pouvaient être conclus partout, à tout instant, et je devais veiller à rester décente – surtout avec un film comme *Extase* dans ma filmographie.

Mon ancienne colocataire, Ilona, se tenait dans le couloir, un journal roulé à la main. Deux semaines plus tôt, nous avions décidé de prendre chacune un logement séparé, et je louais désormais une petite maison de six pièces sur les hauteurs de Hollywood avec suffisamment de terrain tout autour pour adopter quelques animaux de compagnie. Mais Ilona et moi étions demeurées très proches, surtout depuis que nous nous étions liées d'amitié avec un groupe d'émigrés dans la même situation que nous, parmi lesquels le réalisateur Otto Preminger, mon ancien mentor, Max Reinhardt, et des Juifs américains tels que le producteur Walter Wanger. Nous profitions de nos dîners ensemble pour nous informer les uns les autres des événements qui se produisaient en Europe et dont les journaux américains ne parlaient pas. Et même si mon nouvel amant, l'acteur Reggie Gardiner, était anglais et non pas originaire d'un pays du continent, contrairement à nous autres, il nous transmettait lui aussi les renseignements que lui fournissaient ses propres contacts. Parmi tous mes soupirants, je l'avais choisi, lui, en raison de sa gentillesse et de son comportement non menaçant. Fini les Fritz Mandl pour moi.

À en juger par l'expression d'Ilona et le journal qu'elle tenait à la main, je compris qu'elle voulait pouvoir discuter seule avec moi.

— Susie, dis-je, cela vous ennuierait d'aller nous chercher des cafés à la cantine ?

— Bien sûr que non, mademoiselle Lamarr, répondit-elle avec entrain.

Je comprenais assez bien son anglais à présent, mais pas sa perpétuelle exubérance, qui me déstabilisait autant que le temps toujours ensoleillé de la Californie.

Après que mon habilleuse eut refermé la porte derrière elle, Ilona me tendit le journal. Je m'aperçus alors qu'elle avait les yeux rouges.

— Tu as vu ça ? dit-elle sans me laisser le temps de jeter un coup d'œil aux titres des articles.

— Non, j'ai passé toute la journée sur le plateau. Est-ce que… ?

Je n'eus pas besoin de finir ma phrase – elle savait déjà quelle était ma question.

— Oui, répondit-elle.

Nous attendions des nouvelles de la situation politique en Autriche, que ma mère persistait joyeusement – et, telle que je la connaissais, peut-être aussi volontairement – à ignorer dans sa correspondance. Suite aux émeutes provoquées par des nazis autrichiens et aux pressions de l'Allemagne pour qu'Arthur Seyss-Inquart, un sympathisant nazi, soit nommé ministre de la Sécurité publique et doté de pouvoirs illimités, le chancelier Schuschnigg avait décidé quelques jours plus tôt d'organiser un référendum sur la question de la réunification de l'Autriche et de l'Allemagne. En réaction, Hitler l'avait menacé d'envahir le pays. Ilona était hongroise, pas autrichienne, mais elle craignait que ces événements n'illustrent ce qui guettait la Hongrie. Hitler pouvait-il vraiment prendre le pouvoir en Autriche ? Que ferait la communauté internationale dans ce cas ?

— Hedy, c'est à peine croyable, dit Ilona avant que j'aie fini de lire l'article. L'armée allemande a franchi hier la frontière autrichienne, comme on le redoutait. Et tu sais comment elle a été accueillie à son arrivée ?

— Non, dis-je, même si j'avais déjà imaginé les troupes autrichiennes affronter celles de Hitler sur les points de défense stratégiques du pays que Fritz m'avait fait découvrir au fil des ans.

Fritz… Je me demandai si, une fois de plus, il était parvenu à armer les deux camps adverses. Ou avait-il fini par échouer à jouer sur les deux tableaux ? Avait-il même été obligé de s'enfuir ?

— Par des Autrichiens en liesse qui agitaient des drapeaux nazis, continua Ilona. Les soldats allemands n'ont rencontré aucune résistance. Absolument aucune. C'est sidérant : le gouvernement autrichien avait donné l'ordre à l'armée de ne pas riposter. Hitler a juste fait avancer ses blindés.

— Quoi ?!

Choquée, les jambes soudain flageolantes, je me laissai tomber sur la chaise devant ma coiffeuse.

— Aucune résistance ? Rien de rien ?

— Non. Apparemment, les SS avaient arrêté en secret tous les opposants potentiels à leur projet. Malgré ça, Hitler a été surpris d'être aussi bien accueilli. Il s'était préparé à devoir écraser l'armée autrichienne avant de faire de ton pays un État fantoche avec Seyss-Inquart à la tête d'un gouvernement pro-nazi, mais il n'a même pas eu à lever le petit doigt. Les Autrichiens le soutenaient tellement qu'il a annexé l'Autriche au IIIe Reich sans problème.

— Du jour au lendemain l'Autriche est donc devenue une province allemande ? dis-je d'une voix tremblante.

— Oui, acquiesça Ilona, l'air tout aussi abasourdie que moi.

L'Anschluss, cette annexion de mon pays natal que mon père et moi avions redoutée et qui avait motivé mon mariage, avait fini par avoir lieu. J'étais certaine qu'Ilona disait la vérité – je savais pour ainsi dire mieux que quiconque que cela était inévitable –, mais la nouvelle me stupéfiait. Une partie de moi n'avait jamais cru que ce jour arriverait. J'avais même prié pour ça, moi qui n'avais pourtant pas vraiment de dieu à prier.

Durant les quelques jours qui avaient précédé et suivi ma fuite, j'avais commencé à envisager que les nazis puissent conquérir un jour l'Autriche. Mais si j'avais supposé que les forces autrichiennes, mal équipées par le gouvernement timoré de Schuschnigg, auraient du mal à l'emporter face à la puissance militaire de Hitler et au fanatisme de ses partisans, jamais je ne me serais attendue à ce que les Autrichiens fassent un triomphe à ce fou furieux.

Où était ma mère quand les troupes nazies avaient arpenté les rues de Vienne sous les acclamations de la foule ? Elle n'avait sûrement pas agité un drapeau en signe de bienvenue, elle. Elle avait plutôt dû rester assise dans son petit salon en buvant du thé pendant que les tanks dévalaient les rues, prétendant ne pas sentir les vibrations communiquées à ses meubles. Était-elle en sécurité ?

Il fallait que je lui fasse quitter l'Autriche avant que son insouciance délibérée ne la condamne. Mais me laisserait-elle essayer, à présent que l'Allemagne contrôlait l'Autriche ? Et si oui, comment allais-je m'y prendre pour l'extirper de ce bourbier ? J'ignorais quelles règles l'Allemagne imposerait à mon pays en matière d'émigration, et quelle était la législation américaine dans ce domaine. J'étais arrivée aux États-Unis grâce à l'entregent de M. Mayer, qui m'avait facilité toutes les démarches administratives.

Je me mis à pleurer.

— Ta mère est encore là-bas, n'est-ce pas ? me demanda Ilona en s'agenouillant pour me serrer dans ses bras.

Je fis signe que oui, mais gardai pour moi les pensées qui m'assaillaient. Qu'allaient devenir les Juifs autrichiens, à présent ? Les lois de Nuremberg s'appliqueraient-elles à eux aussi ? Et à ma mère ? Ayant entendu Hitler en personne évoquer son projet de débarrasser la société allemande des Juifs, j'étais quasi certaine de la réponse, même si je ne pouvais la formuler à voix haute.

Le faire reviendrait à admettre que j'étais moi-même juive et que j'avais été au courant de l'imminence de cet événement.

Et à Hollywood il n'y avait pas de Juifs.

30

14-15 janvier 1939
Los Angeles, Californie

Casbah changea tout et rien à la fois.

J'accédai à la célébrité que j'avais recherchée. Je foulai des tapis rouges lors des diverses premières du film sous le regard de fans qui criaient mon nom, pressés sur les trottoirs. Un peu partout, des femmes adoptèrent ce que les journaux appelaient « le look Lamarr », à savoir des cheveux bruns, souvent teints, séparés par une raie au milieu et tombant en cascades, des sourcils arqués et parfaitement symétriques, un teint pâle et des lèvres pleines et brillantes. Cette apparence que j'avais crue si américaine et que j'avais cultivée sous la pression de M. Mayer était désormais associée à l'« exotisme » de Hedy Lamarr – une ironie du sort qui nous fit bien rire, Ilona et moi.

Avec la célébrité arriva l'argent. Tout en tenant M. Mayer à distance pour me protéger de ses avances continuelles, j'exigeai un contrat plus avantageux que celui que j'avais négocié à l'origine. Le « culte » de Hedy Lamarr me donna du courage ainsi qu'une assise suffisante à Hollywood pour réclamer une augmentation de salaire – laquelle se justifiait par les recettes au box-office que, de l'avis de tous, mes futurs films ne manqueraient pas de générer.

Dans la foulée, la peur tenace que j'avais de Fritz disparut. J'obtins le divorce. Alors même que la procédure juridique lui avait permis d'avoir accès à mon adresse, les lettres qu'il m'envoya se révélèrent curieusement conciliantes à présent qu'il n'avait plus aucune emprise sur moi et que son propre pouvoir s'était évaporé. Expulsé d'Autriche après que son alliance avec les nazis se fut délitée, il s'était retiré en Amérique du Sud, où il avait commencé à transférer la plupart de ses liquidités dès l'époque de notre mariage. En reprenant contact avec moi, il semblait chercher la gloire que pouvait faire rejaillir sur lui sa célèbre ex-épouse, rien de plus, mais je refusais même de lui accorder ça. Non seulement le divorce m'avait débarrassée de mes peurs, mais il m'avait aussi donné tout loisir de fréquenter qui je voulais. Cette liberté fit renaître mon envie d'enchaîner les liaisons amoureuses et de chercher un refuge sûr dans les bras de mes conquêtes masculines sans jamais renoncer à mon indépendance. C'est ainsi que plusieurs amants succédèrent à Reggie Gardiner, si gentil mais au bout du compte si ennuyeux.

Malgré ça, un profond sentiment de solitude me suivait partout tel un chien abandonné, en aboyant dans le silence dès que s'estompaient le bruit de la foule et les murmures de mes compagnons. Parfois, pour apaiser ce vide, je me laissais aller à suivre le rythme trépidant des Américains, qui faisaient tout rapidement, de peur peut-être que l'histoire se colle à eux comme une moule à un rocher, mais les souvenirs que j'essayais de fuir finissaient toujours par me rattraper, et la culpabilité s'emparait alors de moi. Comment pouvais-je vivre dans une telle opulence quand la terreur et les privations régnaient en Autriche ? Quand les Juifs étaient dépouillés de leurs droits par les lois de Nuremberg et agressés dans la rue par des voyous arborant des croix gammées ? Quand la folie antisémite allait jusqu'à déclencher des pogroms ? Je pensais notamment à ceux du mois de novembre, durant lesquels des boutiques juives avaient été pillées et vandalisées, et des synagogues brûlées, y compris celle de Döbling. Toutes ces horreurs, je les avais globalement pressenties. Voilà pourquoi ma vie en Amérique me paraissait une folie face aux ténèbres dans lesquels plongeait mon pays, et l'insouciance qu'elle exigeait de moi devenait un fardeau de plus en plus lourd.

Je me partageai donc en deux. Le jour, je mettais le masque de Hedy Lamarr en maquillant mes lèvres et mes yeux et en jetant des regards énigmatiques devant la caméra. La nuit, je redevenais Hedy Kiesler, une femme inquiète pour les siens. Une femme à la fois viennoise et juive, même si ma religion ne m'avait jamais vraiment définie à mes yeux avant que je quitte l'Autriche. Parce que j'avais fui à l'étranger sans prévenir personne des projets de Hitler, j'avais une énorme dette envers les Autrichiens, en particulier les Juifs, mais j'ignorais comment m'en acquitter. Je ne pouvais guère aider que ma mère.

Cela me rendait malade de songer que je n'avais pas fait assez d'efforts pour l'inciter à partir avec moi la dernière fois qu'on s'était vues. Agacée par sa façon de critiquer mon père, effrayée même à l'idée qu'elle révèle mes projets à Fritz, j'avais laissé ces émotions l'emporter sur tout le reste, au point que j'avais renoncé à la persuader dès l'instant où elle avait exprimé son refus de quitter Vienne. J'aurais dû étouffer ma colère et lui dire ce que je savais sur l'Anschluss et Hitler.

J'avais baissé les bras trop facilement, mais cela ne se reproduirait plus. Je trouverais un moyen de la faire sortir d'Autriche.

Sa lettre la plus récente m'avait fait comprendre que je n'avais plus besoin de la convaincre. Elle n'évoquait pas les horreurs qui se produisaient dans sa chère Vienne – elle craignait à juste titre que les autorités nazies ne lisent les courriers envoyés à l'étranger et n'exercent ensuite des représailles contre leurs expéditeurs –, mais je devinais sa peur à ses tournures de phrases prudentes et à tout ce qu'elle n'écrivait pas.

Chère Hedy,

J'espère que tu continues à te plaire à Hollywood. Tu as toujours aspiré au succès...

Je pris une profonde inspiration et essayai de ne pas m'appesantir sur l'ambiguïté de son compliment. Maman était naturellement incapable de louanges. Il ne lui viendrait jamais à l'idée de me féliciter pour ma performance dans *Casbah*, elle ne pouvait que noter mon désir bien ancré de percer au cinéma. Tant pis, je ne laisserais pas sa nature négative me détourner de mon objectif, cette fois. Je poursuivis ma lecture.

Je repense souvent à la conversation que nous avons eue avant ton départ. Je m'aperçois que j'aurais dû tenir compte de tes conseils, Hedy. Mais les mères restent souvent sourdes aux avertissements de leurs filles, et je ne fais pas exception à la règle. Je me demande maintenant s'il n'est pas trop tard.

Si tel est le cas, Hedy, je souhaite dissiper le malentendu qui nous a opposées ce jour-là. Tu m'as confié ta conviction selon laquelle, par mépris ou du fait d'une antipathie innée, je te refusais depuis longtemps mon affection. Rien ne saurait être plus éloigné de la vérité. Je n'ai cherché qu'à tempérer l'adoration sans bornes et la trop grande indulgence de ton père envers toi. Je m'inquiétais en songeant à ce que risquait de devenir une enfant très jolie, déjà adorée de tous pour sa beauté, si ses deux parents s'extasiaient en permanence devant tout ce qu'elle faisait et pensait. Cela ne m'a pas été facile, mais, contrairement à ce que tu imagines, j'ai agi par amour.

Des larmes coulèrent sur mes joues. Ma mère n'avait jamais été si proche d'exprimer des sentiments ou des excuses à mon égard. Mais sa lettre mettait autre chose encore en évidence : elle était prête à partir et cherchait même désespérément comment s'y prendre. Il ne me restait qu'à trouver un moyen de la ramener auprès de moi.

La solution se présenta par hasard le lendemain soir durant une fête à Hollywood à laquelle j'avais été conviée avec deux amies européennes. Après qu'elles se furent éloignées en compagnie d'un réalisateur pour qui elles espéraient travailler, je restai seule avec un type assez terne et timide. J'étais prête à le planter là sans prendre la peine de m'excuser quand je me rappelai une remarque qu'il avait faite à l'une de mes amies.

— Vous disiez que vous étiez avocat ?

Du fait de sa présence à une soirée où presque tout le monde évoluait dans le milieu du cinéma, il ne devait pas être spécialisé dans le droit des étrangers, mais bon, je ne perdais rien à me renseigner. Peut-être pourrait-il au moins me recommander l'un de ses confrères.

Son regard s'éclaira quand je posai les yeux sur lui, comme s'il n'en revenait pas que je lui adresse la parole. Moi-même, j'avais presque du mal à y croire. Il bafouilla un instant avant de réussir à me répondre :

— Ou-oui, oui, en effet.

Ne voyant pas l'utilité de parler de la pluie et du beau temps avec lui, j'allai droit au but :

— Savez-vous comment faire venir aux États-Unis des ressortissants de pays européens ?

— P-p-plus ou moins.

Était-ce moi qui le rendait nerveux ou était-il affligé d'un malencontreux bégaiement ?

— Ce n'est pas ma spécialité, mais je connais à p-p-peu près la législation. Puis-je déduire de votre question que vous avez une personne particulière en tête ?

Je fis signe que oui.

— D'où est-elle originaire ?

Plus il était en terrain connu et moins il bégayait, en fait.

— D'Autriche.

— Mmmm.

Son front se plissa derrière les grosses lunettes qui le cachaient partiellement.

— Eh bien, tout d'abord, l'Amérique n'a pas de politique spécifique concernant les réfugiés – elle n'a qu'une politique migratoire. Elle applique un système de quotas très stricts qui fait que seul un nombre précis de personnes originaires de chaque pays sont autorisées à émigrer aux États-Unis chaque année. Dès que ces quotas sont atteints, les autres candidats sont systématiquement refusés, que l'on soit en début ou en fin d'année.

— Comment puis-je savoir si c'est le cas pour l'Autriche ?

— Il me semble que Roosevelt a fusionné les quotas pour l'Autriche et l'Allemagne maintenant que les deux pays sont unifiés…

Je faillis crier que les deux pays n'étaient pas « unifiés », que l'Allemagne avait en réalité annexé l'Autriche, mais l'avocat continuait à parler et il fallait que je l'écoute :

— Je suis sûr de pouvoir trouver la réponse à votre question, mais il faut savoir que la procédure est compliquée et que le résultat ne dépend pas seulement des places disponibles. La personne à laquelle vous pensez a-t-elle entamé des démarches ?

N'ayant pas encore réfléchi à l'aspect administratif du problème, je secouai la tête.

— Le gouvernement américain a fait de l'immigration dans notre pays un processus ahurissant, et ce, volontairement. Il s'efforce de décourager les gens en s'appuyant sur la lourdeur des formalités à remplir.

— Pourquoi ?

— Pour réduire au minimum le nombre des nouveaux arrivants, bien sûr, répondit l'avocat sans percevoir à quel point ses propos pouvaient être choquants. Voilà comment ça fonctionne : le demandeur d'un visa s'enregistre d'abord auprès du consulat américain, qui l'inscrit sur une liste d'attente. Le temps que son tour arrive, il doit rassembler une foule de documents, comme des papiers d'identité, des certificats de police, des autorisations de sortie du territoire et de transit, ainsi qu'une attestation financière prouvant sa capacité à subvenir à ses besoins. Mais le hic, avec ces papiers, c'est qu'ils ont tous des dates d'expiration, ce qui fait que vous devez quitter la liste d'attente et les soumettre aux autorités avant qu'ils ne soient plus valables. Sinon, c'est retour à la case départ. Les délais à respecter se révèlent si compliqués qu'ils sont presque impossibles à tenir. On appelle d'ailleurs ça « le mur de papier »…

J'avais la tête qui tournait devant toutes ces conditions à remplir. Maman allait devoir franchir ce mur, et je n'avais pas la moindre idée du temps qu'elle mettrait à y arriver. Serait-elle en sécurité dans l'intervalle ? Je ne pouvais pas prendre ce risque.

— Y a-t-il un moyen de contourner le processus ?

— Il faudrait pour ça que vous ayez des relations haut placées. Mais si vous connaissez quelqu'un qui a des contacts au sein du gouvernement fédéral, vous aurez peut-être une chance de faire remonter la personne en haut de la liste d'attente, voire de l'affranchir d'une partie ou de la totalité de la paperasserie.

Je savais désormais ce que j'avais à faire. Sans même avoir saisi le nom de cet avocat – et pire encore sans même l'avoir remercié pour ses conseils –, je disparus parmi la foule des fêtards et me précipitai vers la seule personne qui disposait du genre de relations bien placées dont j'avais besoin. M. Mayer.

31

28 janvier 1939
Los Angeles, Californie

— Si on partait se marier loin d'ici ? demanda une voix dans l'ombre.

Je sursautai et faillis laisser tomber ma cigarette. J'étais sortie pour être seule et je n'avais vu personne près de la piscine. Aurais-je su qu'un homme se tenait là, j'aurais évité cette partie de la maison et cherché refuge ailleurs, à l'écart de cette soirée assommante.

C'était typiquement le genre de soirée hollywoodienne que je méprisais, mais M. Mayer avait insisté pour que je vienne, et parce qu'il avait accepté d'aider ma mère je n'avais pas osé le contrarier. Cette fête organisée pour la première d'un film larmoyant était de celles où l'on passe son temps à échanger des ragots sur les derniers contrats signés à Hollywood, à tenter de décrocher un rôle et à endurer les regards lubriques de producteurs et de réalisateurs pour la plupart ivres. J'aurais largement préféré retrouver mes amis et discuter avec eux de la situation politique et culturelle en Europe, ou même rester seule dans ma nouvelle maison, à jouer du piano ou à bricoler des gadgets scientifiques inspirés par les diverses inventions que les invités à la table de Fritz avaient évoquées en ma présence au fil des ans. À la place, j'avais été obligée d'écouter M. Mayer se congratuler en parlant de moi devant la bande de lèche-bottes qui le suivait partout : « Le vieux n'est pas si mauvais juge, vous ne trouvez pas ? Il m'a suffi de poser les yeux une fois sur cette demoiselle pour me dire : "Cette fille est une star." Et, grâce à moi, elle en est vite devenue une. »

En temps normal, je me serais sauvée avant d'avoir à faire la conversation à quelqu'un, surtout un inconnu, mais il y avait quelque chose de familier dans la voix de cet homme. D'attirant, même. Sans compter qu'il avait de l'humour. Sa question totalement inappropriée et excessivement amicale me fit rire – ce qui n'était pas un mince exploit à ce moment-là.

— Vous avez apporté l'alliance ? lançai-je dans le noir en le provoquant un peu pour évaluer son sens de la repartie.

— Bien sûr. À supposer que vous aimiez les diamants.

— Je préfère les émeraudes, mais les diamants feront l'affaire.

— Je pensais à un collier d'émeraudes en guise de cadeau de mariage après la cérémonie.

— Vous connaissez bien votre fiancée, dis-je, amusée.

— Après toutes ces années, ma chérie, j'ai plutôt intérêt.

Sa voix était devenue plus nette, et la silhouette d'un homme émergea de l'ombre de la terrasse. Lorsqu'il s'approcha, je constatai qu'il était très grand. Il ne devait pas faire loin d'un mètre quatre-vingt-dix. Exactement comme mon père.

— En effet, dis-je posément, en attendant avec méfiance de voir qui allait apparaître.

Je ne distinguais toujours pas ses traits, mais la faible lumière qui émanait de la maison éclaira peu à peu son visage – tout comme elle devait éclairer le mien.

— Mon Dieu, vous êtes Hedy Lamarr.

Il semblait surpris, mais pas impressionné pour autant. Cela me plut. Depuis *Casbah*, les hommes se montraient soit timides, soit agressifs envers moi.

— Mon Dieu, oui, répliquai-je d'un air faussement étonné, avant de tirer longuement sur ma cigarette.

De la cendre tomba par terre. Mes doigts tremblaient, et je compris que cela était dû à la proximité de cet homme séduisant et plus âgé que moi. Ses cheveux soigneusement peignés et son costume immaculé contrastaient avec son sourire facile, son regard chaleureux et son attitude décontractée. J'eus impression de le connaître – une impression que personne n'avait éveillée en moi depuis mon arrivée à Hollywood.

— Je devrais sans doute m'excuser d'avoir été très présomptueux, dit-il, même si je ne perçus aucune contrition ni aucun embarras en lui.

— Non, surtout pas. Sinon, je devrai vous renvoyer là où vous étiez afin que nous puissions avoir une conversation normale.

Il éclata d'un rire franc et profond. Là encore, exactement comme mon père.

— Qu'est-ce qui vous a poussée à sortir dans le froid en plein mois de janvier alors que vous pourriez faire la fête au chaud dans cette maison ? demanda-t-il.

— Je suis autrichienne. Je n'appelle pas ça un temps froid, moi.

— Vous n'avez pas répondu à ma question.

— La conversation est plus intéressante à l'extérieur qu'à l'intérieur.

Il sourit.

— Un compliment de la part de Mlle Lamarr ? Je suis flatté.

— Qui a dit que je faisais allusion à vos talents oratoires ? Je pensais peut-être aux miens.

Cela le fit rire de plus belle.

— Je n'ai lu dans aucune gazette que vous aviez autant d'esprit que de beauté.

— La flatterie vous mènera partout et nulle part, monsieur…

Ma phrase resta en suspens. J'ignorais qui il était, mais puisqu'il avait été invité à cette soirée il devait évoluer dans le monde du cinéma – idée qui me le rendit moins sympathique.

— Markey. Gene Markey.

Je comprenais à présent à qui j'avais affaire. Gene Markey était un scénariste, divorcé de l'actrice Joan Bennett, avec qui il avait eu une fille. Ce n'était pas un dragueur invétéré mais pas un moine non plus, et savoir cela me déstabilisa légèrement.

Grâce à son art consommé de la conversation, il combla le silence tombé entre nous :

— Cette fête est ennuyeuse, non ? Si on s'éclipsait ? Il y a un petit bar à l'angle de la rue qui vous plaira peut-être.

Accepter allait à l'encontre de mes principes personnels. Après tout, je ne connaissais pas vraiment cet homme, et Hollywood grouillait de prédateurs. Mais je devais admettre qu'il m'attirait. Pour une fois, j'avais envie de baisser la garde.

J'acquiesçai en lui prenant le bras, et nous quittâmes la terrasse afin de remonter la rue. Contre toute attente, je me sentais apaisée et en sécurité à ses côtés – chose qui ne m'était pas arrivée depuis la mort de mon père –, et j'en vins à me demander si j'avais enfin rencontré un homme avec qui je n'aurais pas besoin de jouer le moindre rôle.

32

10 juillet 1939
Los Angeles, Californie

Tenant à la main un panier de fleurs sauvages, je poussai la porte de service de notre maison sur Benedict Canyon Drive. Hedgerow Farm, ainsi que nous l'avions surnommée, était un havre de paix aux murs et aux meubles blancs, où seuls les œuvres d'art, les tapis et les fleurs apportaient quelques notes de couleur. J'entrai dans le salon. Affalé sur le canapé, Gene dormait profondément. Des pages de son dernier scénario jonchaient le tapis rouge à côté de lui. Donner, notre dogue danois, avait tenté d'enrouler son corps massif sur la toute petite place encore libre près des pieds de son maître. Tous deux offraient l'image même du contentement et d'un bonheur bien ancré auquel je commençais moi-même seulement à croire – enfin, quand mes démons personnels voulaient bien se mettre en repos, eux aussi.

Je me faufilai sans bruit dans la cuisine et sortis d'un placard un vase en porcelaine blanche que je remplis d'eau. Je coupai ensuite les tiges des fleurs, mais alors que j'arrangeais mon bouquet, Gene m'attrapa par-derrière et me souleva dans ses bras pour me faire tournoyer. Les jupes de mon dirndl volèrent avec moi, et je me mis à rire.

— Ma petite *Hausfrau*, dit-il en me reposant par terre. Tu es absolument ravissante dans cette tenue toute simple…

— Merci, monsieur, vous êtes trop aimable, répondis-je en faisant la révérence.

Jamais je n'aurais imaginé que notre rencontre fortuite au bord d'une piscine déboucherait sur un mariage moins de deux mois plus tard. L'impression que j'avais eue dès le début de le connaître et d'être à l'aise avec lui expliquait sans doute cette décision étonnamment facile, mais je venais tout juste d'arracher ma mère à la guerre qui couvait en Europe et je ne pouvais m'empêcher de me demander si je méritais cette part de bonheur. Serais-je restée en Autriche, ma vie aurait été très différente.

— Je donnerais cher pour savoir à quoi tu penses, dit-il.

Mais je préférais qu'il ne le sache pas, moi. Je ne lui avais jamais confié que j'étais juive et que mon ex-mari vendait des armes à Mussolini et à Hitler. Il était au courant que j'avais déjà été mariée, bien sûr, mais rien de plus, et je n'osais pas lui avouer les secrets que je gardais enfouis au fond de moi.

— Je me rappelais le jour de notre mariage, répondis-je à la place.

Nous finissions de savourer un délicieux dîner à base de fruits de mer dans un restaurant très prisé donnant sur la plage. C'était un vendredi du début du mois de mars, et nous avions eu tous les deux une longue journée – je répétais mon rôle dans *La Dame des tropiques* tandis qu'il réécrivait un scénario. Parce que nous devions nous remettre au travail le lundi matin, j'avais attendu avec impatience le répit dont je disposerais jusque-là. Les réalisateurs avec qui je tournais exigeaient souvent que je sois aussi sur le plateau le week-end.

— Si on se mariait demain ? lança Gene en prenant ma main et en plantant un baiser sur ma paume.

J'éclatai de rire. Beau parleur plein d'entrain et blagueur invétéré, il arrivait toujours à me faire rire – comme mon père, quand il me soumettait une énigme un peu bête ou qu'il laissait une petite figurine emballée sur ma table de chevet. Gene avait presque vingt ans de plus que moi. Avant de me rencontrer, il avait eu une première vie en tant qu'officier de marine décoré pendant la Première Guerre mondiale, puis une deuxième en tant que romancier, et son expérience doublée d'un calme à toute épreuve faisait que je me sentais en sécurité avec lui.

Mais ce jour-là, ses yeux sombres étaient sérieux.

— Je ne plaisante pas, Hedy. Je veux qu'on vive ensemble et je n'ai pas envie d'attendre.

Je cessai de rire.

— C'est une demande en mariage ?

Il parut lui-même surpris.

— On dirait bien.

J'en restai bouche bée. J'étais plus proche de lui que je ne l'avais jamais été d'aucun autre homme, y compris du Fritz des premiers temps de notre relation, mais on se fréquentait depuis moins de deux mois et je m'étais promis de ne plus jamais laisser personne me considérer comme sa propriété. Seulement… une vie de couple avec Gene ressemblerait-elle à ce que j'avais connu avec Fritz ? Je n'imaginais pas un instant que cet homme affable et sophistiqué puisse mal se conduire avec moi. D'un autre côté, je craignais d'accepter avant tout pour affermir ma position dans un monde qui avait tendance à me déstabiliser.

Je tentai de gagner du temps en plaisantant :

— Vas-tu enfin m'offrir ce solitaire que tu m'as promis le soir de notre rencontre ?

Ce fut à son tour de rire.

— J'espérais que tu aurais oublié ça !

— Une épouse a besoin d'une alliance, répliquai-je en montrant ma main nue.

Il sourit.

— C'est oui, alors ?

Était-ce le cas ? Je ne me voyais pas du tout échanger des vœux avec lui – ni avec qui que ce soit d'autre, d'ailleurs –, mais je ne trouvais pas en moi la force de l'exprimer. Gene avait ancré ma vie à Hollywood dans la réalité. Avec lui, je m'éloignais de cette scène chimérique sur laquelle j'avais le sentiment de jouer en permanence. Devais-je vraiment refuser au motif que j'avais peur d'accepter ?

Contre toute attente, et aussi contre toute raison, je hochai la tête.

— On dirait bien.

Ce soir-là, nous nous rendîmes dans l'État de Basse-Californie, au Mexique – le seul endroit où il était possible de se marier en vingt-quatre heures. Et, le lendemain après-midi, Gene se posta sur le perron du palais du gouverneur, à Mexicali, avec un bouquet de fleurs violettes à la main pour moi. Le soleil donnait à l'édifice un côté céleste, comme s'il luisait de l'intérieur.

Je sortis de la limousine – nous avions décidé d'arriver séparément, histoire de respecter les convenances – et gravis les marches jusqu'à l'entrée du palais. En atteignant la dernière, je pris le bouquet que Gene me tendait et entrelaçai mes doigts avec les siens. Nous n'échangeâmes pas un mot. La tradition mexicaine imposait aux fiancés de rester silencieux jusqu'à la fin de la cérémonie, et nous ne voulions pas attirer le mauvais sort censé frapper les couples qui enfreignaient cette règle.

Nous rejoignîmes M. Nuñez, le magistrat mexicain en charge des affaires civiles, ainsi que les trois témoins requis, Gustavo Padres Jr, un membre du consulat mexicain, Raul Mateus, un officier de police, et Jimmy Alvarez, le directeur d'un restaurant local. Le décor m'apparut semblable à celui d'un film jusqu'à ce que M. Nuñez prenne la parole. Nous ne saisîmes pas un mot des vœux espagnols qu'il déclama pour nous, mais leur gravité ne pouvait nous échapper.

Je jetai un coup d'œil à Gene. Il était séduisant dans son costume gris tout simple, choisi pour aller avec la robe couleur prune que mon cher ami couturier Adrian m'avait faite en prévision d'une autre occasion. La cérémonie exigeait un comportement sérieux, mais Gene ne put s'empêcher de sourire – et moi aussi en retour. Ce mariage était si différent de mon premier.

— Hedy ?

Perdue dans mes rêveries, je fus brutalement rappelée à la réalité en entendant mon nom.

— Il est temps qu'on se prépare, non ? demanda Gene.

— Se préparer à quoi ?

J'étais perplexe. N'avions-nous pas prévu de partager un repas autrichien traditionnel à la maison, puis de lire tranquillement près du feu ?

— À la fête au Trocadero, bien sûr. Apparemment,

le smoking est de rigueur pour les hommes, alors tu ferais mieux de mettre une robe de soirée.

Je me souvins alors de l'invitation que nous avions reçue, mais je n'avais aucune envie d'aller au Trocadero, et il me semblait de toute façon que nous avions décidé de ne pas sortir.

— Je me disais qu'on pourrait plutôt rester ici, murmurai-je en m'approchant de lui et en l'embrassant légèrement dans le cou, comme il aimait.

Gene était un amant fougueux et doué que je n'avais d'habitude aucun mal à faire changer d'avis quand je m'occupais de lui.

Il enroula ses bras autour de moi et m'embrassa plus profondément pendant que je faisais courir mes doigts dans son dos en dessinant de petits cercles jusqu'à ce qu'il se mette à grogner de plaisir.

— La question est réglée, dis-je ensuite.

Je me libérai de son étreinte et lui pris la main pour l'entraîner vers notre chambre.

— Non, Hedy, protesta-t-il en reculant. Allons à cette soirée. On est déjà restés chez nous deux fois cette semaine…

— Et on est sortis tous les autres jours, répliquai-je avec agacement.

Comment pouvait-il avoir envie de participer si souvent à ces fêtes affligeantes ? J'adorais les moments que nous passions ensemble à la maison, moi. Il lisait, travaillait sur des scénarios, et pendant ce temps je jouais du piano ou réfléchissais à des idées d'inventions scientifiques, qu'elles soient à l'état de croquis ou de maquettes réalisées avec de l'argile et des fils électriques. N'était-ce pas merveilleux d'avoir un conjoint avec qui on pouvait faire ça ? Je n'avais jamais eu cette chance avec Fritz.

— Allez, Hedy. Tu connais les règles du jeu. Pour avoir son nom au générique d'un film, il faut du pouvoir. Ça vaut pour tout le monde – les acteurs, les scénaristes, les producteurs et les autres. Or le pouvoir s'acquiert en ayant des relations, et on ne peut pas nouer et entretenir ces relations sans aller à des soirées.

Cette tirade inutile sur le fonctionnement de Hollywood, que je connaissais aussi bien que lui, masquait sa véritable inquiétude. Devenu producteur sur un nouveau film, *Lillian Russell*, il rencontrait des difficultés avec ses collègues de la 20th Century Fox et semblait croire que soigner son relationnel lui faciliterait les choses – tout comme il semblait croire que faire une apparition spectaculaire au Trocadero me permettrait de mettre fin au conflit financier qui m'opposait toujours à M. Mayer concernant mon dernier film, *Cette femme est mienne*, avec Spencer Tracy. Mais j'étais bien décidée à ne pas transiger sur le pourcentage des recettes que j'estimais mériter, et je me fis la réflexion que, pour un homme du monde, Gene était parfois étonnamment naïf. Il faudrait bien plus qu'une soirée au Trocadero pour régler nos problèmes.

Tout en fixant les yeux suppliants de mon mari, je me demandai qui était cet homme que j'avais épousé – et aussi qui était cette femme qu'il pensait être sienne.

33

14 octobre 1939
Los Angeles, Californie

Une chape de plomb humide s'était abattue sur la ville, alourdissant le poids dans nos cœurs. Malgré les ventilateurs au plafond et le voile pourpre que cette fin de journée jetait sur le soleil, rien n'y faisait, mes vêtements restaient moites. Les forêts glacées de Vienne me manquaient tant… Mais je savais que je ne pouvais pas rentrer chez moi. Pas maintenant, et peut-être même plus jamais.

Des journaux jonchaient la table du salon privé du Brown Derby, tous maculés de cercles humides laissés par des verres couverts de condensation. En provenance de destinations lointaines, obtenus à grand-peine pour la plupart d'entre eux, ils annonçaient la même horrible nouvelle en lettres de sang : l'Europe était en guerre.

Mes amis européens et moi nous étions réunis non pour noyer notre détresse dans l'alcool mais pour partager des informations. Nous avions découvert que les journaux ne rapportaient qu'une petite partie de la vérité. Certes, ils avaient décrit en détail l'invasion de la Pologne par les nazis et les ultimatums lancés à l'Allemagne par le Royaume-Uni et la France, mais, comme j'aimais à le rappeler à notre groupe, les lois de Nuremberg avaient été appliquées en Autriche dès l'annexion du pays par Hitler, et ça, peu l'avaient signalé. D'autres renseignements nous étaient fournis par nos propres contacts, grâce à qui nous savions que les Juifs devaient assister impuissants au pillage de leurs maisons et de leurs boutiques en Autriche, qu'ils ne pouvaient plus aller à l'école et à l'université, que certaines professions leur étaient interdites, qu'ils étaient frappés dans les rues, et que, chose abjecte pour mes amies les plus superficielles, des actrices juives étaient contraintes de nettoyer les toilettes des théâtres qui acceptaient encore de les employer. Seuls les actes de violence commis ouvertement en novembre 1938 lors de la Nuit de cristal semblaient avoir mérité que les journalistes s'y intéressent. La presse avait dénoncé le saccage d'entreprises, de maisons, d'écoles et d'hôpitaux juifs, l'incendie de plus d'un millier de synagogues, l'assassinat d'une centaine de personnes et la déportation de plus de trente mille hommes juifs vers des camps de concentration tout juste sortis de terre. Le concert mondial de protestations déclenché par ces exactions nous avait un temps rassurés, tant nous pensions que cela freinerait la fureur antisémite de Hitler, mais les articles traitant de la situation sur le terrain s'étaient ensuite faits de plus en plus rares, et nous avions de nouveau dû nous fier à notre propre réseau d'informateurs, surtout en ce qui concernait le sort des citoyens juifs européens.

La vérité circulait grâce au bouche-à-oreille, comme si, tels les premiers habitants sur Terre, nous ne pouvions la transmettre qu'oralement. Quand des bruits avaient commencé à courir sur un programme qui visait à séparer méthodiquement tous les Juifs du reste de la population en les confinant dans des quartiers distincts appelés ghettos, nos craintes étaient montées d'un cran. Mais je redoutais que ces ghettos, si horribles fussent-ils, ne constituent qu'une simple étape vers la solution que Hitler entendait apporter à ce qu'il nommait le « problème juif ». Jusqu'où irait-il pour faire disparaître les Juifs de la société allemande ?

Cela aurait-il aidé les Juifs européens si j'avais révélé que Hitler ne comptait pas s'en tenir aux lois de Nuremberg ? J'étais coupable d'avoir gardé le secret. Mon silence et mon égoïsme m'avaient permis de fuir, mais comment allais-je bien pouvoir me racheter ?

— Est-ce que l'un de vous a eu des nouvelles par sa famille de ce qui se passe sur place ? demanda Peter Lorre, un ami et acteur hongrois.

Nous avions pu constater que les récits livrés par des témoins directs étaient ceux qui nous donnaient les informations les plus précises.

— J'ai reçu un télégramme me confirmant que tout va bien, répondit Ilona. Mais bon, la Hongrie n'a pas été affectée par les derniers événements. Pas encore.

Otto Preminger, un réalisateur et acteur autrichien, approuva sa remarque d'un hochement de tête.

— Comme la plupart d'entre vous le savent déjà, j'ai pu faire en sorte que ma mère quitte Vienne pour Londres au début du printemps, si bien que je n'ai plus d'informations par son intermédiaire, dis-je sans mentionner que les relations de M. Mayer avaient contribué à accélérer son départ.

Afin de m'assurer son soutien, j'avais dû revoir à la baisse mes exigences salariales et lui promettre de ne pas faire appel à lui pour aider d'autres réfugiés.

— Je n'ai pas non plus de nouvelles récentes des autres membres de ma famille restés en Autriche, ajoutai-je. Nous n'avons jamais été très proches de mes oncles et tantes.

Une partie de moi aurait voulu que ma mère se réfugie plus près de moi et même qu'elle me rejoigne en Amérique, mais il avait été bien plus facile de l'envoyer rapidement en Angleterre. J'ignorais à présent si le gouvernement accepterait que je la fasse venir en Californie. Il n'était pas certain que ma célébrité et l'appui de la MGM suffisent à m'assurer une réponse favorable, surtout après ce qui s'était passé avec le *St Louis*. Près de trois mois plus tôt, ce paquebot de croisière avait quitté l'Allemagne avec près d'un millier de personnes à son bord, toutes anxieuses de fuir l'Allemagne nazie. Mais lorsqu'il avait accosté à Cuba, où les passagers pensaient pouvoir attendre d'être autorisés à émigrer aux États-Unis, le gouvernement cubain leur avait refusé l'autorisation de débarquer, suivi peu après par le gouvernement américain, ce qui les avait obligés à repartir vers l'Europe et ses dangers. Comment pouvais-je espérer – ou exiger – que ma mère ait plus de chance que ces quelque neuf cents pauvres âmes ?

— Presque tous mes proches sont ici, et nous n'avons aucune nouvelle de nos parents plus éloignés, déclara Joseph Schildkraut, l'acteur austro-américain qui jouait avec moi dans *La Dame des tropiques*.

Les autres secouèrent la tête. Personne n'avait de famille en Allemagne ou en Pologne, là où cela nous aurait permis de glaner des informations essentielles. Tout en contemplant les journaux et les mines défaites autour de moi, je me reprochai pour la énième fois mon égoïsme. J'avais tu mes pressentiments concernant l'Anschluss et mes soupçons sur les projets de Hitler. J'avais mis tout ça sous clé, comme dans une boîte de Pandore, en préférant ne rien dévoiler sur moi plutôt que d'aider les victimes de Hitler. Combien de vies aurais-je pu sauver si j'avais ouvert cette boîte et laissé tout le monde découvrir mon terrible secret ? Serais-je jugée coupable de n'avoir pas agi alors même que je savais ce qui se tramait ?

Peter posa brutalement son verre vide sur la table.

— Je déteste me sentir impuissant. Si seulement on pouvait se rendre utiles ! s'écria-t-il en faisant écho à mes pensées.

— Mais que pouvons-nous faire depuis la Californie ? dit Ilona en réponse à sa question essentiellement rhétorique. Nous enrôler dans l'armée ? Lever des fonds pour soutenir l'effort de guerre ? L'Amérique ne veut pas se mêler de ce conflit. Et retourner en Europe n'est pas une option.

— J'ai entendu dire que les Canadiens pourraient intervenir prochainement, déclara Joseph.

— À quoi ça nous avancera ? s'irrita Peter.

— Peut-être que leur exemple encouragera les États-Unis à déclarer la guerre à l'Allemagne, eux aussi ?

Le silence retomba entre nous tandis que nous songions à la guerre et à son impact sur nos familles et nos amis. La fumée de nos cigarettes s'élevait vers le plafond en tourbillonnant autour des pales du ventilateur. Derrière la porte close qui menait au restaurant, j'entendais le brouhaha assourdi des clients du Brown Derby – en majorité des employés de l'industrie cinématographique bien loin de se douter du désarroi qui régnait entre ces murs et de la terreur qui s'emparerait peut-être bientôt de leur propre peuple si Hitler menait ses projets à bien. Leur attitude était celle du déni, bien à l'abri derrière l'écran de fumée généré par l'industrie du spectacle.

— Il y a quelque chose que l'un d'entre vous pourrait faire – ou même plusieurs d'entre vous ! lança une femme dont le visage m'était familier.

Je me rappelai l'avoir croisée lors d'un précédent dîner avec notre groupe, dont la composition changeait à mesure que chacun passait d'un lieu de tournage à un autre. Il me semblait qu'elle était arrivée avec Joseph Schildkraut, mais il était un peu tard pour lui demander son nom sans être impolie.

— Oh ? dit Peter avec scepticisme avant de tirer sur sa cigarette. Quoi donc ?

— Vous pourriez adopter un enfant.

— Comment ça ? demandai-je, déroutée par une telle suggestion. Qu'est-ce qu'une adoption a à voir avec la guerre ?

— Elle a tout à voir, répondit-elle en balayant la pièce du regard. Trois femmes ont entrepris en secret d'emmener des enfants en danger hors des zones contrôlées par les nazis et de les faire venir ici – Cecilia Razovsky et Frances Perkins aux États-Unis, Kate Rosenheim en Allemagne. Mme Razovsky est la directrice du comité consultatif chargé de conseiller la secrétaire au Travail, Mme Perkins, sur la réforme de la législation en matière d'immigration. Elle la tient informée de la situation des réfugiés à travers le monde et, ensemble, elles s'efforcent d'assouplir les politiques du gouvernement. Lorsqu'elles échouent – ce qui n'est pas rare –, elles se concentrent sur des cas individuels. Mme Razovsky travaille avec Mme Rosenheim, qui supervise l'émigration des enfants au sein de l'Association des Juifs allemands et qui n'hésite pas à prendre de grands risques personnels. Après qu'elles ont identifié les sujets en danger, Mme Razovsky et Mme Perkins s'efforcent de leur obtenir des visas et contactent des organisations privées pour financer leur voyage jusqu'en Amérique.

— Sans leurs parents ? s'enquit Ilona.

— Leurs parents ne peuvent pas partir ou ont déjà été tués.

L'inconnue n'eut pas besoin de fournir plus d'explications. Nous avions tous déjà deviné que ces enfants étaient juifs ou nés d'opposants au régime nazi. Leurs parents les auraient accompagnés, sinon.

Le silence dans la pièce était oppressant. La femme formula alors une supplique si déchirante que je me demandai comment quiconque, même ces artistes revenus de tout, aurait pu y rester insensible :

— L'un de vous accepterait-il d'accueillir un bébé ? dit-elle en faisant glisser une feuille de papier pliée sur le petit coin de la table qui n'était pas recouvert de journaux. Nous ne savons pas grand-chose sur lui, si ce n'est que ses parents ont fait partie de la première vague de déportés. Comprenez bien sûr que cette démarche n'aurait rien d'officiel parce que les Américains ne veulent pas se salir les mains avec cette guerre. Pas pour le moment en tout cas, comme certains d'entre vous l'ont fait remarquer. Mais nous trouverons un moyen de légitimer cette adoption. S'il vous plaît.

Mes amis détournèrent le regard et se concentrèrent qui sur sa cigarette, qui sur son verre. Personne ne ramassa la feuille de papier. Personne, sauf moi.

34

8 juillet 1940
Los Angeles, Californie

Mes secrets affectaient-ils ma relation avec Gene ? La distance entre nous était-elle acceptable ? Nous avions chacun épousé une personne que nous ne connaissions pas vraiment, après tout. Et nous l'avions chacun fait pour des raisons très différentes.

La routine que nous avions adoptée au début de notre mariage avait d'abord bien fonctionné. Libre comme l'air, je partais chaque matin rejoindre les plateaux de tournage de Hollywood pendant que Gene restait travailler à la maison. Et, à la fin de la journée, je rentrais en espérant passer une soirée au calme avec lui. Mais j'appris bien vite que, si j'aspirais à la tranquillité de Hedgerow Farm, Gene, lui, adorait courir les soirées et les night-clubs afin d'y nouer des relations et pour y puiser matière à nourrir ses scénarios. Et parce qu'il aimait avoir à son bras la star renversante qu'était son épouse, j'acceptais de lui faire ce plaisir.

Avec le temps, pourtant, j'avais cessé de jouer le rôle de la célèbre Hedy Lamarr chaque fois qu'il me le demandait. Cela me contrariait qu'il préfère s'afficher avec la fausse Hedy, celle que je montrais en public, plutôt qu'avec la vraie. Il avait commencé à partir le soir avant que je rentre, me laissant ainsi livrée à moi-même à la maison et obligée de lui écrire des messages ou d'aller le surprendre sur les scènes de la vie nocturne de Hollywood lorsque j'avais besoin de communiquer avec lui. Nous ne passions des soirées chez nous que les jours où nous avions des invités, principalement nos chers amis Arthur Hornblow Jr et Myrna Loy. Le reste du temps, nous n'étions jamais seuls tous les deux.

Je m'interrogeais parfois. Pourrions-nous retrouver une forme d'intimité si je lui avouais mes secrets ? N'allait-il pas plutôt s'enfuir ? Mais j'avais trop peur de prendre un tel risque, et le fossé entre nous grandissait peu à peu.

— Prête ? me demanda Gene.

— Prête, répondis-je, même si ce n'était pas du tout vrai.

Nous échangeâmes nos feuilles frappées de nos initiales entrelacées – un élégant monogramme que nous avions soigneusement élaboré peu après notre mariage. Le ventre noué, je baissai les yeux sur le papier qu'il m'avait donné. Qu'allais-je découvrir dans sa liste ? Pourquoi avais-je dit oui à cet exercice suggéré par une amie actrice qui jurait que cela avait sauvé son mariage ?

Mais je savais pourquoi j'avais accepté d'énumérer par écrit les traits que je chérissais le plus chez Gene et ceux qui me posaient vraiment problème. Et vice versa. C'était une dernière tentative désespérée de repousser l'inévitable : la fin de notre mariage.

Avant de lire sa feuille, je me tournai vers le

berceau dans lequel dormait Jamesie et vérifiai qu'il était bien installé. Mes yeux se portèrent vers Gene, puis à nouveau vers notre bébé potelé. Gene n'avait pas sauté de joie à l'idée d'adopter ce petit réfugié – et moi non plus, pour être honnête. Je m'étais sentie obligée de ramasser le bout de papier sur la table du Brown Derby. Ce n'était pas un désir de maternité qui avait motivé ce geste – ma propre enfance avait été dénuée de figures maternelles chaleureuses –, mais plutôt la culpabilité que j'éprouvais devant mon inaction. Adopter cet enfant, avais-je pensé, serait peut-être une façon de me racheter pour tous ceux que je n'avais pas sauvés.

Je n'avais pas parlé à Gene des origines juives probables de Jamesie ni des circonstances qui avaient mené à son adoption, et le fait est qu'il ignorait même ma propre judéité. Savoir la vérité aurait-il changé quoi que ce soit ? Se serait-il davantage attaché à Jamesie ? Il avait au moins compris que cette adoption était un moyen possible de resserrer nos liens. Sa volonté d'entamer les démarches pour moi, alors même qu'il avait déjà une fille, m'avait rapprochée de lui, et lorsque j'avais pris Jamesie dans mes bras, la première fois, j'avais pu regarder mon mari avec l'impression d'être comblée. Mais ramener ce bébé chez nous n'avait pas suffi à créer la cellule familiale soudée que j'espérais. À la place, nous avions simplement continué à mener des vies séparées, et il n'avait bientôt plus été possible d'ignorer combien nous nous étions éloignés l'un de l'autre.

Je lus ce qu'avait écrit Gene. Les qualités qu'il admirait chez moi me mirent un peu de baume au cœur : mon charme européen, ma beauté, mes talents de femme d'intérieur et de mère, mon intelligence. Je lui jetai un petit sourire qu'il ne vit pas. Lui-même était plongé dans la lecture de ma feuille.

Je m'armai de courage en passant à la liste de mes défauts… laquelle était vide.

Perplexe, je me tournai vers lui.

— Tu n'as noté aucun défaut à mon sujet.

— En effet.

— Pourquoi ?

— Parce que nos problèmes ne viennent pas de toi, Hedy. Ils viennent de moi.

— Que veux-tu dire ?

Son regard se fit plus doux, presque triste.

— Tu m'as épousé en espérant quelque chose de parfaitement raisonnable : un mari, un foyer, une famille. Mais ce que tu veux, je ne peux pas te le donner. Je ne me sens pas capable d'être le père d'un autre enfant. Pas maintenant en tout cas.

Je comprenais enfin. Le couple que nous formions n'irait jamais mieux. Il n'y aurait pas de progrès entre nous. C'était terminé.

Gene rompit le silence en étant le premier à dire à voix haute ce que nous pensions tous les deux :

— Si on prenait rendez-vous avec un avocat ?

J'acquiesçai en silence. Il n'y avait pas d'autre solution.

— Et Jamesie ? demanda-t-il en montrant notre bébé endormi.

Quelle était la question, au juste ? Voulait-il savoir qui en aurait la garde ? Osait-il suggérer l'inconcevable, c'est-à-dire le renvoyer là d'où il venait ?

Je pris mon fils et le serrai dans mes bras. Il geignit un peu, mais sans se réveiller.

— Il reste avec moi.

Je me doutais que Mme Burton, sa nourrice, passerait

beaucoup plus de temps avec lui que moi en raison de mes contraintes professionnelles, mais sa vie en Amérique serait tout de même bien meilleure que celle que ses parents lui avaient fait fuir en Europe.

Gene hocha la tête et caressa ma main libre.

— J'aimerais le voir de temps en temps.

— Évidemment, Gene. Tu es son père, après tout. Tu pourras jouer le rôle que tu veux auprès de lui.

Je m'étais accrochée à Gene parce que je voyais en lui un refuge, un double impossible de mon père. De son côté, il avait cru épouser une star de cinéma qui faisait la fête tous les soirs. Mais j'étais simplement Hedy Kiesler, et lui un bon vivant de Hollywood. Je portais en moi une faute secrète qu'il me fallait expier, alors qu'il cherchait la lumière en permanence, en fuyant toute zone d'ombre. Nous étions des contraires. Des étrangers l'un pour l'autre.

35

23 septembre 1940
Los Angeles, Californie

Je fis rebondir Jamesie dans mes bras pendant que Susie lisait le journal à voix haute. J'aimais tant que mon chérubin me rende visite dans ma loge durant les pauses qui émaillaient ma journée de travail, même si je m'interrogeais constamment sur ma capacité à être une bonne mère pour lui au vu des rares petites heures que je pouvais lui consacrer chaque jour – j'alternais alors entre deux tournages en jouant à la fois dans *Viens avec moi*, avec James Stewart, et dans *Camarade X*, avec Clark Gable. Mais tout de même, cet enfant, unique vestige de mon bref mariage avec Gene, me faisait l'effet d'un rayon de soleil potelé dans le monde adulte si affairé et souvent tendu qui était le mien.

— Torpillés pendant qu'ils serraient leurs ours en peluche contre eux…, s'étrangla Susie, les larmes aux yeux.

— De quoi parlez-vous ?

Les gazouillis de mon fils m'avaient sûrement empêchée de bien comprendre ce qu'elle disait. Pourquoi mentionnait-elle des torpilles et des jouets d'enfant dans la même phrase ? Peut-être était-ce dû à mon niveau de compréhension de l'anglais, à moins qu'elle n'eût encore employé une expression argotique.

Chose inhabituelle de sa part, elle ne répondit pas et se mit à pleurer.

— Qu'y a-t-il, Susie ?

Elle garda le silence. Occupée à tricoter un bonnet à Jamesie dans un coin, Mme Burton se leva et jeta un coup d'œil au journal par-dessus l'épaule de mon habilleuse. Elle laissa alors échapper un cri d'exclamation.

Sans lâcher Jamesie, qui ne cessait de gigoter, je m'approchai des deux femmes pour voir ce qui les avait ainsi choquées.

— « Navire torpillé par les nazis : des enfants parmi les victimes », lus-je à voix haute.

Susie enchaîna tout bas avec quelques extraits de l'article :

— « Devant le nombre croissant de raids aériens menés par les Allemands et la menace de plus en plus réelle d'une invasion terrestre, des particuliers au Canada ont offert spontanément au gouvernement britannique d'accueillir de jeunes enfants ainsi que des réfugiés. Le 12 septembre, le *SS City of Benares* transportait à son bord deux cents membres d'équipage et cent quatre-vingt-dix-sept passagers, parmi lesquels quatre-vingt-dix enfants partis pour échapper au Blitz et à la menace d'une invasion allemande en Angleterre. Le navire, qui devait rallier le Canada depuis Liverpool, a été coulé mardi dernier, le 17 septembre, par des torpilles allemandes alors qu'il se trouvait à six cents milles des côtes. Son naufrage a coûté la vie à cent trente et un membres d'équipage et à cent trente-quatre passagers – parmi lesquels quatre-vingt-trois des quatre-vingt-dix enfants que leurs parents avaient envoyés au Canada pour les mettre à l'abri… »

— Non ! m'insurgeai-je.

Si cruels qu'ils soient, les nazis n'auraient quand même pas ciblé un bateau rempli d'enfants, si ?

Susie nous livra d'autres détails de la tragédie : les enfants présents à bord du *SS City of Benares* étaient issus de familles britanniques bombardées lors du Blitz ou de familles juives qui craignaient que leur vie ne soit menacée si Hitler envahissait l'Angleterre – encore qu'il m'ait fallu lire entre les lignes pour le comprendre, dans la mesure où le journal n'évoquait ce dernier cas de figure qu'en usant d'euphémismes. Indépendamment de leur religion, tous les parents avaient cherché la même chose pour leurs enfants : la sécurité. Celle-là même que les nazis leur avaient volée.

Je contemplai mon fils d'un an et demi. Sans un coup de pouce du destin – un facteur inconnu qui avait permis aux efforts de Mmes Rosenheim, Perkins et Razovsky d'aboutir –, Jamesie aurait pu faire partie des enfants morts dans ce naufrage. Le hasard seul l'avait fait embarquer sur un bateau à destination de l'Amérique en octobre l'année précédente, plutôt que sur un autre parti pour le Canada il y avait dix jours de cela. Et parce que les services de protection de l'enfance avaient failli me le reprendre quand Gene et moi nous étions séparés en juillet – le système judiciaire américain semblait incapable de concevoir qu'une femme puisse élever seule un enfant adopté –, ma peur de le perdre était encore trop vivace pour que je supporte d'imaginer sa disparition dans de telles circonstances. J'éprouvais la même douleur viscérale que les parents endeuillés des victimes du *City of Benares*.

Le factotum passa la tête par la porte entrouverte de ma loge.

— C'est l'heure, mademoiselle Lamarr.

Mme Burton tendit les bras vers Jamesie.

— Je vais le ramener à la maison, madame. Il faut qu'il fasse sa sieste.

Je le lui tendis à contrecœur. Elle l'installa dans son landau et quitta la loge avec lui. Le pauvre, pensai-je. Il la considérait probablement comme sa vraie mère. Mais quoi de plus normal pour lui qui grandissait entre, d'un côté, une femme active toujours très occupée et, de l'autre, un grand vide ? Depuis le divorce, Gene n'avait plus avec Jamesie que des liens si ténus qu'ils étaient sur le point de disparaître complètement.

Privée de mon fils adoré, je me sentis comme déséquilibrée. Sans me soucier de la robe de bal que j'avais enfilée pour ma prochaine scène, je m'effondrai par terre. La douleur et la culpabilité me submergeaient. Aurais-je pu empêcher ce drame ? Si j'avais confié aux gouvernements américain ou britannique mes craintes concernant les projets de Hitler, les enfants du *City of Benares* auraient-ils seulement eu besoin d'embarquer pour cette funeste traversée ? Les ennemis des nazis auraient-ils pu mettre un frein à la terrible entreprise de Hitler et faire en sorte que des parents ne soient pas obligés d'expédier leur chère progéniture de l'autre côté de l'Atlantique ? Quelqu'un m'aurait-il seulement crue ? N'exagérais-je pas mon propre rôle ? Toutes ces émotions représentaient un fardeau trop lourd, il fallait que je trouve le moyen de m'en décharger…

— Venez, mademoiselle Lamarr.

Susie enroula ses bras autour de moi et essaya doucement de me relever. Mais mon corps était un poids mort, et elle ne parvint pas à me faire bouger.

Abattue, elle s'assit par terre à mes côtés, et nous restâmes là, silencieuses. Pour une fois, la pétillante Susie n'avait rien à dire. Le langage de la douleur lui était encore inconnu.

Le factotum revint frapper à la porte. On devait m'attendre sur le plateau. Comme personne ne répondait, il poussa le battant.

— Mademoiselle Lamarr ?

Il sursauta en nous voyant assises par terre contre le mur, Susie et moi. Dès qu'il se fut ressaisi, il se précipita vers nous.

— Vous voulez que j'aille chercher le docteur, madame ?

En plongeant mon regard dans les yeux bleus de cet homme – en réalité guère plus qu'un garçon cherchant à s'élever à Hollywood –, je pris conscience qu'à compter de cet instant tout allait changer. Mon histoire personnelle et toutes les voies que j'aurais pu suivre dans le passé avaient façonné mon présent. Elles influençaient mes pensées et mes actes comme un gouvernail invisible. Mais rien ne fit autant dévier ma trajectoire que la tragédie du *City of Benares*.

Je n'allais pas me complaire plus longtemps dans la culpabilité et la douleur. À la place, j'allais expier mes péchés. Je réunirais tout ce que je savais sur le mal absolu qu'incarnait Hitler, puis j'aiguiserais mes talents pour me transformer en une lame affûtée. Une lame que je planterais en plein cœur du IIIe Reich.

36

30 septembre 1940
Los Angeles, Californie

— À Robin Gaynor Adrian !

Gilbert Adrian, plus connu sous le simple nom d'Adrian, leva son verre pour porter un toast à son fils nouveau-né.

Seule cette fête donnée par mes chers amis, les Adrian, en l'honneur de leur bébé avait réussi à me faire sortir de chez moi dans les jours qui avaient suivi l'attaque contre le *SS City of Benares*. Mais comment aurais-je pu ne pas célébrer moi aussi la naissance d'un enfant en bonne santé après que tant d'autres eurent péri ? Je fis tinter ma flûte de champagne contre celles de mes voisins de table et m'aperçus pour la première fois qu'on ne m'avait pas vraiment présentée à celui de gauche, un homme petit et blond aux grands yeux bleus enfantins.

J'étais d'humeur si morose et si concentrée sur mon travail que je ne me donnais presque plus la peine d'échanger des amabilités avec les gens. Depuis que j'avais appris le sort tragique du *City of Benares*, je suivais une discipline très stricte : quand je rentrais à la maison après une journée de tournage sur le plateau d'un film ridicule, *La Fièvre du pétrole*, je passais mon temps avec Jamesie jusqu'à ce qu'il s'endorme. Puis je consacrais le reste de la soirée à tenter de me remémorer toutes les conversations militaires que j'avais pu entendre du temps où je m'appelais encore Mme Mandl. Je les consignais fébrilement dans un calepin avec l'espoir que ces notes m'aideraient à trouver un chemin vers la rédemption, un moyen d'utiliser les informations secrètes en ma possession pour sauver toutes les personnes que j'avais laissées derrière moi.

Quand les nazis avaient brûlé des livres écrits par des Juifs et des intellectuels au lendemain de l'Anschluss, des fragments calcinés de pages avaient flotté dans l'air des jours durant, m'avait-on dit. Les Viennois découvraient parfois quelques mots d'Albert Einstein, de Sigmund Freud, de Franz Kafka, et même d'Ernest Hemingway – entre autres –, sur les trottoirs ou sur les manches de leurs manteaux, et ils passaient ensuite des soirées à essayer de resituer ces bouts de papier dans leur contexte ou de leur donner un sens. En rassemblant et en écumant mes souvenirs, je me sentais comme mes compatriotes viennois après l'annexion de leur pays par l'Allemagne : je réunissais les pièces perdues d'un puzzle afin de remettre de l'ordre dans le chaos.

J'avais établi de longues listes de projets militaires et de points faibles propres à certaines armes sur lesquels Fritz s'était lamenté. Parmi toutes les pièces qu'il faisait fabriquer, les torpilles étaient celles qui présentaient les problèmes les plus épineux, en raison notamment de leur manque de précision et du risque d'une interception de leur signal par des navires ennemis. En plus des propos que j'avais surpris sur le sujet, j'avais consigné la moindre petite information glanée durant ma brève conversation avec l'expert nazi en la matière, Hellmuth Walter, lors d'une visite de l'usine de Fritz juste avant mon évasion. Je n'aurais, semblait-il, pas de meilleure opportunité de porter un coup au IIIe Reich – et de m'assurer que des sous-marins ou des navires allemands ne puissent plus jamais s'attaquer à un bateau rempli d'enfants réfugiés – qu'en tirant profit de mes connaissances pour exploiter cette faille dans le fonctionnement des torpilles.

Mais comment améliorer la précision de celles envoyées par les Alliés tout en empêchant leurs signaux d'être interceptés par les nazis dans le cas d'une transmission radio ? La solution à cette question existait quelque part là-dehors… ou peut-être même en moi. De vagues intuitions me narguaient dans mon sommeil et dans mes cauchemars, elles me hantaient même la journée, mais l'inspiration continuait à me fuir tandis que je m'efforçais sans relâche de peaufiner mon arme contre Hitler.

Adrian me rappela à la réalité. Il n'avait pas terminé son toast.

— Robin a mis du temps à venir…

Il marqua une pause en prévision des rires qui, il le savait, n'allaient pas manquer de saluer cette phrase à double sens. La plupart des amis d'Adrian, costumier et designer, et de sa femme, l'actrice Janet Gaynor, les soupçonnaient d'avoir conclu un mariage de convenance et de chercher chacun l'amour auprès de partenaires du même sexe, même s'ils avaient une réelle affection l'un pour l'autre. Cela n'atténuait en rien la force de leur union et leur joie à l'idée d'être devenus parents. Ce couple brillant et raffiné organisait les seules soirées de Hollywood auxquelles je prenais vraiment plaisir à participer.

— Nous vous remercions tous de nous avoir mis la pression et d'être là pour fêter cet événement avec nous ce soir, continua Adrian en jetant un coup d'œil à sa femme.

Janet leva son verre en direction des quatorze personnes réunies autour de la table. Toutes les femmes portaient les superbes créations de son mari – moi y compris.

— Dansons, maintenant ! ordonna Adrian en l'attrapant par la taille pour la faire tournoyer.

La plupart des convives les suivirent avec enthousiasme et se mirent à danser au son du disque qui passait sur le gramophone, mais je restai assise. Je n'étais pas d'humeur à danser – et mon voisin non plus, visiblement.

Au bout de quelques minutes, il s'adressa à moi en bafouillant quelque peu :

— Je… Je vous dois des excuses pour ne pas m'être présenté… Je sais bien sûr qui vous êtes, mais je suis resté pétrifié à l'idée d'adresser la parole à la célèbre Hedy Lamarr. C'est à peine si j'ai pu toucher au premier plat, dit-il en montrant son assiette d'huîtres toujours intacte.

J'éclatai de rire. Comment aurais-je pu me retenir ? La plupart des gens qui ne me connaissaient pas semblaient éprouver la même chose que lui, mais n'avaient pas le cran de l'admettre – surtout les hommes – et je trouvais son honnêteté rafraîchissante.

— C'est moi qui devrais m'excuser. J'ai peur de ne pas me montrer très sociable ces derniers temps, et mes bonnes manières en pâtissent.

— Tout va bien, mademoiselle Lamarr ? s'inquiéta-t-il.

— Appelez-moi Hedy, je vous en prie, dis-je avant d'allumer une cigarette en réfléchissant à ce que j'allais lui répondre. C'est à cause de la guerre. Elle rend la vie quotidienne ici en Amérique… comment dire… triviale. Depuis qu'elle a commencé, je fuis les mondanités. Cela me paraît bizarre de tourner des films et de gagner de l'argent ici à Hollywood quand le reste du monde est dans une telle…

Je laissai ma phrase en suspens, craignant que mon discours n'ait aucun sens pour cet Américain et qu'il se demande pourquoi je lui confiais tout à trac des pensées aussi intimes.

— Je comprends, me rassura-t-il. Ma femme est européenne, et cette guerre lui semble bien plus réelle et imminente qu'à moi, même si mon frère Henry en a été victime. Il a été tué en juin dernier alors qu'il était en service diplomatique à l'ambassade américaine en Finlande, juste après la guerre de courte durée qui a opposé ce pays à l'Union soviétique…

— Mon Dieu, je suis désolée !

— Je vous remercie. C'est une perte terrible, mais le fait est que nous vivons une époque terrible. On ne s'en rend simplement pas bien compte à Hollywood, dit-il en jetant un coup d'œil appuyé aux autres convives qui s'amusaient toujours.

— Vous me comprenez vraiment, alors.

J'étais heureuse de me sentir un véritable lien avec lui et de pouvoir faire plus qu'échanger des banalités. Durant quelques instants, nous observâmes un silence amical en regardant pensivement les danseurs.

— Je suis assis à côté de Hedy Lamarr et je ne vous

ai même pas invitée à danser, fit-il remarquer au bout d'un moment. Cela vous tente-t-il ?

— Seriez-vous vexé si je refusais ?

— À vrai dire, j'en serais soulagé. Je n'ai jamais été très bon danseur. J'espère être meilleur musicien.

— Un musicien ? C'est formidable ! Ma mère est une ancienne pianiste professionnelle. Vous jouez de cet instrument, vous aussi ?

— Oui, même si je compose plus que je n'interprète.

— Vous êtes compositeur ? dis-je, intriguée à présent. Je suis désolée, mais je crois que je n'ai pas saisi votre nom…

— George Antheil.

— Le compositeur du *Ballet mécanique* ?!

Durant l'un des voyages que j'avais faits en France avec mes parents dans ma jeunesse, j'avais entendu parler de cette œuvre musicale notoirement connue qui synchronisait le jeu de plus d'une douzaine de pianos mécaniques – pour en faire un assaut de rythmes et d'accords erratiques au style radical, selon la rumeur. Le scandale avait été énorme à Paris, puis à New York, au Carnegy Hall, lors de sa première représentation, dix ans auparavant. M. Antheil était un compositeur et interprète célèbre de morceaux de musique modernes et avant-gardistes, mais il rédigeait aussi des articles sur la guerre en Europe et les régimes politiques qui la sous-tendaient pour des magazines et des journaux très estimés. Autant dire qu'il était la dernière personne que je m'attendais à rencontrer à Hollywood.

— Vous connaissez le *Ballet mécanique* ? demanda-t-il, étonné.

— En effet. En êtes-vous le compositeur ?

— En chair et en os.

— Qu'est-ce qui vous amène, vous, à Hollywood ?
Ma question le fit rire.

— Je travaille sur les partitions musicales de quelques films.

— C'est ce qui s'appelle faire le grand écart…

— On a tous besoin de gagner un peu d'argent de temps en temps. Et le *Ballet mécanique* ne payait pas le loyer, répondit-il sans enthousiasme.

— Vous devriez être fier de ce morceau. Il paraît qu'il est très inventif. J'adorerais l'écouter.

— Vraiment ?

— Je ne le dirais pas si je ne le pensais pas, répliquai-je en lui montrant le piano des Adrian.

Nous nous levâmes, et je m'aperçus alors que George était bien plus petit que moi. Peut-être un mètre cinquante-huit. Mais cette différence de taille devint anecdotique une fois assis sur la banquette du piano. En fait, je le trouvai même grandi après qu'il eut commencé à jouer.

Si le *Ballet mécanique* m'apparut aussi déroutant que les gens le prétendaient, il était aussi plus débordant de vie que tout ce qu'il m'avait été donné d'entendre depuis très longtemps. Je me sentis revigorée par ces accords dissonants, au point de faire part de ma déception à George quand il s'arrêta.

— Je suppose qu'avec une mère pianiste vous vous débrouillez très bien au piano vous aussi, mademoiselle Lamarr.

— Je vous ai dit de m'appeler Hedy. En effet, je me débrouille, mais je n'irais pas jusqu'à affirmer que je joue « bien ». Du moins ma mère ne serait certainement pas de cet avis, elle.

J'imaginais combien elle aurait été horrifiée de savoir que le célèbre compositeur George Antheil m'avait interrogée sur mes talents de pianiste. Elle aurait été la première à les dénigrer.

— Accepteriez-vous de jouer un duo avec moi ?

— Du moment que vous ne m'en voulez pas de jouer mal.

Il me décocha un sourire espiègle et attaqua un air qui me parut familier, mais que je ne parvins pas à identifier. La mélodie étant assez simple, je me joignis à lui, jusqu'à ce qu'il passe à quelque chose de totalement différent. Nous parvînmes à rester synchronisés sans effort – grâce sans doute à son talent – et nous enchaînâmes ainsi les morceaux en riant.

Une idée me vint soudain. Celle que je cherchais depuis un moment déjà quand je réfléchissais au moyen par lequel les sous-marins et les navires pourraient lancer des torpilles en secret, sans que leur signal soit intercepté. Levant mes doigts au-dessus du clavier, je me tournai vers George.

— J'ai une requête étrange à vous soumettre.

— N'importe quelle requête venant de Hedy Lamarr serait un honneur.

— Accepteriez-vous de travailler sur un projet avec moi ? lui demandai-je en le suppliant du regard. Un projet qui pourrait contribuer à abréger la guerre ?

37

3 octobre 1940
Los Angeles, Californie

— C'est donc à ça que ressemble le salon d'une star de cinéma ? commenta George en déambulant dans la pièce blanche et immaculée – si l'on exceptait tout le matériel qui l'encombrait. J'avoue que je m'attendais à voir plein de pots de maquillage, de bijoux et de robes, pas ces tableaux couverts de croquis…

Il souleva mon exemplaire de *Radiodynamics : The Wireless Control of Torpedoes and Other Mechanisms*, de B. F. Miessner, que j'avais posé sur la table.

— … ni autant de livres parfaitement incompréhensibles, conclut-il.

Sa remarque m'amusa.

— Disons que le salon de cette star-là ressemble à un bazar scientifique.

— Je comprends maintenant pourquoi on vous voit si peu en dehors des plateaux de cinéma ces jours-ci.

— Vous vous êtes renseigné sur moi ?

J'hésitai entre me sentir flattée ou agacée.

— Je fais toujours mes devoirs… surtout au moment

de m'embarquer dans un projet important avec une star de cinéma.

Je décidai d'être flattée.

— Je suis ravie d'apprendre que les devoirs ne vous font pas peur, parce que vous allez en avoir des tonnes à partir de maintenant.

— Est-ce enfin le moment où je vais savoir sur quoi nous allons travailler ?

— Oui, on dirait bien.

Je lui fis signe de s'asseoir en face de moi, avant de prendre une grande inspiration et de lui raconter la vie de l'ancienne Mme Mandl. Pas les détails sordides, bien sûr, mais les innombrables conversations que j'avais écoutées sur les munitions, les armes et, ce qui nous intéressait plus particulièrement dans le cas présent, les torpilles. Je lui expliquai en termes simples les défauts des torpilles filoguidées et mon désir de concevoir un système radioguidé pour les Alliés qui soit à la fois précis et basé sur des fréquences de transmission que l'ennemi ne pourrait pas intercepter.

George eut l'air stupéfait.

— Je suis impressionné par votre degré de compréhension de cette technologie et par la masse d'informations militaires sûrement confidentielles pour le IIIe Reich que vous détenez. Ce n'est pas du tout ce dont je pensais discuter avec vous aujourd'hui, et j'ai tellement de questions que je ne sais pas par laquelle commencer.

— Demandez-moi ce que vous voulez.

J'avais trouvé libérateur de parler avec lui en toute franchise de mon passé et de mes ambitions, au lieu de m'exprimer à travers le personnage de Hedy Lamarr, la star de cinéma que j'interprétais à longueur de journée. Dans sa voix ne transparaissait aucun jugement ni aucune déception devant cette nouvelle Hedy qu'il découvrait, mais, au contraire – et c'était une première pour moi depuis mon arrivée à Hollywood –, une façon d'acter ce que j'étais. Et de l'accepter.

— Pourquoi les torpilles ? J'ai l'impression qu'elles seules vous intéressent, alors que vous avez visiblement eu accès à tout un tas d'informations en matière de stratégie militaire et d'armement…

— Je n'étais pas focalisée sur elles au début. J'ai d'abord noté tout ce que je me rappelais avoir entendu et j'ai cherché dans quel domaine je pourrais apporter le plus. Et puis il y a eu la tragédie du *City of Benares*. Je me suis juré d'utiliser mes connaissances pour aider les Alliés à couler tous les sous-marins et tous les navires allemands. Je ne veux plus jamais avoir à lire un article sur un drame similaire.

Ce n'était bien sûr qu'une partie de la vérité. Ma motivation puisait en fait sa source dans une culpabilité aux multiples facettes. Et même si nous nous comprenions sans effort, je ne pouvais pas lui confier les aspects les plus intimes de mon passé ni mes soupçons concernant les projets de Hitler.

— Ça fait sens, dit-il. L'attaque du *City of Benares* a été une terrible tragédie. Tous ces pauvres enfants…

— En effet, dis-je en refoulant les larmes qui me montaient aux yeux. J'ai aussi eu la chance de discuter une heure environ avec le grand spécialiste allemand des torpilles, Hellmuth Walter. Nous avons évoqué son recours au peroxyde d'hydrogène pour résoudre le problème de la propulsion des sous-marins, puis les recherches qu'il menait avec son équipe sur le contrôle à distance des torpilles. À ce moment-là – tout comme aujourd'hui d'ailleurs –, la plupart des militaires privilégiaient les torpilles filoguidées, c'est-à-dire reliées électriquement par un câble isolé et très fin aux sous-marins ou aux navires qui les éjectent et qui les dirigent vers leurs cibles. Walter s'efforçait de mettre au point un système de contrôle à distance, en étudiant notamment celui des bombes planantes, qui sont des bombes dotées de petites ailes et larguées par des avions. Chaque bombardier dispose d'une unique bombe, et tous deux communiquent par le biais d'une fréquence radio particulière qui leur est assignée parmi dix-huit différentes. Les efforts de Walter ne donnaient rien parce que l'ennemi pouvait intercepter cette communication entre bombes et bombardiers dès lors qu'il détectait laquelle de ces fréquences radio était utilisée, mais je me suis dit que nous pourrions appliquer ce concept des bombes planantes aux torpilles d'une manière légèrement différente…

Je marquai une pause au cas où George aurait eu un commentaire à faire ou une question à poser, mais sa mine n'exprimait que la confusion la plus totale.

— Vous avez manifestement d'autres questions, dis-je.

— Des milliers ! répliqua-t-il en éclatant de rire. Ce qui m'échappe vraiment dans tout ça, en fait, c'est pourquoi moi ? Qu'est-ce qui vous fait croire qu'un compositeur dépourvu de tout bagage scientifique peut vous aider à résoudre un problème devant lequel butent les plus grands stratèges militaires ? Non pas que je ne souhaite pas vous aider, bien sûr.

— Vous avez toutes les qualités requises pour être le partenaire scientifique dont j'ai besoin. Vous avez un sens aigu du fonctionnement des instruments mécaniques et vous êtes intelligent. Vous abordez les problèmes – et même le monde en général – en adoptant une large vue d'ensemble, contrairement à la plupart des inventeurs et des intellectuels, qui sont plus étroits d'esprit. Cela fait de vous un meilleur candidat pour ce travail que n'importe quel autre scientifique. Et puis vous êtes…

— Je suis… ?

— Une source d'inspiration. C'est quand nous avons joué ensemble au piano l'autre soir, chez les Adrian, que j'ai trouvé comment créer une torpille contrôlée à distance qui ne puisse pas être interceptée.

Je souris au souvenir de cet instant où tout s'était éclairé.

— Disons du moins que la solution m'est apparue dans ses grandes lignes. Et j'ai vu très clairement comment vous pourriez m'aider.

— C'est notre duo au piano qui a été le déclencheur ? dit-il, incrédule.

— Oui.

Je pris le temps d'allumer une cigarette et lui en proposai une, qu'il refusa.

— Comment ?

— Comme je vous l'ai expliqué, les torpilles commandées à distance auraient l'avantage d'être plus précises car on n'aurait plus à utiliser ce câble qui en limite la portée, mais le gros souci, c'est que l'ennemi peut facilement intercepter la fréquence radio que l'opérateur chargé de les lancer partage avec les torpilles elles-mêmes. Même ce grand expert qu'est Hellmuth Walter n'a pas réussi à surmonter cet obstacle.

— Cette partie-là, je la comprends. Mais qu'est-ce que notre duo au piano vient faire là-dedans ?

— Quand on a joué ensemble, on s'est suivis en enchaînant les morceaux sans effort. Vous commenciez un air, et moi je le reprenais derrière. D'une certaine façon, vous étiez comme l'émetteur d'un signal, c'est-à-dire comme l'opérateur d'un sous-marin ou d'un navire, et moi j'étais en quelque sorte le récepteur – en clair, la torpille. J'en suis venue à me poser cette question : et si l'opérateur et la torpille passaient constamment d'une fréquence radio à une autre, de même que vous et moi passions d'un air à un autre ? Cela rendrait la communication presque indétectable par l'ennemi, n'est-ce pas ? Vous pourriez m'aider à concevoir un instrument qui soit capable de faire ça.

George se renfonça dans son fauteuil en soupesant en silence ma théorie.

— Vous êtes un génie, Hedy, dit-il enfin.

Au même instant, quelqu'un frappa à la porte du salon.

— Entrez, madame Burton.

Je savais qu'elle était la seule de mes employés à être encore là, et en effet, ce fut bien elle qui entra avec, dans les bras, mon fils, vêtu de sa grenouillère bleue.

— Ce petit monsieur est prêt à aller se coucher, annonça-t-elle.

Je me levai d'un bond pour le lui prendre.

— Embrasse maman d'abord, le suppliai-je en chatouillant ses petits pieds dodus.

Nous nous fîmes quelques bisous, et je restai un instant le nez dans le creux de son cou en respirant son parfum de savon et de talc.

— Bonne nuit, mon chéri, murmurai-je avant de le rendre avec réticence à Mme Burton.

Puis je refermai la porte derrière eux et revins m'asseoir en face de George.

— Où en étions-nous ?

— Vous avez un fils ? dit-il, manifestement surpris.

— Oui, Gene Markey et moi l'avons adopté

pendant notre mariage. Il avait huit mois quand il nous a rejoints, en octobre 1939.

— Et maintenant que vous êtes divorcés ?

— C'est moi qui en ai la garde.

J'hésitai un instant à lui confier mon secret et celui de Jamesie, mais je décidai au bout du compte de ne le mettre qu'à moitié dans la confidence en lui racontant une partie seulement de l'histoire de mon fils :

— Il n'a personne d'autre que moi. C'est un petit réfugié venu d'Europe.

— Ah, dit George, dont le front se dérida à mesure qu'il entrevoyait une explication à mon entreprise. Je comprends maintenant : cet enfant, le *City of Benares*, les torpilles…

Je hochai la tête en le laissant croire que l'adoption de Jamesie et la tragédie du *City of Benares* étaient les seules forces motrices derrière mon travail. Mais mon fils n'était que l'une des nombreuses victimes du IIIe Reich que je me sentais le devoir de sauver. En fuyant l'Autriche sans faire part à personne de mes soupçons – et sans emmener personne non plus –, je m'étais mise dans l'obligation d'en sauver beaucoup, beaucoup d'autres.

38

19 octobre 1940
Los Angeles, Californie

Ce travail eut un impact sur mon corps et mon âme. Je ne me sentais plus écartelée désormais.

— Hedy, quand comptes-tu ranger cette pièce ? lança George depuis l'entrée de mon salon, où les détritus de nos dernières réunions jonchaient encore le sol.

Nous étions devenus très proches, au point que nous n'hésitions pas à nous moquer gentiment l'un de l'autre. Comme un frère et une sœur, me semblait-il. Cela me changeait agréablement de ce à quoi j'avais droit avec les autres hommes – soit les avances zélées et presque toujours inopportunes de soupirants désespérés, soit les ordres hautains de réalisateurs qui ne voyaient en moi qu'un objet inanimé juste bon à décorer leurs films.

George savait qu'il pouvait crier sans risque de réveiller Jamesie. Mme Burton l'emmenait généralement au parc le samedi après-midi, si bien qu'il ne faisait pas la sieste dans sa chambre. Mon nouveau film, *La Danseuse des Folies Ziegfeld*, me prenait tant de temps que George et moi avions été obligés de nous donner rendez-vous ce jour-là. D'habitude, nous nous retrouvions le soir en semaine, après le travail – je préférais passer du temps avec Jamesie le week-end dès lors que ma présence sur un plateau de tournage n'était pas requise –, mais George avait affirmé que ça ne le dérangeait pas dans la mesure où sa femme et son fils étaient partis rendre visite à sa famille sur la côte Est. Tout de même, j'avais l'impression d'empiéter sur sa vie privée.

— Allons sur la terrasse. Il fait un temps magnifique ! dis-je depuis la cuisine, où j'étais en train de préparer du café.

Le café était le principal carburant de nos discussions animées, et nous en buvions d'énormes quantités tout en nous aidant mutuellement à avancer dans nos travaux de recherche. C'était toujours moi qui m'en occupais – je ne pouvais pas compter sur mon personnel pour faire un bon café autrichien, c'est-à-dire bien fort et non pas insipide et trop dilué comme le préféraient les Américains.

Parce que nous étions en Californie, le soleil de ce mois d'octobre était encore brûlant, bien sûr, mais je sentis une infime brise fraîche sous la chaleur écrasante. Cela me rappela les automnes froids et colorés de Vienne, et j'eus soudain la nostalgie de Döbling et de mon père. Penser à lui fit monter une larme indésirable à mes yeux. Serait-il fier du travail que j'accomplissais à cet instant ? Après tout, c'étaient tous ces dimanches après-midi durant lesquels il m'avait patiemment expliqué le fonctionnement d'une foule de choses qui m'avaient donné les bases et la confiance nécessaires à la poursuite de ce projet. Toutes ces heures avec lui m'avaient façonnée d'une façon que je commençais seulement à entrevoir. Ce dont j'étais sûre en tout cas, c'était qu'il serait fier de mes efforts pour envoyer ma mère au Canada, loin de Londres et de ses bombardements.

J'essuyai mes yeux, soulevai mon lourd plateau et sortis sur la terrasse. George avait déjà installé le chevalet et le grand bloc-notes sur lequel nous avions inscrit la structure sous-jacente de notre invention. Il nous avait fallu plusieurs réunions par semaine, et ce, durant plusieurs semaines, mais nous avions fini par identifier trois objectifs indissociables que nous tentions à présent de remplir : 1) créer un système de radiocommande applicable aux torpilles afin d'en accroître la précision ; 2) créer un système d'échange de signaux radio entre un avion, un sous-marin ou un navire d'une part et une torpille d'autre part ; et 3) créer un mécanisme qui synchronise les sauts de fréquences radio afin d'éviter l'interception de ces signaux par l'ennemi.

Je remplis deux tasses de café que nous bûmes lentement en fixant le tableau. Nous étions assis à l'ombre d'un parasol, et le vent faisait bruisser les feuilles des figuiers, des chênes et des sycomores du jardin – un son que je trouvais apaisant.

— *La Danseuse des Folies Ziegfeld* laisse des traces, on dirait, observa George.

Je baissai les yeux sur mon pantalon en lin froissé et tapotai mes cheveux que j'avais tressés à la va-vite. Je faillis lui faire remarquer que ma tenue reflétait combien je me sentais à l'aise avec lui et qu'il aurait dû y voir un compliment – ce qui était vrai. Mais je savais que mes longues journées de tournage aux côtés de Judy Garland, Lana Turner, Tony Martin et James Stewart expliquaient probablement que j'aie aussi les yeux rouges et cernés. Si Jimmy était un homme adorable, les relations entre Lana, Judy et moi étaient parfois tendues, chacune cherchant en permanence à être plus présente que les autres à l'écran et à avoir davantage de répliques. Pour autant, je ne regrettais rien car cette comédie musicale sur trois danseuses pleines d'espoir apportait un peu de légèreté à mon CV. Sans compter qu'elle me donnait l'occasion de passer des heures avec mon cher ami Adrian, qui avait réalisé tous mes costumes – de merveilleuses créations parmi lesquelles figurait une coiffe éblouissante ornée de plumes de paon. J'ignorais si le film serait bien accueilli, mais son ambiance joyeuse était en tout cas la bienvenue à mes yeux.

— Peut-être est-ce ce dont j'ai vraiment l'air sous toutes les fanfreluches que je porte d'habitude. Peut-être est-ce mon vrai moi et que je ne le montre qu'à très peu de gens.

J'avais répondu sur le ton de la plaisanterie, mais j'étais sincère. Je m'étais perdue si longtemps dans la vision que les autres avaient de moi que j'éprouvais du soulagement en compagnie de George. Il n'exigeait pas que je joue le moindre rôle, et avec lui, ici sur ma terrasse ou dans mon salon, je me sentais suffisamment bien pour me dépouiller de tous mes masques, même si la question de mon mérite continuait à me hanter. J'avais déjà eu la possibilité de me métamorphoser une fois auparavant, et je n'étais pas sûre d'être en droit d'espérer une nouvelle chance.

— Je suis honoré, dit George (et je savais qu'il était sérieux). Mais personne ne le croirait. Si je le disais, bien sûr, ce que je ne ferai pas.

Je ris à ces mots. Il avait raison. Je me levai à contrecœur de mon siège et allai me poster devant le tableau. Nous avions fait d'importants progrès dans la résolution de nos deux premiers objectifs, mais nous devions nous attaquer au dernier avant de pouvoir avancer davantage.

— Sommes-nous prêts pour la prochaine étape ? demandai-je.

— J'espère bien, dit-il en frottant ses mains l'une contre l'autre comme pour se mettre en condition.

Je passai à la page du bloc-notes sur laquelle nous avions inscrit nos différentes idées concernant le mécanisme qui devait permettre à l'émetteur et au récepteur radio de sauter simultanément d'une fréquence à une autre. George et moi appelions parfois ce procédé le *Frequenzsprungverfahren* quand nous parlions en allemand – ce que nous faisions de temps à autre, étant donné que les parents allemands de George lui avaient appris leur langue dans sa jeunesse.

Pour l'heure, notre plan était le suivant : après le lancement d'une torpille, un avion chargé de survoler la zone indiquerait les corrections à apporter à sa trajectoire, et l'opérateur du navire ou du sous-marin qui aurait procédé au tir les communiquerait à la torpille en changeant manuellement la fréquence de transmission toutes les minutes entre chaque signal. Cette idée d'un changement de fréquence pour éviter que le signal ne soit détecté et brouillé par l'ennemi était nouvelle en soi, mais nous voulions parvenir à un système encore plus sophistiqué qui ne reposerait pas exclusivement sur une opération manuelle. L'être humain commettait souvent des erreurs, et le timing, si essentiel dans le cas présent, pouvait en induire beaucoup trop.

Mais quelle forme devrait prendre ce procédé ? Quel mécanisme serait à même d'accomplir cette tâche ? Nous ne cessions de ruminer la question – comme en témoignait notre tableau. Il fallait qu'on reparte de zéro. Je tournai la page du bloc-notes et inscrivis notre objectif sur la suivante : *Un système de synchronisation des changements de fréquence radio*.

Mon café à la main, je me mis à faire les cent pas sur la terrasse en réfléchissant au moyen de communiquer la séquence des sauts de fréquence radio et d'effectuer ces derniers dans le même temps. Quand j'eus terminé ma tasse, j'allumai une cigarette et continuai à aller et venir. Mais ni mon marc de café ni mes volutes de fumée ne m'apportèrent la moindre réponse, et, en jetant un coup d'œil à George, je vis qu'il n'était pas plus inspiré que moi. Peut-être m'étais-je fixé une mission impossible. Après tout, si les esprits scientifiques les plus brillants et les plus instruits n'avaient pas réussi à résoudre ce casse-tête, comment espérer qu'une actrice et un musicien dépourvus de toute formation en la matière puissent y parvenir ? Je me sentis ridicule, pour le coup.

Puis je repensai à notre duo au piano. Sur le moment, j'avais été si certaine que George et moi étions les bons partenaires pour ce projet malgré notre préparation tout sauf orthodoxe. Non seulement parce que ce duo avait donné naissance à mon idée de la synchronisation, mais aussi parce que j'avais cru que l'intelligence atypique de George et son expérience dans la construction de divers instruments – certes musicaux – serviraient ce projet.

Je ralentis le pas. Quelque chose prenait forme dans mon esprit et cherchait à percer la surface de ma conscience. La solution n'était-elle pas dans les machines conçues par George ? Les longues bandes percées qui lui avaient permis de synchroniser des pianos dans son *Ballet mécanique*, par exemple ? Leurs perforations fonctionnaient comme des signaux qui, envoyés au piano, lui dictaient de passer d'une touche à une autre. Vu sous un angle légèrement différent, ces rubans – ou un procédé équivalent – ne pourraient-ils pas communiquer à un bâtiment naval et à sa torpille des instructions simultanées sur les changements de fréquence radio à opérer ?

Je pris un stylo rouge sur la table et m'approchai du chevalet afin d'inscrire le mot RUBAN en lettres majuscules sur le bloc-notes.

— Comment ça, un ruban ? demanda George. Ne me dis pas que tu penses à un ruban pour les cheveux ?

J'étais si emballée par les possibilités que me laissait entrevoir mon idée que sa remarque ne m'agaça même pas.

— Non, imbécile, dis-je en riant. Je pense au ruban perforé d'un piano mécanique. Est-ce qu'on ne pourrait pas concevoir un procédé similaire applicable aux sous-marins, aux navires et à leurs torpilles, avec des trous qui correspondraient à des instructions sur les changements de fréquence à opérer ? Il y aurait un ruban jouant le rôle d'émetteur, et un autre celui de récepteur…

George se leva d'un bond.

— Oh, mon Dieu, oui ! Pourquoi n'y ai-je pas pensé plus tôt ? Il suffirait de deux rouleaux de papier identiques avec des encoches pour encoder les sauts de fréquence…

— Mais comment cela fonctionnerait-il, au juste ?

George me prit mon stylo rouge et commença à esquisser un croquis sommaire sur la feuille.

— Regarde, Hedy. En tournant autour d'une tête de contrôle, les rubans perforés pourraient déclencher un mécanisme qui actionnerait des interrupteurs spécifiques reliés à un oscillateur, lequel produirait à son tour un signal radio.

— Ce qui éviterait d'avoir à se reposer sur quelqu'un pour changer de fréquence de transmission…

— Exactement.

— Et on aurait tout le spectre des ondes radio à notre disposition, pas seulement un éventail restreint. Il deviendrait alors impossible de brouiller le signal.

— Exactement comme tu l'espérais.

— Le code serait indéchiffrable.

J'avais presque murmuré ces mots à la manière d'un mantra. Ou d'une prière.

Nous avions réussi. Nous avions inventé un procédé qui, quelques instants plus tôt seulement, m'apparaissait irréalisable au vu de nos capacités. J'éprouvais une joie et une fierté que ma carrière d'actrice ne m'avait jamais procurées auparavant. Sans réfléchir, je serrai George dans mes bras.

Il m'enlaça à son tour. Je baissai les yeux et lui souris, mais, au lieu de m'imiter, il tendit le cou vers moi et m'embrassa sur les lèvres.

Je le repoussai avec colère. Pas devant cette liberté qu'il prenait avec moi, mais devant cette atteinte à notre amitié.

— Comment as-tu osé ?

Il rougit violemment en plaquant une main sur sa bouche.

— Qu'est-ce que j'ai fait ? Oh, Hedy, je suis désolé.

— George, j'ai l'habitude que les hommes me traitent de cette façon, comme si je n'étais là que pour répondre à leurs désirs, mais j'attendais mieux de ta part. Je n'ai jamais connu une amitié et une collaboration pareilles, et ça compte plus pour moi que n'importe quelle liaison amoureuse. Tu comprends ?

Le rouge de ses joues s'estompa légèrement. Il hocha la tête.

— Oui. Pourras-tu jamais me pardonner ?

D'autres que lui avaient déjà fait subir des choses bien pires à mon corps, sans que je leur en tienne rigueur très longtemps, mais peu de gens avaient blessé à ce point mon cœur et mon esprit. En le regardant en face, cependant, je sentis qu'il était réellement mortifié. Je le savais parce que je voyais la même expression se refléter tous les jours dans mon miroir. Comment aurais-je pu lui refuser l'absolution que je cherchais moi-même à obtenir ? Ma quête d'un pardon n'était-elle pas à l'origine de toute cette entreprise ?

— Bien sûr, George, dis-je d'un ton solennel, avant de lui donner une petite bourrade pour alléger l'atmosphère. Mais ne recommence pas.

39

26 octobre 1940
Los Angeles, Californie

— Et que veut dire cet autre gribouillis ? demanda George, les yeux plissés devant la fin de la phrase à côté du mot « ruban ». Ma parole, tu n'as jamais appris à écrire ou à orthographier correctement, dans ton super pensionnat suisse ?!

J'éclatai de rire. Les lacunes de mon éducation élitiste étaient un sujet de plaisanterie récurrent entre nous, surtout quand on les comparait à toutes les connaissances techniques et scientifiques que j'avais acquises seule. Curieusement, parler de ça avec lui ne me mettait pas sur la défensive comme cela aurait été le cas avec un autre homme. Ou avec ma mère.

Après quelques jours durant lesquels nos échanges avaient été gênés et formels, je me sentais de nouveau à l'aise avec lui, et il était redevenu à mes yeux le frère dont j'avais souvent rêvé mais que je n'avais jamais eu. Je comprenais que son geste avait été instinctif. Une réaction au quart de tour, comme disait Susie. Le genre de comportement que la société inculquait à la plupart des hommes. Et je lui avais pardonné.

— Tu sais très bien que ça veut dire « commande à distance Philco », répliquai-je.

Sous les mots *principe de commande à distance Philco*, j'avais ajouté : *nouveau système de guidage des torpilles*. Inspirés par un procédé récemment mis au point par la marque Philco, qui permettait aux utilisateurs de changer de station de radio à distance, nous avions développé les bases d'un mécanisme original capable de traiter des signaux radio et de les convertir en indications sur la trajectoire à suivre par les torpilles. Nous avions dû longuement travailler ce qui n'avait d'abord été qu'une ébauche pour aboutir au concept final. Ayant enfin validé cette partie-là de notre invention, nous échangeâmes un sourire. Notre idée de départ était devenue une réalité viable. Bientôt, pensions-nous, nous pourrions la soumettre au Conseil national des inventeurs – la première étape dans le processus d'approbation de toute nouvelle technologie par l'armée. Nous espérions bien que la Navy l'adopterait.

La porte de la maison, que j'avais ouverte pour laisser entrer un peu d'air frais, se referma brutalement.

— Madame Burton ? Pourriez-vous m'amener Jamesie avant qu'il aille faire sa sieste ?

Je mourais d'envie de chatouiller le petit ventre tout doux de mon fils. Ces contacts physiques avec sa peau m'aidaient à me sentir moins coupable de lui consacrer si peu de temps.

Des talons claquèrent sur le sol en marbre du vestibule, mais je ne vis pas apparaître Mme Burton. Peut-être ne m'avait-elle pas entendue.

— Madame Burton ?

Les pas résonnèrent plus fort, jusqu'à ce qu'une petite femme à la beauté discrète, aux cheveux bruns et aux pommettes hautes typiquement slaves émerge sur les dalles de pierre de la terrasse. Qui était-elle, et que faisait-elle chez moi ?

Je m'apprêtais à demander à cette intruse ce qu'elle venait faire dans ma maison quand George me devança :

— Boski, qu'est-ce que tu fais ici ?

Boski était sa femme, celle dont je croyais qu'elle était en visite prolongée dans sa belle-famille sur la côte Est. C'était ce que George m'avait dit lors de notre première réunion – il me rapportait même à l'occasion des anecdotes amusantes sur son fils dont Boski lui faisait part dans ses lettres. Mais jamais il n'avait mentionné son retour.

À ce moment-là seulement, je m'aperçus que sous ses dehors placides Mme Antheil était folle de rage.

— Qu'est-ce que, moi, je fais ici, George ?! explosa-t-elle. Explique-moi plutôt ce que, toi, tu fais un samedi avec une star de ciné alors que ta femme et ton fils sont enfin rentrés après deux mois passés sur la côte Est à aider tes parents à surmonter la mort de *ton* frère ! Il fallait que je m'assure de ton infidélité par moi-même !

George bredouilla une réponse énervée, mais je levai une main pour le faire taire. Je comprenais cette femme. Je m'étais déjà retrouvée dans la même situation qu'elle. Une explication hâtive fournie par son mari ne lui apporterait aucun réconfort à cet instant.

Je m'approchai d'elle et pris ses mains entre les miennes. Elle se débattit d'abord, avant de se calmer.

— Madame Antheil, je vous assure qu'il ne s'est rien passé d'inconvenant entre votre mari et moi.

Hors de question de lui dire que je considérais George comme un frère, malgré les avances qu'il m'avait faites une semaine plus tôt seulement. Ni que, durant tout le temps de notre collaboration, j'avais divorcé de Gene Markey et fréquenté tour à tour l'acteur John Howard, le playboy Jock Whitney et l'homme d'affaires Howard Hugues – lequel m'avait prêté deux de ses chimistes et un laboratoire pour travailler sur mes idées d'inventions à usage non militaire, à l'image de ces sortes de cubes qui, dissous dans l'eau, donnaient un soda semblable au Coca-Cola. Je n'avais jamais eu avec George une relation romantique telle que j'avais pu en avoir avec tous ces hommes, même si, à bien des égards, il comptait beaucoup plus pour moi qu'aucun d'entre eux. J'avais appris auprès de Fritz, de Gene et de tous ceux qui avaient suivi que me perdre dans les bras d'un amant ne me protégerait pas de ma culpabilité. Il fallait que je me sauve moi-même, et George était mon partenaire dans cette quête de rédemption.

— Nous nous consacrons à un projet qui contribuera avec un peu de chance à l'effort de guerre. Cela peut vous paraître très improbable, mais nous sommes en train de mettre au point un nouveau système de guidage appliqué aux torpilles.

Mme Antheil me dévisagea, bouche bée, avant d'éclater de rire.

— Et vous imaginez que je vais gober une histoire pareille, mademoiselle Lamarr ? répliqua-t-elle dans un anglais teinté d'un accent encore plus prononcé que le mien. Je ne suis pas stupide. Mon mari est un musicien, pas un scientifique, et vous…

Elle bafouilla, puis donna libre cours à la rage légitime qu'elle avait tentée de contenir :

— Vous, vous n'êtes rien de plus qu'un joli visage !

Sa remarque me mit en colère car elle touchait à une de mes peurs latentes – celle de voir le Conseil national des inventeurs et la Navy rejeter notre invention au motif que c'était moi qui l'avais conçue. Mais, au lieu de riposter sèchement, je continuai à lui parler d'une voix calme et apaisante. Rien ni personne ne devait compromettre mon partenariat avec George. Et si sa femme lui interdisait de travailler avec moi ? Je ne supportais pas l'idée qu'on nous empêche d'aller au bout de notre projet alors même que nous touchions au but.

— C'est bien parce que votre mari est musicien que j'ai fait appel à lui. Son *Ballet mécanique* repose tout entier sur des machines qui communiquent les unes avec les autres de façon synchronisée, et le système de torpilles que j'ai élaboré requiert justement ce genre de connaissance. Puis-je vous montrer ce que nous avons réalisé ?

Je l'entraînai vers le petit salon afin de lui faire voir nos tableaux, nos notes, nos maquettes, nos calculs mathématiques et tous les ouvrages que j'avais rassemblés sur la physique, les torpilles et les fréquences radio. Elle me suivit en silence, les bras croisés et le front plissé. Durant tout le temps que je passai à lui présenter ces preuves, elle ne jeta pas un seul regard à son mari, mais ses yeux durs et intelligents enregistrèrent chaque détail.

Ses traits finirent par s'adoucir lorsque je m'excusai auprès d'elle :

— Je vous demande pardon d'avoir tenu votre mari éloigné de vous un week-end. Je vous promets que ces jours-là resteront sacrés à partir de maintenant. De même que tout projet qui rapportera de l'argent à votre famille. Et votre fils et vous, vous êtes les bienvenus chaque fois que George viendra ici, si vous souhaitez vous joindre à nous. Votre fils et le mien pourraient jouer ensemble dans la piscine…

— Vous avez un fils ? s'étonna-t-elle.

— Oui. Il a dix-huit mois.

— Merci, mademoiselle Lamarr, dit-elle à contre-cœur.

— Je vous en prie, appelez-moi Hedy. Vous êtes européenne, vous aussi. Hongroise, il me semble ?

Elle acquiesça.

— Et moi je suis autrichienne. La guerre a transformé tant d'anciens amis en ennemis. Ne laissons pas l'effort de guerre nous empêcher d'être amies.

— Très bien, répondit-elle après une ultime hésitation.

Je la pris par la main et l'entraînai vers une partie du salon où nous avions réalisé une maquette rudimentaire de notre système avec des allumettes.

— Venez, je vais vous montrer comment votre mari et moi, nous allons contribuer à la victoire.

40

4 septembre 1941
Los Angeles, Californie

Les yeux rivés sur mon miroir, je regardais Susie m'habiller quand la porte de ma loge s'ouvrit brutalement. George entra en trombe, un bout de papier à la main.

— Hedy ! Hedy, tu ne vas pas le croire !

Susie sursauta. Elle venait juste de remonter la fermeture Éclair de ma robe – un modèle élégant mais sans fioritures que je devais porter ce jour-là pour mon nouveau film, *Souvenirs*. La scène que je m'apprêtais à jouer était celle de la première rencontre entre mon personnage et l'homme épris d'elle, interprété par Robert Young. Le tournage avait commencé peu de temps auparavant et j'étais plus enthousiaste que je ne l'avais jamais été pour aucun autre film à l'exception de *Casbah*.

À la vue de cet énergumène essoufflé et tout rouge qui n'avait jamais mis les pieds auparavant sur le plateau d'aucun de mes films, Susie supposa en toute logique que nous avions affaire à un intrus – même s'il ne semblait guère menaçant, à en juger par sa taille et son air fragile.

— Vous voulez que j'appelle la sécurité, mademoiselle Lamarr ?

— Non, non, Susie, mais j'apprécie la proposition. M. George Antheil est un bon ami qui se laisse parfois emporter par sa fougue au point d'en oublier les bonnes manières, dis-je en haussant un sourcil dans sa direction.

— Si vous en êtes certaine…

— Oui. Ça vous ennuierait d'aller voir à quelle heure on aura besoin de moi sur le plateau pendant que je m'entretiens avec M. Antheil ? Je ne veux pas faire attendre M. Vidor.

J'avais une énorme dette envers King Vidor, le réalisateur du film et de *Camarade X*. Après une pause malvenue dans ma carrière cinématographique – la faute à une pneumonie, puis à la pingrerie de M. Mayer, qui répugnait à me prêter à un autre studio –, Vidor m'avait offert d'incarner l'agent publicitaire Marvin Myles dans son dernier film, *Souvenirs*. M. Mayer s'y était d'abord opposé, mais je m'étais battue pour décrocher ce rôle inhabituel et, à ma demande, Vidor m'avait soutenue. Au lieu d'être une nouvelle fois réduite à une beauté glaciale ou exotique, j'avais la possibilité de jouer une femme définie cette fois par son intelligence et son ambition, et pas seulement par son physique. Sans que je sache comment, Vidor avait vu au-delà des apparences et compris que telle était ma nature secrète dans la vraie vie. Pour cette raison, il m'incitait à habiter totalement mon personnage.

Susie jeta un regard soupçonneux à George, mais obtempéra.

— Très bien, mademoiselle. J'y vais, ajouta-t-elle avant de refermer doucement la porte derrière elle.

— Est-ce que cela n'aurait pas pu attendre ce soir ? dis-je alors en me tournant vers George. Ce film est très important pour moi.

Nous avions prévu de nous retrouver chez moi après le dîner, à la grande déception de John Howard, avec qui j'étais de nouveau en couple. John comprenait que ma relation avec George était professionnelle et platonique, mais il sentait que je m'animais en sa compagnie comme jamais cela ne m'arrivait avec lui et il détestait être ainsi mis à l'écart, même quand je lui expliquais que nous travaillions sur une nouvelle invention militaire – un obus antiaérien censé exploser en s'approchant d'un avion, et non pas en le touchant. John ne me croyait pas complètement, à mon avis, mais j'avais réussi à le convaincre que son amertume était infondée et mesquine. Et de toute façon, aurait-il campé sur sa position que cela n'aurait rien changé puisque je l'aurais tout simplement quitté pour un autre. J'étais déterminée à ne rien laisser entraver mon travail avec George.

Lui et moi avions temporairement délaissé le système de guidage des torpilles en attendant de recevoir une réponse du Conseil national des inventeurs. En décembre de l'année précédente, nous lui avions soumis comme prévu une description globale de notre invention. Nous étions persuadés au début qu'elle serait bien accueillie, non seulement parce que nous avions foi en elle mais aussi parce qu'elle partageait avec ledit conseil un élément déclencheur similaire : si notre système puisait ouvertement ses origines dans l'horrible tragédie du *City of Benares*, le conseil était né quant à lui durant la Première Guerre mondiale, après qu'un paquebot de ligne, le *Lusitania*, avait été torpillé dans l'Atlantique en effectuant la traversée entre New York et Liverpool. Depuis, plusieurs mois s'étaient écoulés. Nous avions tenté de rester positifs et déposé notre brevet en juin – suivant en cela la suggestion d'un membre du conseil, Lawrence Langner, qui nous avait rencontrés pour nous exprimer son soutien et même nous mettre en contact avec un professeur de l'université Caltech, Samuel McKeown, ainsi qu'avec le cabinet d'avocats spécialisés dans la propriété intellectuelle, Lyon & Lyon –, mais nous commencions à perdre espoir.

L'intensification de la guerre sur tous les fronts ne faisait que nous décourager encore plus. Les nouvelles qui nous parvenaient chaque jour étaient toutes plus catastrophiques les unes que les autres. Les troupes de Hitler avaient gagné du terrain en Europe de l'Est et atteint la Grèce. Les combats s'amplifiaient dans toute l'Afrique, où Mussolini faisait un usage intensif des armes que Fritz lui avait fournies. Les raids aériens se poursuivaient en Angleterre, en Écosse, en Irlande et au pays de Galles. En France, les nazis avaient mis en place le gouvernement de Vichy. Les attaques de sous-marins allemands se multipliaient dans l'Atlantique. Mais les journaux ne disaient rien des traitements de plus en plus cruels infligés aux Juifs et des mesures prises par les nazis pour les rassembler dans des ghettos et des camps de concentration. Tout cela, nous le savions par notre réseau d'informateurs européens. Même si l'Amérique restait encore à l'écart du conflit, j'avais l'impression que nous étions déjà assiégés et je tenais à ce que notre système de torpilles soit prêt en prévision de l'entrée en guerre inévitable des États-Unis.

La seule nouvelle positive était l'avancée de mes démarches pour faire venir ma mère auprès de moi. Des mois durant, j'avais échoué à surmonter tous les obstacles dressés par l'administration américaine sur le chemin des réfugiés de guerre. Sa résidence temporaire au Canada, relativement à l'abri de tout danger, faisait qu'il était difficile de prétexter la nécessité pour elle d'émigrer aux États-Unis, même si elle ne représentait pas un « fardeau économique » pour le pays, chose dont beaucoup d'immigrants ne pouvaient se prévaloir. Mais après avoir engagé des avocats et fait pression sur M. Mayer pour qu'il me vienne en aide, j'avais appris par des voies officieuses qu'elle recevrait peut-être bientôt son autorisation d'entrée sur le sol américain.

— Non, Hedy, il fallait que je te voie tout de suite. On a enfin la réponse qu'on espérait depuis des mois.

— Celle du conseil ? demandai-je en me levant aussitôt.

— Que veux-tu que ce soit d'autre ?

Il porta à sa poitrine le bout de papier qu'il serrait dans sa main en affichant un sourire énigmatique. Je me précipitai pour le lui prendre, mais il l'écarta de moi.

— Permets-moi de te lire les passages essentiels…

— Dépêche-toi, s'il te plaît. On va bientôt m'appeler sur le plateau et je ne pense pas pouvoir les faire attendre bien longtemps.

— La lettre est adressée à la marine des États-Unis, mais nous étions en copie du document et le Conseil national des inventeurs nous en a envoyé un exemplaire ronéotypé. On décortiquera chaque mot plus tard. Pour le moment, je vais m'en tenir à la phrase essentielle…

Il marqua une pause et me jeta un coup d'œil, incapable de réprimer le sourire espiègle qui éclairait son visage toujours si juvénile.

— Ah, la voilà : « Après qu'elle a été examinée deux fois par le Conseil et après que je l'ai moi-même étudiée en détail, le Conseil national des inventeurs recommande à la marine des États-Unis de prendre en considération l'invention de Mme Hedwig Kiesler Markey et de M. George Antheil en vue d'un usage militaire »…

Le choix de ce nom, Hedwig Kiesler Markey, au détriment de Hedy Lamarr était volontaire de ma part, tant je craignais que ma célébrité ne joue en notre défaveur.

Je poussai un cri de joie.

— Et le plus beau, Hedy, continua George avant que je puisse le bombarder de questions, c'est que l'auteur de cette recommandation n'est autre que Charles Kettering.

— *Le* Charles Kettering ?!

J'étais stupéfaite. Président du Conseil national des inventeurs et lui-même inventeur, cet homme avait fait la une du *Time* quelques années plus tôt.

— En personne. Et il juge notre invention assez prometteuse pour la recommander à la Navy.

J'hésitai à formuler la pensée qui me vint aussitôt à l'esprit. Était-ce trop de nourrir tant d'espoir ?

— Si Kettering lui-même trouve qu'elle a autant de potentiel, comment la Navy pourrait-elle ne pas être du même avis ?

Les grands yeux bleus enfantins de George pétillèrent.

— C'est ce que je me disais moi aussi.

— Il ne reste plus qu'à voir quelle sera la réponse de la Navy.

— Yep, l'attente continue.

— Ce n'est sûrement qu'une formalité, non ?

— Espérons-le, Hedy.

Nous échangeâmes un grand sourire, et un sentiment d'euphorie me traversa devant cette première reconnaissance publique de ma valeur – intellectuelle, cette fois. Cela me donna envie de fêter la nouvelle. Je savais qu'on ne tarderait pas à m'appeler sur le plateau, mais l'occasion était trop importante pour être ignorée. Je remplis deux verres de brandy, et nous trinquâmes au fruit de nos efforts.

Ce procédé que j'avais mis au point pour lutter contre le IIIe Reich allait-il vraiment m'aider à expier mes péchés ? Se pourrait-il que, en sauvant la vie de personnes menacées par les combats livrés en mer, je parvienne à équilibrer la balance de la justice et à faire contrepoids après avoir laissé tant de gens derrière moi en Autriche ? Et se pouvait-il aussi que cela me permette dans le même temps de n'être plus seulement connue comme un « joli visage » ?

Non, pensai-je en reposant mon verre avec une force qui fit sursauter George. J'étais furieuse contre moi-même. Comment osais-je souhaiter être récompensée pour un acte de contrition qui relevait de mon devoir ? Écourter la guerre grâce à mon invention serait bien suffisant.

41

7 décembre 1941
Los Angeles, Californie

Bien qu'on fût dimanche, l'équipe de tournage au grand complet s'était réunie sur le plateau de *Tortilla Flat*. Nous étions habitués à travailler chaque jour de la semaine pour cette adaptation cinématographique du roman de John Steinbeck, et parce que notre réalisateur, Victor Fleming, se montrait encore plus exigeant envers lui-même qu'avec ses acteurs personne ne se plaignait jamais. Personnellement, je me moquais des nombreuses soirées que j'avais dû annuler avec mon nouvel amant, l'acteur George Montgomery, un grand gaillard du Montana, mais je détestais en rater ne serait-ce qu'une avec mon autre George, le romantique celui-là, dont la capacité à me faire rire m'attirait en ces temps sombres.

Après m'être arrangée avec Mme Burton pour qu'elle s'occupe de Jamesie durant son jour de repos, je retournai sur le plateau alors que le soleil brûlait encore au-dessus des collines de Hollywood. Susie m'aida à m'habiller en silence. *Tortilla Flat* dépeignait la vie d'une famille de Californiens d'origine hispanique, et mon personnage, Dolores Ramirez, travaillait dans une conserverie. La scène que nous devions filmer ce jour-là m'imposait un uniforme d'ouvrière et, contrairement à la plupart de mes précédents rôles, un maquillage réduit au strict minimum, mais cette tenue simple m'offrait une liberté de mouvement très appréciable.

Je terminai le café fort que j'avais préparé dans ma loge et suivis un long couloir jusqu'au vaste plateau où un paysage campagnard d'un hectare et demi habité de divers animaux de ferme avait été recréé. Mes talons résonnèrent dans le bâtiment en grande partie vide, mais j'eus la surprise, en approchant, d'être accueillie par une plainte glaçante, et non par les bruits habituels de l'équipe technique.

Je courus sur toute la distance qui me séparait encore du plateau, persuadée que quelqu'un avait été blessé – ce qui n'était pas rare dans l'industrie du cinéma. Sur un autre film lui aussi réalisé par Fleming, *Le Magicien d'Oz*, une actrice avait été grièvement brûlée lorsqu'une trappe qui tardait à s'ouvrir l'avait livrée aux flammes. À mon arrivée, pourtant, je découvris une catastrophe d'une tout autre nature. À l'exception d'une femme en pleurs, les acteurs et le personnel technique étaient tous pétrifiés à l'écoute du bulletin d'information diffusé par un poste de radio posé sur une table.

Je me précipitai vers mes compagnons à l'écran, Spencer Tracy et John Garfield, tous deux aussi immobiles que les autres.

— Que se passe-t-il ? demandai-je à John, que je trouvais d'un abord plus facile que Spencer.

Spencer et moi avions déjà travaillé ensemble sur *Cette femme est mienne*, mais faire deux films avec lui ne me l'avait pas rendu plus sympathique – et réciproquement, semblait-il.

Avant que John puisse répondre, il me jeta un regard noir et posa un doigt sur ses lèvres.

— Chhh !

John, qui incarnait l'amoureux de mon personnage Dolores, se pencha vers moi.

— Pearl Harbor a été bombardé, me murmura-t-il à l'oreille.

Je restai perplexe. Pearl Harbor ? De quoi s'agissait-il ? Et où était-ce, d'abord ? Je m'apprêtais à l'interroger quand la voix grave et tonitruante d'un journaliste s'éleva à la radio :

« Ici KGU à Honolulu, Hawaï. Je vous parle depuis le toit de d'Advertiser Publishing Company. Nous avons été de loin les témoins ce matin des combats qui se sont déroulés à Pearl Harbor et du bombardement de la base navale par des avions ennemis, sans aucun doute des Japonais. La ville de Honolulu a également été attaquée et a subi de gros dégâts. La bataille fait rage depuis près de trois heures. Une bombe a atterri à moins de quinze mètres de la tour KGU. Ceci n'est pas une plaisanterie. C'est une vraie guerre. Il a été conseillé aux habitants de Honolulu de rester chez eux et d'attendre des nouvelles de l'armée de terre et de la Navy. Des combats féroces se déroulent dans les airs et en mer. Les tirs intensifs semblent… Un instant. Nous devons nous arrêter là. Nous ne pouvons pas estimer à l'heure actuelle l'étendue des dégâts, mais nous avons subi une attaque massive. Sachez seulement que la Navy et l'armée de terre ont l'air d'avoir repris le contrôle de la situation… »

Le journaliste avait eu beau nous assurer du contraire, je ne pouvais m'empêcher de croire à une blague. Des menaces venues d'Europe, ça, d'accord, c'était un sujet de conversation depuis un moment déjà. Tout le monde se tenait informé de l'évolution du Blitz à Londres et planifiait la réaction américaine si nos rivages devaient être bombardés de la sorte. Mais le Japon ?… Les journaux et les hommes politiques n'avaient jamais évoqué la possibilité d'une attaque asiatique – pas plus que mes amis européens, qui étaient pourtant bien mieux renseignés et qui nous en apprenaient davantage que les médias.

J'observai les gens autour de moi. Les acteurs, l'équipe technique et notre réalisateur paraissaient aussi stupéfaits et incrédules que je l'étais. Nous restâmes figés pendant que la radio déversait sur nous son flot d'informations atroces, et je saisis inconsciemment la main de John pour ne pas vaciller. Plus de trois cents avions japonais avaient attaqué la base navale d'Oahu, à Hawaï. Beaucoup de navires avaient été touchés, notamment le cuirassé *USS Arizona*. Le nombre des victimes ne pouvait pas être établi. Une chose seule était sûre : ce n'était qu'une question d'heures avant que l'Amérique entre en guerre.

Quand la radio commença à rediffuser les mêmes nouvelles, chacun se mit à parler en même temps. Je me retirai discrètement dans un sombre recoin derrière la façade d'un bâtiment censé représenter une ferme et me mis à pleurer. Je saisissais mieux que quiconque la sombre nature des ennemis que l'Amérique allait affronter. Pour toutes les personnes sur ce plateau, les forces adverses étaient anonymes et sans voix, mais, moi, j'avais regardé en face leurs dirigeants, j'avais prêté l'oreille à leurs propos, et je n'ignorais rien de la terreur qu'ils avaient l'intention de répandre dans le monde entier.

42

30 janvier 1942
Los Angeles, Californie

Je ne cessais d'aller et venir dans l'entrée de Hedgerow Farm en attendant George – Antheil, pas Montgomery, même si ma relation avec ce dernier était toujours d'actualité, pour le moment du moins. George m'avait adressé un message urgent un peu plus tôt dans la journée sur le plateau de la MGM, où je répétais avec l'acteur William Powell des scènes d'un futur film noir, *Carrefours*, et nous étions convenus de nous retrouver chez moi en fin d'après-midi. Mon script à la main, je faisais les cent pas en tentant de mémoriser mon texte, mais je ne pouvais penser en réalité à rien d'autre ou presque qu'à la nouvelle que George allait m'annoncer.

Sept semaines s'étaient écoulées depuis que la machine de guerre américaine s'était mise en branle en s'attaquant non seulement au Japon mais aussi à l'Europe, et mon impatience grandissait de jour en jour. Le pays se préparait à envoyer des soldats à l'est et à l'ouest, sur le sol européen que j'avais fui et par-delà l'océan que j'avais traversé. Des rapports officiels commençaient à affluer sur des avions abattus et dcs navires coulés, complétés par les récits plus discrets de mes amis selon lesquels les torpilles américaines lancées contre les navires japonais rataient souvent leurs cibles, soit parce qu'elles visaient un point trop profond, soit parce qu'elles explosaient trop tôt. À coup sûr, pensais-je, la Navy allait adopter notre système pour remédier à ce défaut. À coup sûr, les militaires ne laisseraient pas l'ennemi continuer à résister alors que George et moi, nous leur proposions une solution plus efficace.

Mon angoisse avait atteint un nouveau palier quand mes amis eurent vent de rumeurs qui se propageaient dans les coulisses de Hollywood sur un projet baptisé par les nazis *Endlösung*, « la Solution finale », dont le but était comme je l'avais craint de faire disparaître tous les Juifs. Pour nous tenir au courant des dernières nouvelles, nous nous réunissions dans des bars et des cafés obscurs – les lumières et le monde surréaliste de Hollywood ne nous semblaient pas faits pour accueillir ces histoires inimaginables de ghettos juifs, de wagons à bestiaux et de camps de concentration qui nous parvenaient. Nous avions l'impression d'être les seuls à être informés de ces atrocités. Ou peut-être que, parmi tous ceux qui en entendaient parler, nous étions les seuls à croire qu'elles puissent être réelles.

Des images de pauvres Juifs autrichiens hantaient ma conscience. Ils étaient si nombreux, mais ils n'avaient pas eu, comme moi, la possibilité d'effacer la tache de leurs origines face à l'invasion nazie, même en la frottant avec une vigueur toute teutonique. Où étaient ces gens, à présent ? S'ils n'avaient pas fui Vienne, se trouvaient-ils dans des ghettos, dans des camps, ou pire encore ? Aurais-je pu faire quelque chose pour eux ?

J'espérais que George allait enfin nous apporter la possibilité d'agir. Nous attendions depuis des mois que la Navy nous fasse connaître son avis sur notre système de guidage des torpilles. Rester sans rien faire sur des plateaux de cinéma, toute pomponnée, costumée, parée de bijoux – et écrasée par la culpabilité – n'était plus tenable.

La sonnerie de la porte d'entrée retentit. Alors même que je la guettais avec impatience, je sursautai. Ma gouvernante, Blanche, s'avança pour ouvrir, mais je lui fis signe de me laisser. Je n'avais pas besoin de faire tant de manières avec George, et de toute façon je ne pensais pas pouvoir supporter d'échanger des banalités avec lui avant d'apprendre ce qu'il avait à me dire.

— Quelles sont les nouvelles ? demandai-je sans même lui laisser le temps de souffler.

— Deux secondes, s'il te plaît. Je vais tout expliquer en temps voulu, répondit-il en secouant son chapeau constellé de gouttes de pluie.

J'obtempérai, mais ne pus m'empêcher de lui poser une question sur un sujet voisin :

— Tu es au courant des rapports sur les lancements de torpilles ratés de la Navy ?

— Oui, dit-il en se débarrassant de son imperméable, qu'il accrocha au portemanteau.

— Cela incitera la Navy à adopter notre système, tu ne crois pas ? C'est vrai, vu les résultats qu'ils obtiennent avec leurs torpilles…

— Ta mère est arrivée ?

Pourquoi changeait-il de sujet ?

Certes, il m'avait écoutée m'inquiéter du sort de ma mère des mois durant. Il avait été témoin du parcours du combattant que cela avait représenté de lui faire gagner le Canada depuis Londres. Et il savait parfaitement combien j'avais dû faire pression sur la MGM afin qu'elle puisse parcourir le reste du chemin jusqu'aux États-Unis. S'il y avait bien quelqu'un qui méritait d'être tenu au courant de l'avancée des choses, c'était lui.

— À cette heure-ci, elle est dans un train à destination de la Californie. Il lui faudra trois jours pour arriver. Je l'attends le 2 février.

— Ce doit être un soulagement, déclara George en me suivant dans le petit salon où j'avais installé un bloc de feuilles vierges sur mon chevalet en prévision d'un nouveau projet.

— Oui.

À vrai dire, je me sentais partagée. Je m'étais donné tant de mal pour la faire venir en Californie, et à présent que quelques jours seulement me séparaient de son arrivée, le doute me tenaillait. Comment allais-je m'accommoder de la présence permanente auprès de moi d'une mère aussi difficile à satisfaire ? Les aveux exprimés dans sa lettre – à savoir que sa réserve et ses critiques s'expliquaient par un désir de contrebalancer la trop grande indulgence de mon père à mon égard – changeraient-ils nos rapports ? Pouvais-je croire à cet amour maternel qu'elle professait soudain ? Je me ressaisis, soudain déterminée à me montrer plus positive. J'allais retrouver ma mère saine et sauve, alors que tant de nos amis, de nos voisins et de nos parents viennois étaient aux mains des nazis.

— Où habitera-t-elle ? Ici, avec Jamesie et toi ?

Sans répondre, je scrutai le visage de mon ami et collègue. Mon frère d'armes. Pourquoi me taisait-il cette nouvelle prétendument urgente qu'il avait à me communiquer ? Pourquoi s'intéressait-il autant à ma mère, lui qui n'avait fait jusque-là que tolérer nos discussions sur le sujet ? Je ne l'avais jamais vu se dérober comme cela auparavant – il fallait plutôt que je contienne ses ardeurs, d'habitude.

La réponse s'imposa brusquement, mais je ne supportais pas de l'entendre de sa bouche. À la place, j'arpentai le plancher blanchi à la chaux de mon salon en levant parfois les yeux vers le ciel tandis que je répondais à ses questions sur ma mère. Il avait cessé de pleuvoir et le temps s'était éclairci, malgré les nuages périodiques qui assombrissaient mon jardin verdoyant. Un mauvais pressentiment s'abattit sur moi.

— La Navy a rejeté notre proposition.

J'avais enfin trouvé le courage de le dire. George, lui, n'arrivait toujours pas à le faire.

Il soupira.

— Oui.

Sans un mot de plus – discuter de ce refus m'était encore trop pénible –, je m'approchai d'un buffet et nous servis à chacun un grand verre de scotch avant de lui faire signe de s'asseoir à côté de moi sur un fauteuil en cuir marron. Mais, contrairement aux autres fois, ce n'était pas pour réfléchir avec enthousiasme à nos inventions. Nous bûmes en silence.

— Pourquoi ? demandai-je enfin, même si je n'avais presque pas envie de le savoir.

— Eh bien, tu avais raison au sujet des torpilles de la Navy. J'ai entendu des rumeurs selon lesquelles soixante pour cent d'entre elles n'atteignent pas leurs cibles. C'est catastrophique.

George s'égara un instant dans ses pensées, puis avala une gorgée de scotch et poursuivit :

— Le problème, c'est que ces défauts n'ont pas eu l'effet que tu supposais tout à l'heure. Moi aussi, j'étais persuadé que la déception pousserait les militaires à accepter notre procédé, mais ils ont décidé d'essayer d'améliorer leurs vieux modèles plutôt que d'en concevoir de nouveaux dotés d'un système de guidage plus sophistiqué.

— Même si ce système est supérieur au leur ? m'écriai-je, incrédule.

— Oui.

George observa un silence, comme s'il trouvait douloureux d'aller plus loin.

— Bien sûr, reprit-il au bout d'un moment, la Navy ne reconnaît pas ouvertement les défauts de ses torpilles. D'après mes sources, elle justifie son refus en reprochant sa lourdeur à notre invention…

— Quoi ? Ça n'a pas de sens !

— À qui le dis-tu ! Ils prétendent qu'elle est trop grosse pour équiper une torpille normale.

— Quoi ? De toutes les raisons qu'ils auraient pu avancer, c'est la plus ridicule. Nos mécanismes tiennent à l'intérieur d'une montre. Nous avons veillé à ce que ce soit parfaitement clair dans les documents que nous avons soumis au Conseil national des inventeurs et à la Navy…

— Je le sais, et le conseil lui-même a approuvé nos schémas. Franchement, Hedy, je me demande s'ils ont vraiment lu notre dossier. À mon avis, ils ont vu l'analogie entre certains aspects de notre système de guidage et mes pianos mécaniques, et ils ont préféré en tirer une conclusion illogique qui leur a servi de prétexte plutôt que d'admettre la vérité : ça fait des décennies qu'ils n'ont pas consacré de fonds suffisants aux recherches sur les torpilles, et le résultat, c'est qu'ils se retrouvent maintenant coincés avec des armes archaïques et inefficaces qu'il coûterait trop cher de moderniser.

Si George semblait découragé, ma colère à moi allait grandissant.

— Comment peuvent-ils rejeter un procédé capable de garantir une trajectoire précise à toute une série de torpilles et de les rendre en plus indétectables, tout ça au profit d'un système démodé qui n'a jamais fonctionné ? criai-je en me tournant vers lui.

— Je l'ignore, répondit-il d'un air abattu.

Sa voix ne trahissait aucune volonté de se battre et aucune colère non plus. Qui était cet homme en face de moi ?

— Nous devons écrire à la Navy et au Conseil national des inventeurs pour leur expliquer qu'ils ont mal compris notre système de guidage, insistai-je en bravant sa résignation. Il faut leur préciser à quel point le mécanisme est petit et léger.

— Je ne pense pas que ça en vaille la peine, Hedy. Ils ne changeront probablement pas d'avis.

Pourquoi se montrait-il aussi détaché ? Cela ne lui ressemblait pas. Mais peut-être que l'attente avait fini par avoir raison de l'éternel optimisme de ce compositeur – non, de cet inventeur.

Je me levai de mon fauteuil.

— Nous allons nous rendre à Washington pour présenter nous-mêmes notre invention, déclarai-je d'une voix forte en faisant appel à tout mon pouvoir de persuasion, comme si j'étais sur scène. George, s'il y a bien une chose que j'ai apprise, c'est celle-là : Hedy Lamarr l'actrice, pas l'inventrice, est capable de faire changer les hommes d'avis.

43

20 avril 1942
Washington, DC

La guerre avait l'air plus réelle à Washington. Par la vitre de notre taxi, je vis des troupes se rassembler pour prendre part à des exercices militaires, des drapeaux flotter sur tous les immeubles et des forces de sécurité renforcées monter la garde devant les principaux bâtiments administratifs. Une énergie et une fierté palpables paraissaient animer les habitants, et cela me donna du courage pour mener ma propre guerre contre le IIIe Reich.

Notre chauffeur nous déposa à l'angle de la 21e Rue et de Virginia Avenue Northwest, et nous gravîmes les marches imposantes du « Nouveau Siège de la guerre » – le surnom du bâtiment de grès qui abritait les différentes sections du département de la Guerre, parmi lesquelles la Navy. Un officier nous laissa franchir la porte à tambour, puis nous nous avançâmes vers deux gardes qui orientaient les simples citoyens autorisés à entrer et à sortir au milieu de la foule des hommes et des femmes de l'armée de terre et de la Navy. Stupéfaits de me voir là, ils nous guidèrent vers l'avant du cordon de sécurité en nous faisant longer une fresque murale de quinze mètres baptisée *La Défense des libertés de l'Amérique.*

— Nous sommes attendus à 13 heures, dis-je à une réceptionniste après avoir franchi toute une série de portes à la suite de notre escorte.

Ce rendez-vous avec de hauts gradés de la Navy nous avait été obtenu par l'« informateur » de George, un de ses amis qui travaillait sur place et qui nous avait régulièrement tenus informés de l'avancée du traitement de notre requête.

La jeune femme en uniforme semblait avoir adopté une version blonde du « look » Lamarr. Elle me regarda fixement, puis se mit à bafouiller :

— Vous êtes… Vous êtes Hedy… Hedy…

Bouche bée, elle ne put aller plus loin.

— Lamarr, dis-je en finissant sa phrase avec un sourire complice. Oui, je suis Hedy Lamarr, et voici M. George Antheil. Nous avons rendez-vous.

— Bien sûr, mademoiselle Lamarr, répondit-elle en se levant aussitôt. Je suis désolée. Permettez-moi de vous accompagner jusqu'au bureau du colonel Smith.

Elle nous entraîna dans un dédale de couloirs en se retournant régulièrement vers nous, comme si elle n'en revenait pas qu'une star de cinéma puisse être présente dans ces locaux. Au bout d'un moment, nous arrivâmes devant un grand bureau qui occupait tout un angle du bâtiment. Mais avant que la réceptionniste ait pu frapper un homme surgit et nous salua.

— Bullitt ! s'écria George.

En les voyant se serrer la main et se donner des tapes dans le dos, je compris qu'il devait s'agir de l'« informateur » de George. William C. Bullitt était un haut responsable du département d'État, mais il était journaliste et diplomate quand George et sa femme l'avaient rencontré à Paris, en 1925. Même s'il était brouillé avec Roosevelt en raison de son aversion publique pour le sous-secrétaire d'État Sumner Welles, un des chouchous du président, il était resté assez proche des coulisses du pouvoir pour nous fournir de solides renseignements. C'était lui qui nous avait arrangé ce rendez-vous et qui avait proposé de nous accompagner.

George effectua les présentations.

— Appelez-moi Bullitt, dit son ami en me tendant la main. Vous êtes donc la célèbre Hedy Lamarr.

Sa voix trahissait une certaine surprise, et pourtant il savait très bien qui il allait rencontrer.

— Quand George m'a dit qu'il planchait avec vous sur une invention, j'ai cru à une blague.

Il avait beau être un ami de George, je n'aimais pas le ton qu'il employait en s'adressant à moi.

— Parce qu'il vous paraissait inconcevable qu'une femme puisse s'intéresser à une invention militaire ?

Bullitt ouvrit de grands yeux.

— Bien sûr que non. C'est parce que je n'imaginais pas qu'une star aussi belle que vous puisse vouloir travailler avec ce type, dit-il en donnant une bourrade à George.

Ils rirent tous les deux. Peut-être que je m'étais méprise sur le compte de cet homme et que l'imminence de notre réunion me mettait à cran.

Bullitt se tourna vers la porte du bureau.

— Vous êtes prêts ?

— Aussi prêts qu'on peut l'être, répondit George.

Je lui pressai la main. Je me sentais plus nerveuse qu'au moment de monter sur scène ou de m'avancer sur un plateau de cinéma, mais la raison en était que, aujourd'hui, je ne jouais pas.

Bullitt nous tint la porte ouverte, et nous entrâmes dans un grand bureau où deux hommes en uniforme et un autre en civil nous attendaient. Il nous les présenta comme étant le colonel L. B. Lent, ingénieur en chef du Conseil national des inventeurs, le colonel Smith, adjoint du responsable des approvisionnements de la Navy, et M. Robson, dont le titre demeura curieusement secret.

Après avoir échangé quelques banalités, je me postai devant eux, heureuse d'avoir mis mon tailleur marine le plus classique.

— Bonjour, messieurs, commençai-je de ma voix la plus assurée. Je vous remercie de nous accorder un peu de votre temps, surtout quand je pense à la charge de travail que l'effort de guerre doit faire peser sur vous. M. Antheil et moi avons cru comprendre que vous aviez refusé d'adopter notre système de guidage des torpilles en raison de vos inquiétudes concernant la taille du mécanisme. Nous aimerions aujourd'hui vous expliquer à quel point il est petit en réalité. Si vous le voulez bien, nous commencerons par revenir sur la description figurant dans la demande de brevet que nous avons déposée et qui est en cours d'examen…

Les hommes parurent surpris à ces mots. Personne ne les avait prévenus que nous avions soumis notre invention au Bureau des brevets des États-Unis sans tenir compte de leur refus ? Ou s'agissait-il d'une ruse de leur part ? Je commençai la présentation que j'avais soigneusement préparée en leur montrant des schémas de notre système et des modèles qui en prouvaient la petite taille. George prit le relais au moment prévu, et nous conclûmes en soulignant la précision de notre système et en invitant ces messieurs à nous faire part de leurs questions.

M. Robson se racla la gorge.

— Ce que vous avez dit était très éclairant, monsieur Antheil et mademoiselle Lamarr. Je pense parler en notre nom à tous en affirmant que nous mesurons désormais bien mieux les avantages de votre système, en particulier sa petite taille. Ce n'est effectivement pas le monstre que nous imaginions au départ, et vous avez créé un procédé à la fois nouveau et intéressant.

George et moi échangeâmes un regard empli d'espoir.

— Cependant, ajouta M. Robson, nous devons nous en tenir à notre première décision. Nous continuerons à utiliser notre système de guidage actuel, en le modifiant et en le mettant à jour, bien sûr.

Je ne comprenais pas, et George lui-même semblait perplexe.

— Puis-je savoir pourquoi ? demandai-je en m'efforçant de garder une voix posée. Nous avons répondu à vos inquiétudes concernant la taille de notre invention.

— En effet, M. Antheil et vous avez bien clarifié ce point.

M. Robson hésita un instant.

— Mademoiselle Lamarr, dit-il enfin, puis-je être franc avec vous ?

Je hochai la tête.

— J'admire beaucoup votre travail, et je crois exprimer aussi l'avis de mes collègues en vous disant que nous apprécions le travail incroyable que M. Antheil et vous avez fourni. Mais si j'ai un conseil à vous donner, c'est le suivant : contentez-vous de faire des films. Ça remonte le moral des gens. Et si, vraiment, vous tenez à participer à l'effort de guerre, vous seriez plus utile en nous aidant à vendre des bons de la Défense qu'en construisant des torpilles. Au lieu de vous focaliser sur toutes ces histoires d'armement, pourquoi n'essayez-vous pas de lever des fonds pour nous épauler dans notre combat contre les Japs et les Schleus ?

Je savais le monde dans lequel je vivais profondément sexiste, mais tout de même, là, j'avais du mal à en croire mes oreilles. Ces hommes rejetaient un procédé qui aurait permis à un avion ou à un navire d'assurer une trajectoire précise à toute une série de torpilles lancées contre des bâtiments ennemis, sans que ces derniers aient la possibilité d'intercepter et de brouiller les signaux radio nécessaires à ce système de guidage. Comment pouvaient-ils laisser des soldats et des marins perdre des batailles en mer – et être tués en très grand nombre – au motif qu'ils ne voulaient pas utiliser une arme conçue par une femme ?

Je répondis avec un calme que j'étais loin d'éprouver. C'était la fureur qui m'habitait.

— Soyons clairs : vous rejetez notre invention, qui aurait pourtant assuré à votre flotte un avantage inégalable lors de ses combats en mer, tout simplement parce que je suis une femme ? Une femme célèbre qui ferait mieux selon vous de vendre des bons de la Défense plutôt que de participer à la mise au point d'un procédé efficace ? Je peux faire les deux, vous savez. Je peux vendre des bons et vous aider à améliorer vos torpilles, s'il faut en passer par là.

— Ce n'est pas la seule raison qui a motivé notre refus, mademoiselle Lamarr, mais puisque vous abordez la question je dois reconnaître qu'il nous serait difficile de convaincre nos soldats et nos marins d'utiliser un système inventé par une femme. Et nous n'avons même pas l'intention d'essayer.

J'étais incapable de bouger. Incapable aussi de parler. Ses paroles m'avaient pétrifiée et réduite au silence. Alors que nous étions si près de réussir, George et moi, nous nous retrouvions mis en échec par de purs préjugés. George vola à ma rescousse et tenta désespérément d'atténuer la douleur cuisante de la défaite en défendant les mérites de mon « activité assez peu féminine d'inventrice » et en louant les compétences et l'intelligence dont j'avais fait preuve dans mon travail. Mais le coup porté m'avait anéantie.

Pendant qu'il continuait à mettre en avant la supériorité de notre système et le peu d'importance du sexe de son créateur, je me renfonçai entre les bras de mon siège, qui m'apparaissaient comme le seul réconfort à ma disposition en cet instant précis.

Toute ma colère s'était évaporée, laissant derrière elle une coquille aussi belle que vide. Mais peut-être était-ce là ce que le monde attendait de moi. Et peut-être ne me permettrait-on jamais d'expier mes fautes.

44

4 septembre 1942
Philadelphie, Pennsylvanie

J'entendis le rugissement de la foule derrière le rideau de velours rouge dont la couleur et la texture me rappelaient tant celui du Theater an der Wien que, l'espace d'un instant, je me revis à Vienne lors de mes débuts triomphants sur scène dans le rôle de Sissi, l'iconique impératrice bavaroise. Comme tout cela me semblait loin, et comme j'étais innocente alors… Se pouvait-il vraiment que j'aie été un jour libre de la culpabilité qui imprégnait à présent toutes les fibres de mon être ?

Je me demandais comment cette culpabilité serait mesurée au moment du Jugement dernier. Un décompte serait-il fait des vies que j'aurais pu sauver ? Tout le travail que j'avais fourni pour mettre au point mon système de guidage des torpilles suffirait-il à faire pencher la balance en ma faveur, malgré le refus de l'armée de s'appuyer dessus ? La Navy n'avait jamais changé d'avis, même quand le Bureau des brevets des États-Unis avait validé notre invention en lui donnant le numéro de brevet 2 292 387 – une décision qui ne pouvait avoir été prise que parce que notre procédé fonctionnait. Aurais-je droit à un peu d'indulgence au vu de mes efforts actuels visant à stopper les nazis de la seule façon qui m'était permise, à savoir en aidant à vendre des titres d'emprunt de guerre au lieu de concevoir des torpilles, comme M. Robson me l'avait suggéré sans grande aménité ? Car, oui, je l'avais pris au mot – ce à quoi il ne s'attendait certainement pas.

Les notes des violons et des cors flottèrent doucement par-dessus le vacarme du public. Peu à peu, un silence respectueux leur succéda. Le baryton chargé d'animer le spectacle de l'académie de musique de Philadelphie annonça la suite du programme, et je me tins prête à livrer mon petit numéro, puisqu'il ne s'agissait au fond de rien d'autre que ça.

Le rideau se leva, dévoilant un décor dont les dorures, les éléments en cristal et les teintes rouges me rappelèrent la Vienne de ma jeunesse. À quel point la ville et ses habitants avaient-ils souffert ? Y avait-il un seul de mes voisins qui habitât encore une des maisons au charme désuet de Döbling, y compris dans la rue de ma famille, la Peter Jordan Strasse ? Ou avaient-ils été déjà tous expédiés au nord-est de l'Europe, vers la Pologne et les camps de concentration ? Une larme menaça de rouler sur ma joue, mais je clignai des yeux pour la refouler.

Je me ressaisis et écoutai les cris d'exclamation du public. Vêtue d'une robe à sequins vermillon conçue pour accrocher la lumière, je demeurai d'abord immobile en laissant les gens admirer cette vision scintillante. Puis je sautillai vers les spectateurs, les mains tendues afin de les préparer à mon appel aux dons. Car j'étais à la fois une offrande et une sollicitation.

— Bienvenue au Show de la victoire des États-Unis !

dis-je avec le plus bel accent américain dont j'étais capable, sachant très bien que mon accent germanique naturel ne passerait pas ce soir-là.

Je fis le désormais célèbre V de la victoire, et le public m'imita avant de m'applaudir à tout rompre.

— Je m'appelle Hedy Lamarr et je ne suis qu'une simple chercheuse d'or pour le compte de l'Oncle Sam. Je suis venue ce soir aider notre pays à gagner la guerre. Et vous, à mon avis, vous êtes venus voir à quoi ressemble la fameuse Lamarr, dis-je sur le ton de la comédie, une main posée avec désinvolture sur une hanche en une parfaite imitation de la joyeuse Susie.

Des rires s'élevèrent dans le public, comme prévu. Puis je baissai ma voix d'une octave pour faire passer un message autrement plus sérieux :

— Nous devrions être tous ici dans le même but. Ce que vous pensez du physique de Hedy Lamarr ne m'inquiète pas autant que les projets de Hirohito et de Hitler. Chaque fois que vous mettrez la main à la poche, vous direz à ces pourritures que les Yankees arrivent. Faisons en sorte que la guerre se termine vite. Ne vous occupez pas de ce que fait votre voisin, achetez des bons de la Défense !

De nouveaux applaudissements éclatèrent, aussi assourdissants que les précédents. J'attendis qu'ils cessent en songeant à mon planning des jours à venir, qui débordait d'événements similaires durant lesquels je livrerais plus ou moins le même discours. Je devais participer à des parades, à des projections, et même à des déjeuners en compagnie d'hommes d'affaires et de dirigeants, avec des bons de la Défense à cinq mille dollars minimum. Combien d'argent étais-je capable de récolter pour soutenir la cause des Alliés ?

Une main en visière sur le front, je contemplai le public.

— Dites-moi, y a-t-il un militaire parmi vous ce soir ?

En prévision de ce moment, les organisateurs de ma tournée avaient fourni des invitations à un groupe d'officiers de l'armée de terre et de la Navy, en distinguant parmi eux un marin en particulier. Le jeune homme s'était proposé pour jouer un rôle, et nous avions répété au préalable ce qu'il aurait à faire. Les militaires assis sur la gauche à l'avant de la salle crièrent en agitant les bras.

— Allons-nous gagner la guerre, les gars ?

Cette fois, tout le public cria avec eux, même si les militaires se faisaient entendre plus fort que les autres. Puis, comme convenu, le jeune marin m'interpella :

— Je peux avoir un baiser avant qu'on parte sur le front ?

J'ouvris la bouche à m'en décrocher la mâchoire, la mine faussement choquée, puis me tournai vers lui.

— Vous avez demandé un baiser, marin ?

— Oui, m'dame !

Je m'adressai au public :

— Pensez-vous que ce jeune marin courageux mérite un baiser ?

— Ouiiiii ! tonna la foule.

— Très bien, jeune homme. Ces braves Américains estiment que je dois vous faire plaisir. Venez par ici.

Le jeune homme accourut vers moi dans sa tenue blanche parfaitement repassée assortie d'une casquette et d'une cravate. Il avait l'air impatient et crâneur – du moins jusqu'à ce qu'il s'avance sur la large scène et que la timidité se lise soudain sur son visage. Il ne s'était visiblement jamais retrouvé face à plusieurs milliers de personnes. C'était la première fois qu'il montait sur les planches, la première fois aussi qu'il jouait un rôle, même s'il ne faisait pas semblant d'être un marin sur le point de partir pour le front. Son navire l'attendait, tout comme le vaste océan Pacifique et des flottes entières de cuirassés ennemis.

Pour le détendre, je l'accueillis avec une chaleureuse poignée de main et l'invitai à se présenter aux spectateurs sous son prénom, Eddie Rhodes. Après quoi je reportai mon attention sur la foule.

— Je vais conclure un marché avec vous. J'embrasserai notre courageux soldat Eddie Rhodes si vous vous engagez tous ensemble, là, maintenant, à donner au moins cinq cent mille dollars. Il y a des jeunes filles munies de feuilles au bout de chaque rangée, prêtes à inscrire vos noms et vos promesses de dons.

Les filles en question, toutes en tenue militaire, firent circuler des papiers parmi les spectateurs de l'académie de musique pendant qu'Eddie et moi patientions sur scène. La nervosité du jeune marin semblait avoir disparu, et nous discutâmes tranquillement de sa famille pendant que l'orchestre interprétait des airs patriotiques. Mais il me fit part ensuite de son enthousiasme à l'idée d'être affecté à bord d'un navire dans le Pacifique, et mon ventre se noua. Je regrettais tant que la Navy n'ait pas accepté notre système de guidage des torpilles. Si elle l'avait fait, ce garçon aurait eu bien plus de chances de survivre. Je m'écartai légèrement de lui afin qu'il ne voie pas les larmes qui me montaient aux yeux.

Les filles qui avaient terminé de lister les promesses de dons de leurs rangées commencèrent à former une ligne le long de la scène.

— Avons-nous atteint notre objectif ? demandai-je à l'organisateur de la tournée.

Occupé à additionner tous les montants, il échangea fiévreusement quelques mots avec l'animateur de la soirée, mais personne ne répondit à ma question. Nous n'avions donc pas récolté ces cinq cent mille dollars ? Avions-nous visé trop haut ? Nous avions longuement débattu de la somme exacte à exiger des donateurs présents ce soir-là, et je m'étais mis une pression incroyable pour la réunir. Chaque dollar amassé était un petit pas de plus dans ma quête sans fin de rédemption.

Devant ce contretemps, Eddie et moi échangeâmes un regard. Notre anxiété grandissait. Enfin, l'animateur gravit les marches menant à la scène et nous rejoignit.

— Notre marin mérite-t-il que je l'embrasse ? demandai-je dans le micro.

— Eh bien, mademoiselle Lamarr, j'ai une nouvelle à vous annoncer. Nous avons sollicité une somme énorme, ce soir. Vous le savez, cinq cent mille dollars – un demi-million de dollars ! –, cela représente une véritable fortune…

— En effet, répondis-je d'un ton léger, comme si je n'anticipais pas déjà un inévitable échec.

— Eh bien, nous n'avons pas réuni ces cinq cent mille dollars…

Des huées retentirent parmi le public déçu.

— Je suis désolée, dis-je à Eddie, qui paraissait abattu.

— Oh, mais ne soyez pas désolée, mademoiselle Lamarr, continua l'animateur. Et vous non plus, Eddie. Parce que nous en avons réuni exactement deux millions deux cent cinquante mille !

L'animateur avait presque crié afin de couvrir le vacarme des spectateurs.

J'étais sidérée. Aucune campagne de levée de fonds en faveur de l'effort de guerre n'avait jamais réussi à récolter cinq cent mille dollars, *a fortiori* deux millions. Seuls les déjeuners extravagants organisés pour de grands donateurs, avec des bons de la Défense vendus à un prix stratosphérique, visaient de tels chiffres. Pas un événement classique comme celui-là.

— Un baiser ! Un baiser ! se mit à entonner le public en me rappelant à la réalité.

Je me tournai vers Eddie. Il avait mérité ce baiser, et le public aussi. Alors que je me préparais à le lui donner, les projecteurs m'aveuglèrent un instant et me ramenèrent une fois de plus à ma grande première au Theater an der Wien. Le temps se déforma, se replia sur lui-même, et je revis cette soirée qui avait tout changé en me lançant sur la voie que je suivais à présent, partagée entre une culpabilité écrasante, une quête de rédemption et, à l'occasion, des moments de joie inattendus.

Combien de masques différents avais-je portés tout au long de ce parcours ? me demandai-je, incapable de contenir les larmes qui coulaient sur mes joues – et qu'Eddie Rhodes, le responsable de ma tournée et sans doute le public aussi prenaient pour des larmes de joie devant le succès incroyable de cette levée de fonds. Avais-je jamais abandonné totalement l'un d'entre eux et osé mettre mon cœur à nu devant tout le monde depuis la mort de mon père ? J'avais été à deux doigts de le faire avec George, lorsque j'avais mené avec lui un travail qui, m'avait-on dit, était « tout sauf féminin », et par conséquent inacceptable. Un travail que j'avais refusé de reprendre après le rejet de mon invention par la Navy, et ce, malgré les supplications de George. Je ne voulais tout simplement pas risquer de me sentir un jour à nouveau aussi vulnérable. Cette parenthèse avec lui mise à part, j'avais donné naissance à de multiples versions de moi-même en endossant un nouveau rôle à chaque fois – pour mieux retrouver ensuite ma belle apparence factice. Même ce soir. Surtout ce soir.

Avais-je fini par devenir celle pour qui on me prenait ? Aux yeux de tous, j'étais Hedy Lamarr, c'est-à-dire rien de plus qu'un joli visage. Je n'avais jamais été Hedy Kiesler, inventrice en herbe, tête pensante, curieuse de tout, et juive, aussi. Personne n'avait vu la femme cachée sous tous les masques que j'avais portés à l'écran et dans la vraie vie.

Ou avais-je utilisé cette image que le monde avait de moi comme un déguisement, une sorte d'écran de fumée pour détourner l'attention pendant que je poursuivais mes objectifs ? Se pouvait-il que j'aie accepté le rôle auquel on m'avait reléguée et réussi malgré tout à me transformer en arme contre le IIIe Reich, quand bien même ce n'était pas celle que j'avais envisagée ? Et ce pour quoi – ou celle pour qui – on me prenait avait-il tant d'importance si, au bout du compte, mon soutien à l'effort de guerre des Alliés m'avait permis de me venger des dictateurs européens et, par là, d'obtenir peut-être la rédemption que je cherchais ?

J'avais toujours été une femme seule sous mon masque – et la seule femme dans la pièce.

NOTE DE L'AUTEUR

Chaque jour, nous tenons dans nos mains un morceau de l'histoire des femmes. Je n'entends pas cette phrase dans un sens métaphorique mais littéral. Chaque jour, chacun de nous ou presque a dans les mains un morceau d'histoire créé – certes indirectement – par Hedy Lamarr.

Quel est ce morceau d'histoire ? La période sur laquelle je me suis concentrée ne me permettait pas d'aborder le sujet, mais il s'agit de votre téléphone portable. Comment diable une invention brevetée en 1942 par une star de cinéma à la beauté renversante est-elle devenue un des éléments à l'origine du téléphone cellulaire moderne, cet objet qui a transformé notre vie ?

Vous le savez probablement maintenant, *La femme qui en savait trop* raconte la vie singulière et souvent incroyable d'une femme plus connue comme une star de cinéma sous le nom de Hedy Lamarr. Si j'ai bien fait mon travail, ce roman dévoile également des aspects de sa vie souvent ignorés : sa jeunesse juive dans une Autriche très catholique ; son mariage étonnant et parfois dérangeant avec le marchand d'armes Friedrich « Fritz » Mandl, qu'elle finit par fuir ; et, ce qui est peut-être le plus important, le temps qu'elle passa à créer des inventions avec lesquelles elle espérait aider les Alliés à vaincre les nazis durant la Seconde Guerre mondiale. C'est durant cette partie de sa vie, presque totalement oubliée jusqu'à très récemment, que celle qui s'est d'abord appelée Hedwig Kiesler conçut avec le compositeur George Antheil un mécanisme reposant sur des sauts de fréquence. Grâce à ce mécanisme, les signaux radio transmis à une torpille par un navire ou un avion changeaient constamment de fréquence, si bien qu'ils devenaient indétectables par l'ennemi tout en améliorant la précision des torpilles. Tel fut l'apport de Hedy aux techniques dites d'étalement de spectre.

Après avoir présenté son invention à la Navy, qui refusa de l'utiliser malgré les défauts de son propre système de guidage des torpilles, Hedy, déçue, supposa que le glas avait sonné pour son Système de communication secrète. Mais il est intéressant de noter que l'armée classifia le brevet 2 292 387 top secret et le confia dans les années 1950 au constructeur d'une bouée acoustique capable de détecter des sous-marins dans l'eau, puis de transmettre cette information à un avion en ayant recours à des sauts de fréquence indétectables. Plus tard, l'armée et d'autres entités privées mirent au point leurs propres inventions en s'appuyant toujours sur cette technologie – le tout sans que Hedy en tire aucun profit, puisque son brevet avait expiré. Aujourd'hui, on retrouve des aspects de son procédé dans les systèmes sans fil que nous utilisons au quotidien. Le rôle de Hedy dans ces avancées demeura inconnu jusque dans les années 1990, quand elle fut enfin récompensée pour son travail – une reconnaissance qu'elle jugeait plus importante que le succès de ses films.

Quand nous regardons nos téléphones portables – ce que fait presque tout le monde un nombre incalculable de fois par jour –, nous avons par conséquent en face de nous une invention scientifique qui repose en partie sur celle de Hedy Lamarr. C'est un rappel tangible de sa vie qui va au-delà des films qui l'ont rendue célèbre. Et qui sait si le téléphone portable tel que nous le connaissons aurait pu voir le jour sans elle ?

Mais il me semble que Hedy, son histoire et son invention ont une importance symbolique plus grande encore. La manière dont son rôle dans la création de cet objet révolutionnaire fut en grande partie oublié, voire ignoré, durant des décennies reflète la marginalisation généralisée des femmes et de leurs apports – un problème à la fois historique et moderne. Que le travail de Hedy ait été volontairement sous-estimé ou inconsciemment oublié, il apparaît que cette négligence était sous-tendue par des préjugés concernant ses capacités – et celles de toutes les femmes, en réalité. Ces préjugés, qui découlent en partie des rôles dans lesquels elles ont été cantonnées, font que beaucoup aujourd'hui ont une vision étriquée du passé. Mais à moins de considérer les grandes figures féminines de l'Histoire avec davantage de recul et à travers un prisme plus inclusif – et à moins aussi de leur redonner leur place dans les récits –, nous risquons de conserver et de perpétuer cette vision du passé sans doute trop bornée par rapport à la réalité.

Si les contemporains de Hedy ne l'avaient pas considérée seulement comme une créature à la beauté stupéfiante, mais aussi comme un être humain doté d'un esprit vif et d'une grande intelligence, ils auraient pu découvrir en elle une vie intérieure plus intéressante et plus riche que son apparence physique. Qui sait alors si son invention n'aurait pas été acceptée par la Navy, et quel impact cela aurait-il eu sur la guerre ? Auraient-ils été disposés à regarder qui se cachait derrière « la seule femme dans la pièce » et qui elle était au-delà des apparences, ils auraient peut-être vu une femme capable de grandes choses, et pas seulement à l'écran.

REMERCIEMENTS

Je n'ai pu partager l'incroyable héritage passé et actuel de Hedy Lamarr que grâce à l'aide, aux encouragements et au dur travail d'un grand nombre de personnes. Je dois commencer comme toujours par remercier mon extraordinaire agent, Laura Dail, dont les sages conseils sont une source constante d'inspiration et une véritable boussole. La merveilleuse équipe de Sourcebooks mérite ma gratitude éternelle – de même que ma brillante réviseuse, Shana Drehs, la phénoménale Dominique Raccah, ainsi que les fantastiques Valerie Pierce, Heidi Weiland, Heather Moore, Liz Kelsch, Kaitlyn Kennedy, Heather Hall, Stephanie Graham, Margaret Coffee, Beth Oleniczak, Tiffany Schultz, Adrienne Krogh, Will Riley, Danielle McNaughton, Katherine McGovern, Lizzie Lewandowski, Sean Murray, Todd Stocke, Bill Preston, Chris Bauerle et Travis Hasenour. Sans eux, cette histoire n'aurait jamais vu le jour. Et je suis également très reconnaissante envers les formidables libraires, bibliothécaires et lecteurs qui nous ont soutenus, mon œuvre et moi.

Si ma famille et mes amis sont indissociables du processus de création de ce livre, en particulier ma bande de Sewickley, Illana Raia, Kelly Close et Ponny Conomos Jahn, rien de tout cela n'aurait été possible sans l'amour de mes garçons, Jim, Jack et Ben. Je leur dois tout.

FSC
www.fsc.org
MIXTE
Papier issu de sources responsables
FSC® C003309

10/18, une marque d'Univers Poche,
est un éditeur qui s'engage pour
la préservation de l'environnement
et qui utilise du papier fabriqué à partir
de bois provenant de forêts gérées
de manière responsable.

10/18 – 92 avenue de France, 75013 PARIS

Imprimé en France par CPI

N° d'impression : 3044488
X07813/01